BRUITS de VANNES

Aux Éditions Alain Bargain

Dans la collection
ENQUÊTES ET SUSPENSE :

Simone Ansquer
- Téviec, le Secret *(épuisé)*
- Aux tours de La Rochelle
- Grain de sable à Saint-Pierre-Quiberon
- Le mystère de la Cathédrale de Vannes *(épuisé)*
- Carnac, les menhirs disparus
- Bons baisers de l'île de Houat
- Nuit d'Enfer à Quiberon
- Belle-Île ne répond pas
- La captive de la ria d'Étel
- Dérive sur la Presqu'île
- Bruits de Vannes

Serge Le Gall
- La secte de l'Aven *(épuisé)*
- Sables mouvants à Bénodet *(épuisé)*
- La Douarneniste et le Commissaire *(épuisé)*
- Corps-mort à l'Île-de-Batz *(épuisé)*
- Traque noire à Audierne *(épuisé)*
- Fugue mortelle en RÉ *(épuisé)*
- Le moine rouge de Carantec *(épuisé)*
- La Sirène de Port Haliguen *(épuisé)*
- Coup fourré dans les Monts d'Arrée
- Vagues à lames à Noirmoutier *(épuisé)*
- Dépression sur les Glénan
- Belle-Île "Amère" *(épuisé)*
- Calvaire à Plougastel-Daoulas *(épuisé)*
- Course-poursuite sur l'Aven *(épuisé)*
- Cible ultime dans les Montagnes Noires
- Rouge baiser de Crozon *(épuisé)*
- Sac de nœuds à Trévignon
- Retour coupable à Pont-l'Abbé *(épuisé)*
- Quiberon Enrage *(épuisé)*
- Secrets salés à Fouesnant
- Fausses notes à Larmor-Plage
- Jeux de drames à Douarnenez
- Nature morte à Pont-Aven
- Châtiment à Port-Launay
- La belle endormie de Port-Manech
- Matin blême à Rosporden
- Coup de balai à Carnac
- Mortes-eaux à Riantec
- Héritage de sang à Concarneau
- Vengeance d'automne à Quimper
- Bain tragique au Pouldu
- Retour de bâton à Plogoff
- Le malin de Trégunc

Michel Courat
- Ça meurt sec à Locquirec
- Marée rouge à Plestin-Les-Grèves
- Coup de grisou à Pleumeur-Bodou
- Mort en vrac à Morlaix
- Sauvage farandole à Paimpol *(épuisé)*
- Mise à mort en Bretagne nord *(épuisé)*
- Masques de Terreur à Lanmeur
- Été meurtrier à Tréguier
- Le raisin coule à Lesneven
- Le Diable s'invite à Locquirec
- Morts à gogo à Plouguerneau
- Morlaix, TERminus !
- Les dessous de Plougasnou
- Granite écarlate
- Dernier tango à Plouescat
- Semaine noire en Pays léonard
- Vent de panique à Lannion
- L'Ange maudit de St-Michel-en-Grève
- Week-end de folie à Bégard
- Les secrets de Camaret

Bernard Enjolras
- Îlot mortel à Trégastel
- 3 petits singes en Côtes-d'Armor
- Mauvais sorts dans Le Trégor *(épuisé)*
- Micmac à Ploumanac'h
- Sale temps sur Penvénan
- Jeu d'échecs à Perros-Guirec
- Guêpier à Tréguier
- Jackpot dans le Léon
- Requiem à Paimpol
- Escale à Cancale
- L'inconnue de Saint-Thégonnec
- Code assassin à Trébeurden
- Les merlettes de Granit rose
- Liens de sang à Guingamp

Rémi Devallière
- L'esprit d'Hoëdic
- Calculs sévères à Saint-Nazaire
- Sacré bidule à Pornichet
- "Pari" au mois d'août
- Piriac et son caillou mystérieux
- Vol 744 pour Le Pouliguen
- Pornic, Poste restante
- Nantes, le passager du Jules Verne
- Contre-courants au Croisic

Simone ANSQUER

BRUITS de VANNES

Collection

ENQUÊTES & SUSPENSE

Quadri Signe - Editions Alain Bargain
125, Vieille Route de Rosporden - 29000 Quimper
E-mail : contact@editionsalainbargain.fr
Site Internet : www.editionsalainbargain.fr
Facebook : https://www.facebook.com/editionsalainbargain

Aux Éditions Alain Bargain

Dans la collection
ENQUÊTES ET SUSPENSE :

Martine Le Pensec
- Onde de choc sur Fermanville *(épuisé)*
- Angoisse sur Penmarc'h
- Lumière noire sur la Penfeld *(épuisé)*
- Printemps funeste à Brest
- 13e lune à Concarneau *(épuisé)*
- 32 octobre à Roscoff *(épuisé)*
- Terminus à Lannilis *(épuisé)*
- L'Enfer de Plogoff
- Alerte rouge à Brest *(épuisé)*
- Bad Trip à Lorient
- Le Cobra de Brest
- Le Mouton noir de Roscoff
- Sang pour sang à Recouvrance
- Amnésie sur Quimper
- Chat noir à Brest
- Bain acide à Douarnenez
- Noces de feu à Plouzané
- Pot aux roses au Cap Coz

Élisabeth Mignon
- Fontaines mortelles à Quimper
- Jardins funèbres en Cornouaille
- Déferlantes au Guilvinec
- Cadavres exquis à Châteaulin
- Ultime refuge à La Forêt-Fouesnant
- Silences sur la Baie

Stéphane Jaffrézic
- Chili-Concarneau
- Ville bleue et beaux dégâts
- Disparitions en Pays Fouesnantais
- Tri Yann Tro Breizh
- Vengeances croisées à Nantes
- Escale forcée à Brest
- Dolmens sanglants en Bigoudénie
- Escapade à Landerneau *(épuisé)*
- Le mauvais fils de Guidel
- Murder party à Quimper
- Rendez-vous raté à Quimperlé
- La Korrigane de Concarneau
- Coup de chaud à Bénodet
- Trafic en Finistère
- Sirènes au Guilvinec
- Été torride à Névez

Michèle Corfdir
- Le Crabe
- Mortel Hiver sur le Trieux *(épuisé)*
- Chasse à corps à Bréhat
- Larmes de fond *(épuisé)*
- Vent contraire à Loguivy-de-la-Mer
- Herbes amères à Belle-Isle-en-Terre *(épuisé)*
- Il court, il court, le furet des Abers *(épuisé)*
- Fest-Noz sur le Nil *(épuisé)*
- Eau dormante en Trégor *(épuisé)*
- Nuits assassines à Paimpol
- Crime à l'Armoricaine
- Vendredi noir sur l'Arcouest *(épuisé)*
- Sueurs froides sur le Goëlo
- Baignade clandestine à Bonaparte
- La route s'arrête à Loguivy-de-la-Mer
- Brest, bombes sur les murs
- Vent de terreur sur Bréhat

Bernard Larhant
- Quimper sur le gril
- Douarnenez, piège à Mouettes
- Les Galets de Tréguennec
- Les bas-fonds de Quimper
- Pas de pardon à Locronan
- Un pavé dans La Loire
- Psychose sur Bénodet
- Sang d'encre au Mans
- La Torche entre deux eaux
- Du Pastis dans l'Odet
- Les Ombres du Rennes-Quimper
- La Madone du Faouët *(épuisé)*
- Effet domino à Concarneau
- Le Môme de Fouesnant
- Hors la loi à Groix
- Omerta Bigoudène
- Alliance explosive à Audierne
- Jeux pervers à Quimper
- Chasse à l'homme au Ménez-Hom
- Dans les frissons de Nantes
- Manhattan-Tréboul
- Diabolo Nantes
- Tragédie à l'Île-Tudy
- Loire c'est noir
- Stress de Brest à Trévarez

Remerciements à Carl et à Fred.

Aux Éditions Alain Bargain

Dans la collection

ENQUÊTES ET SUSPENSE :

Séverine Le Corre-Mongin
- Drame en Morbihan
- Dernière note à Pontivy

Gisèle Guillo
- Dernier rendez-vous à Vannes
- Du Léman au Morbihan *(épuisé)*
- Tempête à Quiberon
- La Belle de Carnac *(épuisé)*
- Le Saigneur de Quimper *(épuisé)*
- Vol de pigeons à Arradon *(épuisé)*
- Cash-cash au Crouesty *(épuisé)*
- Le Diable noir de Saint-Cado
- Clair-obscur à l'Île-aux-Moines *(épuisé)*
- Port-Louis, les ombres de la citadelle
- La Maison au bord du Golfe *(épuisé)*
- Les Amants Terribles de La Trinité
- Étel coupable ?
- Danger à Saint-Goustan

Bernard Kopka
- Secret de tombe à Paimpol

Jean-Michel Arnaud
- Cavale à Brest
- Blues en Rafale à Landivisiau
- Le bagad bombarde à Quimper
- Loto létal dans le Léon
- Fresque de sang sur le Ponant
- Lettres mortes à Lannilis
- Lame scélérate à Morgat
- À bout de souffle à Landerneau
- Brest, scène de crimes
- Allers simples pour Ouessant
- Peur bleue à Portsall

Jean-Louis Kerguillec
- Carantec à corps perdu
- Enlèvement en Baie de Morlaix *(épuisé)*
- Mauvaise passe sur l'île Callot
- Les Amours Noires du Léon
- Le disparu du Taureau
- Frai*zh* Connection
- Le Crapaud de l'île de Batz
- Saint-Pol, cathédrale infernale
- Pêche d'enfer à Cléder
- Le rôdeur des grèves

Catherine Schubert
- Odeur de sang à Penvénan
- Le vilain de la Vilaine
- Sacré moine à Dinard
- Lucifer à Saint-Philibert

Pierre Engélibert
- L'Ours du Finistère
- Drôle d'oiseau à Brest
- Lavandières rouges à Daoulas
- Complot en Cap-Sizun

Jacques Minier
- Traque mafieuse à Saint-Malo
- Double peine à Rennes
- Saint-Brieuc de mille feux
- Celtitude en Argoat
- Erquy on the rocks

Gérard Croguennec
- Voile épais au Conquet *(épuisé)*
- Brest, Abri 668
- Morlaix en eaux profondes
- La martyre du Conquet
- Le silencieux du Conquet
- Effet papillon sur le Brest-Lyon

Jean-Jacques Égron
- Marais mouvant dans le Golfe
- Tracto Breizh
- Embruns toxiques sur Lorient
- Les Privés du Croisic
- Vannes à l'encre rouge
- Les oubliettes de la Presqu'île
- Engrenages sur la Côte Sauvage

Philippe-Michel Dillies
- Meurtres à Monnaie *(épuisé)*
- Chasse à Tours *(épuisé)*
- Train d'enfer pour St-Pierre-des-Corps *(épuisé)*
- Les roses noires de Chartres *(épuisé)*
- Du raisiné à Vouvray *(épuisé)*
- Partie truquée à Descartes
- Embrouille à Amboise *(épuisé)*
- L'écheveau de Blois
- Anicroches à Loches
- Murmures en Saumur
- Les plumes noires de St-Cyr-sur-Loire
- Clash à Tours

Je ne me souviens de rien ou de si peu. Ni saveur ni odeur pour qualifier ce cauchemar éveillé. Vision d'apocalypse, incontestablement. Le jaune était partout, une couleur maudite. J'aurais pu ou dû mourir mais j'ai survécu. Moi, la séductrice, la pétillante rousse, je me suis réveillée défigurée. J'ai tenté d'oublier le drame et de me reconstruire. Rage de la combattante que je suis. Mais il a suffi qu'un coursier sonne à ma porte pour que toute mon existence bascule de nouveau. Déjà damnée pour le restant de mes jours, étais-je condamnée à souffrir, voire à mourir à l'instant même où j'ai reçu le colis ? Je pensais que rien de pire ne pouvait m'arriver parce que le pire marquait déjà mon visage. Je me trompais. En ouvrant ce colis, ce que je ne savais pas, c'est que je m'apprêtais à côtoyer la mort pour la seconde fois.

Voici l'histoire d'un crime.

Voici l'histoire des six jours de l'existence d'une femme éperdument accrochée à la vie.

Voici mon histoire, celle d'Audrey Doubriac.

Aux Éditions Alain Bargain

Dans la collection
ENQUÊTES ET SUSPENSE :

Marie Vaillant
- Chantage Bigouden
- Les corps mourants de Plozévet *(épuisé)*
- Vague blanche au Pouldu
- Malaise sur la côte lorientaise
- Vie de château à Pont-L'Abbé
- Locronan a la gueule de bois *(épuisé)*

Vincent Cabioch
- 5 Diables Verts à Huelgoat

Christophe Chaplais
- Pâté de Corbeau aux amandes amères *(épuisé)*
- Le calisson jusqu'à la lie
- Farz aux herbes de Portsall
- Addition salée au Croisic
- Salade russe aux noix de Grenoble *(épuisé)*
- Fourchette mortelle à Chinon *(épuisé)*
- Soupe de Crabes à Brest
- La face cachée des Étoiles *(épuisé)*
- Mélodie gourmande à Guérande

Solenn Colléter
- Lettres de sang sur la Côte Sauvage

Jean-Pierre Farines
- Brume sur la Presqu'île
- La route de Rocamadour
- Le Phénix est mort à Camaret
- Cercueil vide en Mer d'Iroise

Patrick Bent
- Erquy profite le crime *(épuisé)*
- Le macchabée du Val-André *(épuisé)*
- Saint-Cast priez pour eux ! *(épuisé)*
- Hécatombe à Saint-Malo *(épuisé)*
- Nuit noire à Dinard *(épuisé)*
- Algues fatales à Erquy *(épuisé)*
- Rock'n'Roll à Lamballe
- Pluie de fiel sur Fréhel
- Arnaque à Erquy

Aux Éditions Alain Bargain

Dans la collection **POL'ART :**

Serge Le Gall
- Sombre dessein à Pont-Aven
- Meurtres du côté de chez Proust *(épuisé)*
- Eaux-fortes à Ste-Marine *(épuisé)*
- Ciel rouge au Pouldu *(épuisé)*

Loïc Gourvennec
- Le râle du basson *(épuisé)*

Yves Horeau
- Monsieur Butterfly *(épuisé)*

Renée Bonneau
- Nature morte à Giverny *(épuisé)*
- Séquence fatale à Dinard *(épuisé)*
- Sanguine sur la Butte *(épuisé)*

Stéphane Jaffrézic
- Toiles de fond à Concarneau
- Le Rubis de Châteauneuf-du-Faou

I

LE COLIS

Centre-ville de Vannes. Lundi

« *Vous sera-t-il plus facile d'être un monstre qu'une sainte ?* » était inscrit au recto de la carte au liseré jaune qui accompagnait le colis. Au verso une signature énigmatique, trois lettres calligraphiées avec application par un inconnu. "Qui" signait son envoi par ce "*Qui*", en conservant sciemment l'anonymat.

Après avoir déballé de leur papier de soie six bols, Audrey les scruta avec circonspection. Intriguée de recevoir cet étrange colis de bon matin par une société de livraison express, a priori sans erreur d'adresse et arrivé au bon destinataire. Elle l'était d'autant plus qu'elle n'avait jamais passé ce type de commande. Perturbée par la découverte du message joint, elle le lisait, le relisait et le relut de nouveau parce que chaque mot pesé, choisi par le rédacteur, heurtait sa conscience. Ce messager s'en prenait à elle en lui posant une question étrange aux multiples interprétations possibles. Êtes-vous une sainte ou bien un monstre ? Dans un avenir proche, vous vous interrogerez sur votre facilité à être plutôt l'un que l'autre. Quand le ferez-vous et pourquoi ? Dans quelles circonstances aurez-vous à le faire ? Sainte, elle ne l'avait jamais été et monstre, elle l'était déjà.

Quant aux bols, les aligner sur la table du salon avait été son idée première, ce qu'elle avait fait par obligation puisque, dans toute la maison, c'était le seul meuble non encombré par des cartons. Assise sur un tabouret en bois brut, face à ce petit train grotesque composé de six curieux wagons en porcelaine, elle réfléchissait. D'objets quelconques, ils devinrent brusquement sournois, semblant même la narguer les uns après les autres. Liseré bleu, oreilles décollées, arborant fièrement le style « bol breton ». Bien qu'a priori identique à son compagnon de route, chaque contenant assumait crânement sa différence, par la présence d'un prénom spécifique peint à la main sur l'extérieur.

Markus, Lilas, Sophie, Claude, Ester et Eliott s'invitaient à sa table sans y avoir été conviés. Ils étaient pourtant là et c'était bien elle qui les y avait placés. Elle s'interrogeait sur leur présence sur sa table alors qu'une dizaine de minutes auparavant ils attendaient, bien sagement emballés, dans un colis adressé à son nom, accompagné d'un mot glaçant. Si c'était un canular, il était de fort mauvais goût. De cette mauvaise plaisanterie, elle se serait bien passée en ce matin de printemps. Elle tentait de reconstruire sa vie, de rassembler les miettes, de picorer un peu de bonheur dans un quotidien sans saveur. Ses efforts risquaient de partir en fumée, avec cette étincelle. Le château de cartes de sa nouvelle vie restait instable. Une simple brise, le moindre tracas pouvait mettre à terre l'édifice.

Irritée mais décidée à trouver le messager pervers, Audrey attrapa son smartphone et envoya un SMS identique à trois de ses proches : « *Kfé chez moi ? J'ai bien reçu les bols !* » Une sorte de bouteille à la mer lancée à la va-vite, histoire de retirer de la liste des suspects ses trois meilleurs amis, voire de les démasquer et même d'en rire par la suite. Songeant subitement que ces trois personnes de confiance étaient âgées approximativement de quarante, soixante et quatre-vingts ans, ce fait la contraria. Elle glissait sur une pente qui n'avait rien de douce. À Paris, elle avait côtoyé tant d'individus, pratiquement tous de sa génération, celle des quadras. Amis envieux et ennemis impitoyables, elle s'était empressée de les oublier. Il y avait bien les inclassables, qu'elle continuait à fréquenter en pointillé, comme sa demi-sœur et son conjoint qui ne l'avaient jamais jugée, ou du moins pas en public. Quant aux couples qu'elle s'était sentie obligée de recevoir pour satisfaire son ex-compagnon, ils ne donnaient plus aucun signe de vie. Depuis son accident et sa séparation, elle avait fait le grand ménage autour d'elle, tout autant par la force des choses que par une volonté farouche de s'isoler.

Soudain, ce colis la ramena à la réalité ; elle songea que si c'était un cadeau d'anniversaire, il arrivait avec une semaine d'avance. Dans sept jours, elle allait fêter ses quarante ans, de surcroît dans les cartons de déménagement ; des dizaines de tasses colorées et dépareillées attendaient d'être déballées. Objets a priori inutiles lui rappelant qu'ayant emménagé à Vannes, il y a de cela deux mois, elle tardait à défaire les cartons. Était-elle monstrueuse de ne pas avoir pendu la crémaillère de son home, ou encore de ne pas avoir expédié de carton d'invitation à ses relations parisiennes pour une soirée d'anniversaire qu'elle ne comptait pas organiser ? Étaient-ce ses voisins qui lui envoyaient un appel du pied, ou plutôt du palais pour qu'elle les convie à fêter son emménagement ?

La surprise passée, Audrey enroula une grosse écharpe beige autour de son cou et la ramena sur le bas de son visage ; ensuite, elle sortit de chez elle. Le centre-ville de Vannes s'éveillait en douceur. Les premiers clients s'attablaient à la terrasse du petit café en bas de sa rue, un commerçant levait son rideau de fer, une vendeuse nettoyait la vitrine de son magasin. Des Vannetais commençaient leur journée de travail alors qu'Audrey jouait la curieuse, s'employant à débusquer sur l'une des boîtes aux lettres de ses voisins un des prénoms inscrits sur un bol. Mais elle ne trouva pas de Markus ni d'Ester, pas plus que de Sophie, dans son voisinage. À neuf heures, elle monta dans sa Triumph vintage garée sur une place de parking privé. Disposer d'un espace de stationnement était un luxe à Vannes, ville touristique, patrimoniale et au centre piétonnier. À l'abri du monde dans l'habitacle de son bijou, une décapotable vert olive avec intérieur cuir, elle s'appliqua à oublier ce paquet. L'oublier ou tout au moins le considérer comme un mystère qui se dévoilerait innocemment dans les jours à venir l'apaisa. Elle se trompait lourdement.

II

LE SEPTIÈME BOL

Centre-ville de Vannes. Mardi

De bon matin, un livreur sonna à sa porte et lui présenta un colis de petite taille. Figée face à ce jeune homme en livrée, Audrey le dévisagea avec une insistance telle que le malheureux s'excusa, sans qu'elle comprenne pourquoi et de quoi il s'excusait. Ce travail de livraison à domicile comportait des risques que le coursier assumait avec difficulté. Tout en haut de l'échelle des risques encourus, il avait positionné notamment celui de tomber sur une femme "toute en une", la cinglée, insomniaque, dépressive, suicidaire, excitée, colérique, de surcroît divorcée et vêtue d'une simple nuisette. Il préférait lorsqu'un homme lui ouvrait la porte. Les femmes le terrifiaient, les célibataires tout particulièrement. Mademoiselle Audrey Doubriac faisait-elle partie de la catégorie des pitbulls, avec une face d'ange et un caractère agressif dès que quiconque s'aventurait sur son territoire ? Enfin, face d'ange, uniquement pour le côté droit de son visage, parce que la partie gauche était probablement mâchée et couturée puisque masquée par un important pansement. Accident ou combat de boxe, il supputait que quelle qu'en soit la cause, cette difformité devait bien lui pourrir la vie et la rendre carrément agressive. Désormais, elle le foudroyait du regard, le dévorait de ses yeux d'un bleu profond, prête à le mordre, lèvre supérieure relevée, se tenant de trois quarts avec son pansement bien en vue. Du haut de sa vingtaine d'années, il se tenait face à elle avec un aplomb vacillant, disposé à lui lancer son précieux paquet, façon ballon de rugby, quitte à le voir atterrir sur le sol. Faute professionnelle ? Et alors ? Il n'escomptait pas faire carrière dans la livraison express ! Il hésita puis bredouilla quelques mots, accomplit dignement sa mission et se retira sur la pointe de ses baskets.

La porte claqua et, enfin seule, Audrey resta un court instant debout, le paquet entre les mains, à ne savoir qu'en faire : le déballer, le jeter à terre, l'aplatir et sentir sous ses pieds la faïence se briser en mille morceaux. C'était une évidence, le colis contenait un bol, voire deux. Encore fallait-il en avoir le cœur net.

À ses SMS du jour précédent, ses trois proches avaient répondu, l'un par un « *Kfé, why not ?* », l'autre par un « *À quelle heure ?* » et le dernier par un « *Pas le temps aujourd'hui.* » Indéniablement, ils n'étaient pas les offreurs de bols n'ayant percuté sur le message qu'à propos de l'invitation à prendre un café. C'était décidé, si le paquet contenait un affreux bol, elle allait prendre son carnet d'adresses et passer des coups de fil laconiques à ses amis d'hier et à tous les membres de sa famille pour tirer cette histoire au clair. Elle ne se sentait pas disposée à poster une photo de ses merveilleux bols sur les réseaux sociaux, en attendant que le sacrément tordu, ami de ses amis, lui réponde que c'était un odieux canular.

Trois minutes plus tard, le septième bol retrouvait ses congénères sur la table de son salon. Il marquait sa différence par l'absence de prénom peint sur sa face extérieure tout en affichant fièrement son lien de parenté avec les six autres, son caractère breton. Audrey ne s'appesantit ni sur cette similitude ni sur cette différence ; elle arracha son pansement, sortit de chez elle en courant pour héler le livreur avant qu'il ne s'enfuie. Le moteur de la camionnette, garée sur le trottoir, ronronnait déjà. Le jeune homme eut un réflexe de recul en la voyant apparaître à sa vitre. Elle tambourinait tout en marmonnant : « Où est la carte ? » Il baissa légèrement la vitre et lui répondit qu'il ne voyait pas ce qu'elle lui voulait, que de carte, il n'en existait pas. Il s'en doutait, cette Audrey Doubriac était une timbrée. Les quadras célibataires étaient toutes des cinglées, un a priori sans réel fondement qui se confirmait néanmoins.

La camionnette s'éloigna et Audrey tira avec rage sur les manches de son pull. Elle s'en voulut, le jeune livreur avait l'air totalement terrifié en la voyant débouler à visage découvert, cheveux en bataille, nu-pieds et simplement vêtue d'un pull bien trop grand pour elle qui couvrait à peine le haut de ses cuisses. Elle se mit à rire, le jeune homme l'avait prise pour une dégénérée, une obsédée prête à persécuter un gamin sous le prétexte fallacieux d'obtenir une carte de visite. Pas de carte, pas de petit mot, juste un bol enveloppé dans un papier de soie, un septième. L'affaire se corsait. Dans son for intérieur, Audrey voulait se persuader que ce n'était qu'un innocent colis mais son comportement déplacé lui faisait comprendre que c'était bien plus qu'un bol qu'elle venait de recevoir. Quelqu'un cherchait à lui pourrir la vie avec des cadeaux absurdes qui la mettaient sacrément mal à l'aise.

III

LES PRÉNOMS

Centre-ville de Vannes. Mercredi

Audrey se leva à l'aube et attendit le messager. Aucun livreur ne sonna à sa porte. C'est avec un sentiment mitigé, de soulagement mêlé d'irritation, qu'elle se mit au travail devant son écran. Après une lecture rapide de ses mails professionnels, elle s'attela à rédiger un mémo et en oublia même l'heure. À dix heures précises, elle s'affola et cliqua sur un lien pour accéder à une visioconférence prévue de longue date. D'un état d'urgence, elle passa à une douce somnolence peu coutumière. Sur l'écran, les résultats économiques délivrés par l'un de ses interlocuteurs l'absorbaient mollement, tandis que son esprit vagabondait. Le diaporama disparut. Soudainement prise au dépourvu, elle sourit à ses trois partenaires par écran interposé. Il faisait nuit à New York, les cernes de Jones trahissaient son manque de sommeil et il ne perçut même pas ce sourire discret. Quant à Sasuke, il ne se permettait jamais de faire une quelconque remarque sur l'attitude de ses collaborateurs étrangers, il surfait virtuellement sur les fuseaux horaires et aussi sur les états d'âme des êtres humains. Insolite personnage, son kimono enfilé de travers ne révélait en rien l'heure qu'il pouvait être à Tokyo. Kimono du matin ou du soir pour un vêtement porté à ce qu'imaginait Audrey de nuit comme de jour, façon pyjama, tenue d'intérieur ou même de ville. Seul Malouin lui demanda pourquoi elle souriait ainsi, était-ce la dépréciation des valeurs qui la mettaient en joie ? Ironique remarque de ce Parisien toujours tiré à quatre épingles installé dans son bureau, au dixième étage d'une tour à La Défense.

Toute digression personnelle lors d'une visioconférence chronométrée n'était pas dans les convenances mais Audrey se permit de déroger à la règle. Elle sourit de nouveau, tourna légèrement son écran pour que ses trois collaborateurs puissent apprécier à leur juste valeur les sept bols exposés sur la table de son salon. Cela n'avait pas de sens mais c'est pourtant ce qu'elle venait de faire, sans rien en attendre en retour. Malouin pinça les lèvres. Jones colla son nez sur l'écran ; peut-être escomptait-il mieux voir ce qu'il se passait en France, dans ce coin reculé de Bretagne, bourgade qu'il prononçait à la volée « Vans » ? Sasuke s'insurgea avec son tact habituel : « Ainsi, nos valeurs se déprécient et l'information ne m'était pas parvenue. » Malouin le rassura et la visioconférence se poursuivit de façon très professionnelle. Avant de quitter l'écran, Sasuke se permit de faire un léger signe de tête à l'intention d'Audrey, la remerciant par ce signe de sa délicate attention pour le bol qu'il venait de recevoir en express, de l'exotisme à l'état pur quoique trop grand pour contenir du saké. Audrey n'eut pas le loisir de lui répondre, la communication s'interrompit.

Vers treize heures, Audrey reçut une photo transmise par Sasuke. Le Tokyoïte tenait fièrement son bol breton au liseré bleu entre ses mains délicates. Il ne portait pas de kimono, ni lui ni sa ravissante épouse assise à ses côtés. Audrey zooma sur le cliché et découvrit avec horreur le prénom de Markus inscrit sur ce bol maléfique.

Dans l'après-midi, ce fut Jones qui la gratifia d'une photographie de sa personne avec, trônant devant l'écran de son ordinateur, un bol breton partiellement masqué par son mug fétiche, personnalisé avec le logo des Yankees. Il se permit de joindre à son envoi un « *Thank you* ». Elle ne reçut rien de Malouin. Toute cette affaire prenait une tournure très singulière, voire internationale, professionnelle et machiavélique. Sa soirée en fut perturbée. Elle ne cessait de penser à ces bols maléfiques et au fait que de l'autre côté du monde, deux de ses confrères imaginaient qu'elle les leur avait offerts. Quelqu'un se faisait passer pour elle, offrant des cadeaux douteux à ses relations de travail. "Qui" en était l'auteur. Désormais, elle en avait la certitude, il lui était inutile d'alerter son réseau familial. Son cercle d'intimes ne se serait jamais attaqué à son réseau professionnel.

Elle ne put trouver le sommeil que tard dans la nuit. Elle n'avait eu de cesse de se retourner dans son lit, songeant à ces hallucinants bols, analysant que le mystère allait crescendo et que si elle n'agissait pas très vite cela irait de mal en pis. Elle avait grandement raison de le croire.

IV

ALBERTO

Centre-ville de Vannes. Jeudi

Pour que ce petit jeu cesse, il lui fallait trouver qui en était l'initiateur. Pour le moment, il n'y avait pas mort d'homme mais la persévérance et l'application prises pour la rendre dingue la terrifiaient. “Qui” lui avait expédié six bols, plutôt sept, avait usurpé son identité en transmettant deux autres bols dans des contrées lointaines sous son nom. Quant à la carte avec le message, désormais elle lui glaçait le sang. Clairement, Audrey ne se jugeait pas sainte et allait très vite devenir un monstre d'ingéniosité pour pourchasser son persécuteur. Il lui était impossible d'alerter la police, compte tenu des indices bien trop minces et sans preuve que ce “Qui” lui ait causé un quelconque tort en lui offrant de la vaisselle pour fêter son emménagement. Il y avait bien la carte avec le premier colis, mais la question existentielle notée au verso n'était pas une menace de mort.

En ouvrant sa boîte mail, elle eut la désagréable

surprise de découvrir un message importun, un courriel indésirable, un spam, un envoi en nombre – quoique le nombre puisse se réduire à un, en l'occurrence à elle seule –, un calamiteux courriel transmis par la société “Qui”. Le texte disait « *Quand ils viendront à vous, vous devrez choisir, sacrifier l'un d'eux pour que les autres ne se brisent pas en mille morceaux.* » Le choc la laissa abasourdie face à son écran, et une douloureuse migraine s'enclencha. À la moindre menace extérieure, ses hormones du stress affolaient son cerveau. Elle se rappela avoir lu dans un magazine féminin, post-Covid, que des applications miracles pouvaient l'aider à surmonter les tensions nerveuses. Si durant ces deux derniers mois, elle avait géré la pression quoique avec peine, jusqu'alors elle ne s'était sentie ni prête à télécharger des applications salvatrices sur son portable ni disposée à faire du yoga. Pourtant face à ce mail, elle ressentit l'impérieux besoin de tester la position du lotus. Elle glissa sur le sol, s'assit sur le tapis en laine, mains jointes et jambes croisées. Rester zen et demander de l'aide. À dix heures, elle contacta Alberto. À son SMS du lundi, il lui avait répondu « *A quelle heure ?* » La réponse « *Aujourd'hui, 13 h 30* » arrivait tardivement mais, avec son ami de toujours, elle s'autorisait à ne pas prendre de gants. Le café serait le prétexte, elle avait besoin d'échanger et qu'un regard extérieur soit posé sur toute cette histoire.

Alberto était l'homme de la situation. Alberto, le

roi des mécanismes complexes, l'as de l'horlogerie saurait l'écouter. Sa profession d'horloger faisait de lui un être à part, un résistant à la vie qui court trop vite. Avec des clés, il remontait non seulement les horloges mais aussi le temps. Coup double. À bientôt quarante-trois ans, il en paraissait dix de moins. Il avait été et resterait toujours le beau gosse. Un beau gosse se doit d'être une pointe tatoué, légèrement barbu et soucieux de la planète. Comme il cochait toutes les cases avec la bonne dose, du léger sans excès, il se classait dans la catégorie des séducteurs. Abandonné récemment par l'être qui avait partagé son existence ces dix dernières années, Alberto était libre comme l'air, tout comme Audrey. De surcroît, il avait une qualité fort appréciable, il résidait à cinq minutes de chez elle à Saint-Patern. Il était l'ami fidèle qu'elle prénommait Alberto depuis vingt-cinq ans et qui en réalité à l'état civil était connu sous le prénom d'Albert.

Des clients, trop crédules, pensaient que le patronyme de “Lhorloger” matchait parfaitement avec sa profession. Albert Lhorloger, comme il s'était nommé sur ses cartes de visite, s'appelait en réalité Albert Ferry. Audrey Doubriac et Albert Ferry avaient fréquenté les bancs du même collège puis du même lycée. Ensuite, leurs chemins s'étaient séparés. Elle avait choisi d'intégrer une école de stylisme à Paris et lui de se consacrer à un métier manuel qui l'avait même conduit à quitter à regret sa douce Bretagne pour les montagnes suisses. Il aimait dire avoir été apprenti chez le plus grand horloger de la planète, maître Jarvis. Audrey s'en amusait et l'imaginait entouré de coucous suisses, une véritable volière pleine d'oiseaux empaillés sortant tous à midi tapant de leurs nids pour réclamer la béquée. Les clichés perduraient au-delà des décennies et Audrey les faisait siens. Maître Jarvis savait allier modernité et tradition mais Albert n'osait s'insurger sur ce côté carte postale désuète, en fait cela lui importait peu ce que croyait Audrey. Plutôt, cela lui importait et même l'arrangeait. Ce pan de son passé donnait un côté aventurier à sa personnalité, faisant de lui un pantouflard breton travesti par magie en séducteur des montagnes d'une époque révolue.

V

LES INVESTISSEUSES

Si l'avis d'Alberto serait d'un grand secours pour Audrey, ceux de deux femmes de confiance, sa grand-mère et sa tante, le seraient tout autant. Restait à planifier les deux autres rendez-vous. Après le déjeuner, Alberto sonnerait à sa porte et il lui fallait d'ici là passer quelques coups de fil à plusieurs de ses collaborateurs.

Audrey était à la tête d'une plateforme digitale de vêtements d'occasion. Sa vocation, elle la devait à deux femmes, sa grand-mère et l'une de ses tantes. La plus âgée avait été brocanteuse et la plus jeune une écologiste d'avant-garde. L'antigaspi était dans les gènes d'Audrey. C'est assez naturellement qu'elle s'était lancée dix ans auparavant en ouvrant un site de vente en ligne de vêtements de seconde main. Un marché balbutiant à l'époque qui lui avait valu quelques déconvenues. Clamer être précurseur parce que ayant pressenti qu'il tenait la bonne idée ne suffisait pas pour réussir. Encore lui avait-il fallu lever des fonds pour commencer son activité. Avec ses maigres économies en poche et sa petite expérience de chef de produit pour une grande marque de lingerie française, elle s'était néanmoins attaquée à ce marché de la seconde main. Lever des fonds via le Net avait été une idée désastreuse. Alors que cela semblait être si simple pour d'autres, elle n'avait réussi qu'à amasser quelques milliers d'euros. Les banquiers n'avaient pas plus cru en elle que ces braves internautes avides d'un retour sur investissement rapide et à peu de frais. Elle avait dû tout reprendre de zéro. Tandis qu'elle se décourageait, voire s'usait à vouloir vendre son concept à des inconnus et ce sans résultat, Audrey avait utilisé la bonne vieille recette du réseau des proches qui croient en vous ; cela s'était avéré salvateur. Son entourage familial l'avait aidée à entrer dans la cour des grands. Sa grand-mère s'était délestée d'une assurance-vie et sa tante avait hypothéqué sa résidence principale. À la même époque, tous les hommes de son entourage l'encourageaient mollement, peu disposés à investir dans le commerce du chiffon usé, comme l'avait qualifié son oncle, un agent de maîtrise, syndicaliste de la première heure qui parlait volontiers du patronat suceur de sang et dénigrait ouvertement l'esprit entrepreneurial. Cet oncle ne lui adressait plus la parole depuis qu'Audrey se retrouvait à la tête d'une entreprise avec près de cent salariés. Probablement considérait-il qu'elle était passée à l'ennemi ? Sa demi-sœur, Hélène, et son charmant époux avaient salué son audace mais tardivement et sans avoir daigné mettre la main à la poche au moment opportun.

En devenant chef d'entreprise, Audrey avait fait le tri dans sa garde-robe et dans son carnet d'adresses.

C'est dans une cuisine, devant trois bols bretons contenant des cafés au lait fumants que sa véritable aventure de femme d'affaires avait pris un tournant décisif. Dix ans déjà. Sucrer de nouveau son breuvage et finir la cafetière, tout en expliquant les règles de son futur business : rendre la transaction entre l'acheteuse et la vendeuse simple, faire de l'une comme de l'autre des actrices à part entière en leur permettant de mettre en ligne les clichés des manteaux et des robes à céder ou à acheter. Sa grand-mère lui avait dit « la brocante, la récup, une bonne idée qui fera toujours recette ». Sa tante Élisabeth, fervente adepte du recyclage, lui avait assuré son soutien en sortant son chéquier et en lui promettant la semaine suivante de tout mettre en œuvre pour lui trouver les fonds nécessaires au démarrage de cette friperie sur le Net. Élisabeth avait une garde-robe exceptionnelle et peu conventionnelle et fut même l'une des premières à photographier avec soin quelques robes de soirée qu'elle désirait voir porter par une autre. Assurance-vie, petites économies, hypothèques possibles et même bijoux de famille, tout fut mis sur la table de la cuisine. Deux ans plus tard, ses investisseuses n'avaient pas eu à le regretter, elles n'avaient pas cherché des dividendes ou une quelconque rentabilité en agissant ainsi mais avaient offert de l'amour à l'état pur. Élisabeth et Martine avaient cru en Audrey. Par amour, elles auraient accepté de s'être trompées, mais cela n'avait pas été le cas.

Dans cette cuisine, chez sa grand-mère, dix ans auparavant, sur les trois bols étaient inscrits leurs prénoms respectifs : Élisabeth, Martine et Audrey. Ces bols, Audrey les avait récupérés dans le placard de la cuisine de sa mamie lorsque celle-ci avait vendu sa maison devenue bien trop grande pour elle pour acheter un bel appartement tout confort à Conleau avec vue sur le golfe du Morbihan. Si la vieille dame avait su réinvestir les subsides liés à la vente de sa résidence principale, elle n'aurait néanmoins pas pu se payer un tel appartement sans cet investissement providentiel dans une affaire de chiffons usés comme l'avait qualifié son fils. Quant à Élisabeth, elle louait chaque année à la belle saison un superbe voilier avec skipper pour naviguer avec ses amis sur la côte Atlantique. Sa confortable retraite ne lui aurait pas permis un tel luxe mais son investissement providentiel le lui permettait désormais.

À treize heures, Audrey se délesta de son costume de chef d'entreprise et se décida à terminer la planification de ses rendez-vous personnels. Le harcèlement psychologique dont elle se considérait victime méritait un temps de la réflexion. Elle avait un urgent besoin de raconter ce qu'elle subissait à des personnes de confiance. Comme trois avis extérieurs valaient mieux qu'un et qu'elle allait commencer par celui d'Alberto, le rendez-vous étant fixé à treize heures trente, il lui restait à contacter sa tante Élisabeth et sa grand-mère.

Élisabeth avait répondu à son invitation en la

gratifiant d'un « *Kfé, why not ?* », une résurgence d'un long séjour au Canada. Elle aimait non seulement la langue de Molière mais aussi celle de Shakespeare. Ce « pourquoi pas ? » exprimait un accord en demi-teinte. Probablement qu'Élisabeth avait prévu un tout autre emploi du temps lundi dernier, mais comme nous étions jeudi, Audrey lui répondit « *Café, aujourd'hui 14 h 30, salon de thé habituel, rue du Mené ?* » La réponse arriva en express, un simple « *OK.* » Quant à sa grand-mère, qui se laissait facilement déborder et qui, à l'invitation du début de semaine à prendre un café, s'était permis de lui lancer « *Pas le temps aujourd'hui* », à la va-vite et quelque peu ingrat, elle s'était empressée – enfin deux jours plus tard – de préciser : « *Audrey. C'était impossible lundi. Jeudi 17 heures, café chez toi. Pas utile que j'apporte des bols…* » Audrey ne lui avait pas encore confirmé, aussi elle le fit, tout en grignotant une barre de céréales.

Les voir tous ensemble n'aurait fait que créer des étincelles. Demander de l'aide à trois fortes personnalités peu enclines à accepter les remarques de quiconque n'aurait pas été productif. L'appui se concevait mais avec un planning clair sans que ces esprits bouillonnants aient à se croiser. À treize heures trente précises, Alberto apparut sur le pas de sa porte.

VI

MARKUS

Odeur nauséabonde de renfermé ou, pire, de rat crevé. Albert renifla l'air ambiant de l'appartement en s'abstenant de tout commentaire. Qu'Audrey ne sente rien n'avait rien d'exceptionnel puisqu'elle avait perdu l'odorat. Bien que le café soit excellent, le prendre assis sur un tabouret en teck brut, avec le nez irrité, et ce au milieu d'un amoncellement de cartons de déménagement désolait Albert. Il aurait espéré être accueilli plus chaleureusement, dans un sweet home fleurant la violette et moins encombré. Deux mois qu'Audrey était redevenue Vannetaise et elle n'arrivait pas à défaire ses valises. Était-ce le signe d'un nouveau départ avorté ? Repoussait-elle son installation dans l'espoir que son ex-époux la supplie de rentrer à Paris ? Dépité, Albert regardait le mur du salon orné de curieuses décorations ; il lui fallait positiver, voire encourager son amie à prendre ses marques.

— Tu commences ton emménagement tout en douceur, belle hauteur sous plafond que tu exploites avec singularité, accrocher sur ton mur ces trois couvercles de pouf à plumes, un bon début.

Amusée, Audrey se permit de rectifier.

— Ce ne sont pas des poufs mais des Juju Hats, des coiffes camerounaises artisanales. Des chapeaux traditionnels que j'ai détournés de leur fonction originelle.

— Excuse mon inculture. Donc de l'ethnique branché, pour être en accord avec le reste de ta décoration intérieure. Enfin j'imagine, un style bohème que tu vas peaufiner d'ici peu.

— Plutôt le gros bazar que je cultive. Enfin il y a ces coiffes bamilékées, elles donnent le ton et la couleur à ma future déco.

— Gaies sans vraiment l'être réellement. Du noir, de l'écru et du blanc.

— Elles sont parfois bien plus colorées. Des chefs de tribu, voire les membres de sociétés secrètes, les portent lors de cérémonies, notamment funéraires.

— Volumineux et pesants couvre-chefs pour une utilisation mystérieuse. Pas trop mon style, pas plus que…

Albert laissa en suspens sa phrase ; il s'abstint de dire : pas plus que ces bols bretons sur ta table.

Audrey se leva sur la pointe des pieds, elle décrocha du mur une des coiffes et la positionna sur sa tête, non sans difficulté. Ensuite, elle regarda Albert droit dans les yeux.

— À ton avis, est-ce plus facile d'être un monstre qu'un saint ?

Ahuri, Albert passa sa main sur sa barbe naissante,

geste qui l'apaisait. Ces légers frottements de doigts sur son menton pour sentir sa pilosité allaient lui permettre de s'exprimer plus calmement. Il aurait pu éclater d'un rire nerveux mais sentait bien que ce n'était pas ce qu'Audrey espérait de lui.

— Surprenants, ta question et ton accoutrement. Tu vas bien en ce moment ?

Comme Audrey semblait décidée à attendre qu'il réponde à sa question, sans vouloir lui donner plus d'explications et sans souhaiter répondre à sa propre interrogation, il se prêta au jeu.

— A priori, plus simple d'être un saint.

— Illustre ta position.

— Disons que c'est plutôt facile d'entrer en sainteté éphémère en filant son manteau à un SDF qui crève de froid et grelotte sous un porche en bas de chez soi.

La tête d'Audrey, emportée par le poids de la coiffe, tanguait tantôt à droite, tantôt à gauche. Elle rétablit l'équilibre et lança.

— Oui, mais imagine que le gars s'empresse de prendre la poudre d'escampette en constatant que tu as laissé ton portefeuille dans la poche de ton pardessus !

— Je me mettrais en rogne.

— C'est comme la peine de mort, on est bien évidemment contre mais lorsque celui qui va échapper à la chaise électrique s'avère être le diable en personne qui a tué un de tes proches, cela change la donne.

Albert pressentait que son amie broyait du noir. Il avait le sentiment confus qu'Audrey s'évertuait gauchement à lui faire passer un sombre message, de façon sacrément subliminale. Elle n'avait pas défait ses cartons, uniquement accroché ses curieuses coiffes de cérémonie funéraire sur un mur, mieux positionné l'une d'elles sur sa tête et désormais l'entraînait sur un terrain glissant avec ses allusions à un monstre. Elle avait un problème et passait par des circonvolutions verbales pour l'exprimer. Pourquoi n'allait-elle pas droit au but, en lui avouant qu'elle était au plus bas parce que ce monstre, son ancien compagnon de route, venait de reprendre contact avec elle ?

— OK, je vois où tu veux en venir, aisé d'être un saint lorsque l'on n'a pas un monstre en face de soi. Mieux vaut éviter tout contact avec un diable d'homme.

— Mais quand c'est un inconnu ? Comment savoir s'il n'est pas déjà à rôder autour de toi, à t'épier, à te scruter avec un téléobjectif de la maison d'en face, sans même que tu sois au courant, à fouiller tes poubelles pour retrouver des lettres déchirées et à les reconstituer avec perversion.

— Sordide ! Je ne vois pas bien où tu veux en venir ? C'est Shepard qui a renoué le contact ? Il fouille tes poubelles ?

— Non, pas lui.

— Qui, alors ?

— Quelqu'un. Et toi, tu te considères plutôt du côté des saints ?

— Pas spécialement mais je ne suis carrément pas du genre voyeur à mater une nana avec des jumelles. Tu es sûre d'aller bien ?

— Moyennement.

— Version verre à moitié vide ou verre à moitié plein ?

— Disons bol à moitié vide.

— Bon, cesse de tourner autour du pot. Qu'est-ce qu'il t'arrive ? C'est quoi, cette histoire de mec qui t'épie ?

— Eh bien, en ce moment, quelqu'un s'en prend à moi. J'ai reçu par la poste un mot avec le texte suivant : « Vous sera-t-il plus facile d'être un monstre qu'une sainte ? »

— Glauque mais maintenant je comprends mieux ta question.

Albert se détendit ; enfin, Audrey en venait au fait. Elle était inquiète et s'interrogeait sur la signification d'un courrier énigmatique reçu récemment. Ce n'était pas si grave et bien moins alarmant que ce qu'il avait pu imaginer.

— C'est tout ?

— Non, ce mot accompagnait les six bols alignés sur la table devant toi.

— Markus, Lilas, Sophie, Claude, Ester et Eliott. Des amis ? questionna Albert.

— Non, des inconnus.

— Ce mot et cette vaisselle, qui te les a envoyés ?

— Je te l'ai déjà dit, un détraqué qui n'a pas laissé son nom. Il m'a aussi fait parvenir un mail via une adresse bidon, dixit : « *Quand ils viendront à vous, vous devrez choisir, sacrifier l'un d'eux pour que les autres ne se brisent pas en mille morceaux.* »

— Clairement, un message de bien mauvais goût. Ma cocotte, tu es victime d'un persécuteur. J'imagine le profil de ton gars. Homme, de la génération de ceux qui offrent des bols, donc âgé de plus de cinquante ans. Attaché à la Bretagne et aux traditions.

— Profil cohérent. Mais il me veut quoi, au juste ? Que je sacrifie un de ses bols en l'explosant de rage. En plus, je ne connais aucun Markus, alors…

— Étrange car moi oui, maître Markus Jarvis.

— Jarvis, ton horloger suisse ?

Inquiet, Albert attrapa le bol sur lequel était inscrit le prénom de Markus. Alors qu'il l'étudiait, il s'exclama.

— C'est du délire, regarde au fond du bol !

Audrey découvrit alors une scène qu'elle n'avait même pas pris le temps de décrypter. En costume traditionnel, un Breton avec son chapeau rond tendait une clé à une charmante Bretonne à coiffe en dentelle.

— C'est une bonne vieille clé pour remonter une horloge ! s'époumona Albert.

Audrey réfléchissait à haute voix.

— Quand ils viendront à vous ? Où est Markus Jarvis à cet instant précis ?

— En route pour venir me voir, c'est la première fois qu'il me rendra visite. Ta petite histoire commence à me glacer le sang.

— Ton Markus Jarvis, c'est certainement un type bien, avec une moralité irréprochable.

— Le genre de gars qui, sans hésiter, courrait pour me rattraper et me rendre mon portefeuille.

— Tu es le lien entre Markus et moi.

— Effectivement, désormais ce n'est plus ton affaire mais la nôtre.

Audrey ne lui avait pas tout révélé, il y avait pire encore. Sasuke et Jones. Elle lui raconta tout dans les moindres détails puis se tut.

Albert venait de se resservir pour la troisième fois un café. Il posa sa tasse vide sur la table et s'exprima enfin.

— C'est quoi, ce délire ?

— Je ne sais pas. Mais depuis quatre jours, cela me prend complètement la tête. L'intention de me nuire est bien là.

— Pensé, prémédité et orchestré. Peu rassurant. Prévenir la police, y as-tu songé ?

— Pour leur dire quoi ? Qu'un petit malin s'amuse à me faire peur, rien de concret à ce jour.

— Oui mais cela m'a tout l'air de n'être qu'un début.

— Des petits mots loin d'être doux et des colis curieux pour le moment.

— Tout de même, usurpation d'identité, ce n'est pas rien. Se faire passer pour toi auprès de deux de tes confrères résidant à l'étranger. Sacrément tordu. En plus, ce malade a l'air de bien connaître ta vie intime.

— Si tu penses à Shepard, il ne jouerait pas avec moi de cette façon. Tu ne l'as jamais apprécié et moi-même je le hais pour ce qu'il m'a fait subir mais ce n'est pas un tordu. D'ailleurs il a tourné la page, tout comme moi, enfin moi par la force des choses. Sans ce SMS, je n'aurais jamais su qu'il me trompait. Bon, passons, Shepard est un con mais pas un détraqué. Quant à mon problème du jour qui devient le nôtre maintenant, nous avons en plus ton horloger suisse qui entre dans la danse. Sacrifier un bol, ce n'est pas très rassurant comme idée ?

Étourdi par ce flot de paroles, Albert se leva d'un bond.

— Audrey, enlève ce ridicule chapeau de ta tête, il me fait flipper ! Markus arrive par le train de dix-huit heures à la gare de Vannes. Je vais veiller sur lui durant son séjour. De ton côté, s'il y a du nouveau, tu me téléphones. Peut-être que toute cette histoire va en rester là.

— Peut-être ? Albert, prends grand soin de Markus Jarvis.

— N'en doute pas. On reste en contact. En attendant, appelle un dératiseur, ton appart sent le rat crevé !

Perturbé, Albert sortit, sans même prêter attention aux cartons éparpillés dans la pièce.

VII

ÉLISABETH

Vannes, rue du Mené

La rue était commerçante et animée. C'est dans un salon de thé à l'ambiance feutrée qu'Audrey avait fixé rendez-vous à sa tante. Audrey, consciente d'avoir perdu du temps avec Albert en le gratifiant d'explications confuses, préféra entrer dans le vif du sujet avec Élisabeth et ce sans même lui laisser le temps de retirer son manteau. Un rapide bonjour lancé et elle lui demanda :

— Aurais-tu dans tes relations proches, un Markus, un Claude, un Eliott, une Ester, une Sophie ou même une Lilas ?

Élisabeth devint blême. Tout en hélant la serveuse, elle asséna avec rage à Audrey :

— Alors tu enquêtes sur ma vie privée, maintenant ?

— Pas du tout. Excuse-moi, tu n'as pas à te sentir agressée, j'ai juste été un peu trop directe en te questionnant sur des personnes que tu ne connais même pas. Je vais tout t'expliquer.

— C'est mieux ainsi. Je nous commande deux cafés.

Audrey allait devoir s'y prendre autrement pour aborder sa délicate situation, totalement ubuesque. Sa tante avait l'air à cran et toute la lucidité d'Élisabeth était requise pour aborder un épineux casse-tête moral.

— Tante Lisbeth, je ne sais par où commencer. J'ai besoin d'un éclairage neuf sur un cas d'école qui me tourmente en ce moment. De la philo, une introspection sur l'âme humaine. Si je te dis, vous serait-il plus facile d'être un monstre qu'un saint ? Cela t'évoque quoi ?

— Question encore plus étonnante que la première mais tout aussi sournoise. Comment es-tu au courant ?

— De quoi ?

— De rien, absolument de rien, s'empressa de répondre Élisabeth.

Nerveuse, elle tapota du bout des doigts sur la table. Ses ongles longs, recouverts d'un vernis violet aux reflets irisés, provoquaient un cliquetis qui s'amplifia puis soudain cessa.

— Je fais fausse route. Les tourments de l'âme humaine, tu disais… Audrey, tu vas bien ? Je te sens crispée, voire franchement perturbée.

Élisabeth avait l'art d'irriter sa nièce, Audrey s'emporta.

— Qu'est-ce que vous avez tous à me demander si je vais bien ? Oui, je vais bien, enfin presque.

— Calme-toi. Prendre la mouche ainsi sans raison, ce n'est pas dans tes habitudes. Revenons à la philosophie, je t'écoute. Problème sentimental ou bien professionnel ?

— Je suis très calme, c'est toi qui es sur les nerfs, suspicieuse en entendant de banals prénoms ! Moi, je vais super bien !

La serveuse déposa deux tasses de café sur la table et s'éclipsa rapidement. Ambiance orageuse. Audrey but son café d'un trait et s'empressa d'annoncer :

— En fait pas du tout, pas bien du tout. Je ne sais pas comment m'y prendre pour t'expliquer que j'ai effectivement un grave problème qui m'est tombé dessus, comme cela sans que j'aie rien demandé à personne.

— Très bien, reprenons notre conversation sereinement. Quelle était ta seconde question sociologique ?

— Vous serait-il plus facile d'être un monstre qu'un saint ?

Élisabeth se mit à réfléchir. A priori, il convenait de peser sa réponse car sa nièce, au bord de l'implosion, attachait une importance excessive à cette demande. De surcroît, elle voulait qu'Audrey oublie au plus vite le prénom de Lilas.

— Audrey, puis-je avancer sans te heurter que cela m'évoque la religion, la morale, un cas de conscience et même un conte tel que *Le Petit Poucet*. Enfin oui, les parents de cet enfant se comportaient-ils comme des monstres en abandonnant leur progéniture dans la forêt parce qu'ils étaient incapables de le nourrir ? Choix douloureux.

— Un sacrifice, tu es sur la bonne voie.

— Je ne vois pas du tout où tu veux en venir, mais si je suis sur la bonne voie, je m'en satisferai…

De son sac, Audrey sortit son smartphone et montra à sa tante les clichés des bols pris sous toutes les coutures. Elle les fit défiler. Troublée, Élisabeth perdait pied, elle tournait la cuillère dans sa tasse vide tout en regardant les photographies s'afficher.

— C'est bien, tes premiers achats pour ton emménagement font très couleur locale. Bonne petite Bretonne que tu veux redevenir. Quoique, la faïence quimpéroise est plus prisée par les touristes que par les locaux. Enfin, si tu veux faire une soirée crêpe et cidre pour pendre ta crémaillère, une bonne chose. Du breton made in quartier Montparnasse, là où il y a tant de crêperies, enfin… Une excellente idée d'inviter ta grand-mère. Et moi, je ne vois pas de bol à mon nom, à moins que je ne fasse erreur ? Est-ce que je fais erreur ?

— Comment cela, ma grand-mère ?

— J'avais cru en découvrant le prénom de Lilas.

— Mamie se prénomme Martine et non Lilas.

— Certes, mais Lilas est son second prénom.

Audrey, consciente que ce ne pouvait être un pur hasard, s'empressa de montrer le cliché du fond du bol sur lequel était inscrit le prénom de Lilas. En découvrant une Bretonne lâchant la main d'un petit Breton pour prendre celle d'un gaillard barbu, tout aussi costumé que le premier, Élisabeth eut un mouvement de recul.

— Attention fort peu délicate, je ne te conseille pas de sortir ce bol à ta petite sauterie. Parce qu'un secret de famille que tu aurais mis au jour et que tu servirais au fond d'un bol à ta grand-mère aurait un effet déplorable sur l'ambiance ! Qui t'en a parlé ?

— De quoi ?

— Du premier époux de ma mère.

— Mamie avait déjà été mariée avant de connaître grand-père ?

— Bon, cela suffit ! Ces histoires de bol, de Petit Poucet et de Grand Méchant Loup ne m'amusent plus. D'ailleurs, oublie ce que je viens de te dire. J'ai eu tort, je m'en veux de ne pas avoir su tenir ma langue.

Élisabeth héla la serveuse pour régler la note, reboutonna énergiquement son manteau parme et sortit du salon de thé sans même un au revoir, laissant Audrey totalement désarçonnée.

VIII

MARTINE

Centre-ville de Vannes

Le seuil de l'appartement à peine franchi, la grand-mère paternelle d'Audrey se permit de faire le tour du propriétaire tout en faisant mine de chercher son chemin au milieu d'un dédale de cartons. Tel le Minotaure, elle déambulait dans un labyrinthe, cherchant non pas une issue mais une assise confortable. Charpentée et de petite taille, plantée dans ses bottines, la vieille dame progressait en commentant à voix basse le capharnaüm environnant. Lorsqu'elle trouva enfin dans le salon un fauteuil à sa convenance, elle le désencombra et s'assit. Elle replia ses mains tout contre son petit sac en crocodile. Elle semblait vouloir protéger la peau du défunt reptile d'une attaque de lémuriens embusqués derrière l'unique et imposante plante verte de la pièce. Bien que contrariée par le désordre, elle préféra positiver.

— Je ne dirais pas que ton agencement soit coquet, enfin il y a une once de verdure, que dis-je, une jungle !

De son sac, elle sortit un mouchoir en dentelle de Calais parfumé au jasmin et l'appliqua sur son nez. Une odeur désagréable flottait dans la pièce, le cadavre d'un lémurien se décomposait-il derrière le feuillage ? Revenir sur l'anosmie de sa petite-fille ne l'enthousiasmant pas, elle pressa simplement son mouchoir sur son appendice nasal. Alors elle leva la tête et plissa les paupières.

— Audrey, mais que diable comptes-tu faire de tous ces plumeaux accrochés sur ton mur ?

— Mamie, si je t'ai conviée à prendre un café, ce n'est pas pour parler déco mais d'une drôle de mésaventure qui m'arrive.

— Mon enfant, est-ce que tu vas bien ?

Un complot se tramait, tous voulaient savoir si Audrey se portait bien, preuve que son mal-être transpirait par tous ses pores. Elle s'abstint de commenter la remarque. De plus, pas question de déterrer un secret enfoui depuis des décennies, en l'occurrence l'affaire du premier mariage de sa grand-mère, mais uniquement de s'en tenir au présent et à sa petite personne.

— Mamie, ne dis plus rien, je vais te raconter ma mésaventure. Surtout ne m'interromps pas. Ensuite, tu me poseras des questions et me donneras ton avis. Tu vois les six bols alignés sur la table basse ? Je les ai reçus par la poste lundi matin.

— Je vois. Markus, Lilas, Sophie, Claude, Ester et Eliott. Des amis que je ne connaîtrais pas ?

Martine semblait perturbée, elle remontait ses

lunettes d'écaille qui glissaient de son nez sous l'effet d'une transpiration incontrôlée. Elle marmonnait et répéta à deux reprises « des amis que je ne connaîtrais pas ».

— Écoute-moi par pitié, bouche cousue.

Audrey se mit à relater les faits. Lorsqu'elle eut fini, elle se permit de questionner sa grand-mère, tout en tentant d'influencer sa réponse.

— Une mauvaise blague, selon toi ?

Martine ne répondit pas. Elle attrapa le bol sur lequel était inscrit le prénom de Lilas. Elle fit glisser son doigt sur le bord, comme elle l'aurait fait avec une coupe de cristal pour entendre vibrer un son.

— Imparfait, légère rugosité, éclat imperceptible sur le bord, usure de l'usager. Ce bol n'est pas neuf.

Assise à même le parquet, le coude sur la table, la paume sous le menton, Audrey écoutait, attendait que la voix de la sagesse lui délivre la bonne parole. Sa grand-mère poursuivit.

— J'aime l'objet imparfait, le parfait avec défaut, l'irrégularité d'une finition. Les diamants avec crapaud, les vases en terre cuite marquée par les ans, une boiserie patinée, un torchon aux couleurs délavées, le linge de maison en lin usé. Cela s'applique aussi aux hommes. La singulière cicatrice sous un menton carré, la gueule cassée comme l'était celle de ton grand-père. Charmante imperfection qui rend unique ce qui aurait pu être quelconque.

Audrey plissa le front et apposa sa main sur le côté gauche de son visage. Elle ressentit un tiraillement. Sa peau, son derme et son épiderme, toutes ses chairs en surface et en profondeur se relâchaient sous l'effet du stress.

Sèchement, elle demanda :

— Où veux-tu en venir ?

— Au wabi-sabi, *wabi* qui signifie humilité, voire mélancolie, et *sabi* les traces du temps. Un nouveau concept que tu pourrais envisager dans ton commerce. Au-delà des vêtements, oserais-tu te lancer dans la vente d'objets de seconde main ?

Dépitée et surprise, Audrey se leva pour faire les cent pas.

— Mamie, ce n'est absolument pas pour parler business que j'ai souhaité te voir. As-tu écouté tout ce que je viens de te raconter ?

— Excuse-moi, j'y viens. Tu faisais allusion à la sainteté. Je ne suis pas du genre à fréquenter les églises, quoique la cathédrale de Vannes offre un curieux mélange de styles qui me plaît. Tout ce granit, du roc, je m'égare… Donc, le saint, sujet de ta requête, cultive selon moi la perfection de l'âme. Qualité bien trop lisse qui heurte quelque peu mon esprit épicurien. Quant au monstre, il serait trop facile de le juger à première vue comme étant l'opposé du saint. Ce monstre peut avoir été un saint qu'une fêlure aurait fait passer du mauvais côté de la barrière.

Audrey attrapa un bol posé sur la table.

— Bol fêlé, ébréché mais pas brisé. Sinon il ne me serait plus d'aucune utilité. Impossible de s'en servir comme contenant. Même avec de la colle forte, brisé, ce n'est pas fêlé.

— Exact, ce courriel que tu as reçu disait bien « *Quand ils viendront à vous, vous devrez choisir, sacrifier l'un d'eux pour que les autres ne se brisent pas en mille morceaux* » ?

— Fin de la digression sur l'objet imparfait, un bol brisé en mille morceaux part au rebut. Pas de wabi-sabi qui tienne, viens-en au fait.

— Un bol, un prénom, un objet censé représenter une personne. Six inconnus et tu vas devoir en sacrifier un pour que les autres vivent.

— Et le septième bol sans prénom. L'intrus.

— Probablement le symbole de l'anonyme, celui que tu penses être ce “Qui” ?

— Mon persécuteur. Quant à Lilas, ce serait toi.

Le front luisant, suant à grosses gouttes, Martine semblait embarrassée.

— Effectivement, c'est mon second prénom, je suis étonnée que tu le connaisses. Un hasard, uniquement.

— Ou un acte prémédité, se permit de rectifier Audrey.

— Ma petite, si je puis me permettre un conseil plein de sagesse, si jamais tu étais amenée, voire poussée, à sacrifier l'un de ces bols, mieux vaudrait choisir le plus vieux, celui qui a fait son temps.

Martine tenait entre ses mains déformées par

les ans le bol sur lequel était inscrit le prénom de Lilas.

— Tant de lèvres se sont posées sur son bord qu'il garde les souvenirs en lui des bouches amicales, voire langoureuses. A contrario, un autre bol, celui-là neuf n'aura rien en mémoire. Le laisser vivre ses aventures et goûter aux mille joies de boissons sucrées, salées, pétillantes ou amères serait bien plus sage.

— Hypothèse inenvisageable. Je t'aime trop et les autres, je ne les connais même pas. D'ailleurs qu'est-ce que je raconte ? Toute cette histoire me fait imaginer le pire et c'est toi qui m'entraînes sur une pente glissante. C'est un canular !

— Si tu le dis. Mais le penses-tu vraiment ? Tout cela me semble fort bien monté. Ma petite, j'ai bien plus peur pour toi que pour moi, à cet instant précis. Quelqu'un te veut du mal.

— Que dois-je faire ?

— Attendre un nouveau signe de ce messager de malheur. Te tenir sur tes gardes.

Martine ouvrit son sac et en sortit une bombe anti-agression qu'elle tendit à sa petite-fille. Audrey la prit avec circonspection.

— C'est tout, patienter jusqu'à ce que ce malade vienne sonner à ma porte ?

— N'ouvre à personne, déplace-toi avec cette bombe.

— Je pourrais aussi mener mon enquête.

— Sur quelles bases ?

— Les précieux indices dont je dispose, les bols, les prénoms, les mails.

— Tes deux confrères, ce Japonais et cet Américain, questionne-les. Un as de l'informatique pourrait t'être utile, il remonterait la piste de celui qui t'a transmis ces courriels.

Audrey se rassit sur le sol pour s'installer face à la table basse.

— Pas question que je demande quoi que ce soit à Shepard.

— Pourtant, ton époux est un homme connecté.

— Bientôt ex, la procédure de divorce est en cours.

— La procédure sera longue, ton argent ne le laisse pas indifférent, il demandera sa part et il l'obtiendra. Alors ce petit service ?

— Jamais ! Il m'a trompée, abusée, je le prouverai. Et toi, mamie, avant grand-père, aurais-tu…

Martine devint blême. Ses genoux se mirent à trembloter et son sac à tressauter. Le crocodile prit vie puis s'assagit. Reprenant sa respiration, elle lâcha :

— Convoler en premières noces avec un autre. Oui et je n'ai aucun regret.

— Alors, pourquoi me l'as-tu caché ?

— Ton grand-père me l'avait demandé.

— Comment se prénommait cet homme ?

— Claude.

Le coude d'Audrey jusque-là posé sur la table glissa mollement, sa main heurta le coin de la table.

Audrey prétexta d'aller chercher les tasses de café en cuisine afin de se retrouver seule.

Sur les six prénoms inscrits sur les bols, trois prenaient désormais visage humain, ceux de Lilas, Claude et Markus. Ce ne pouvait pas être un hasard.

Audrey consulta son portable, Alberto venait de lui envoyer un long texto :

« *Saint ou monstre ? OK, parfois cela me fait un bien fou de donner sans rien attendre en retour. En fait je me donne bonne conscience, un clic et cinquante euros dans la cagnotte pour participer à l'opération de la dernière chance pour un petit gars dont j'aurais bien vite oublié le prénom, atteint d'une maladie quasi incurable. Mais je ne suis pas tout blanc et prêt à devenir carrément sombre. Parce que je serais capable de me transformer en un loup sanguinaire si un détraqué s'en prenait à quelqu'un que j'aime, à toi, par exemple.* »

« *Tu me crois en danger ? Et Jarvis ?* », écrivit Audrey.

« *Le train de Markus arrive en gare dans trente minutes.* »

« *Pourquoi vient-il à Vannes ?* »

« *Je ne sais pas, un voyage privé et un détour pour me voir.* »

« *Demande-lui pourquoi.* »

Audrey rangea son smartphone dans la poche arrière de son jean, attrapa un plateau, y déposa deux tasses dépareillées et la cafetière pleine. Elle se fraya un chemin pour aller de la cuisine au salon, tout en réfléchissant.

— Mamie, connaîtrais-tu un certain Markus ?

— Étrange que tu me poses cette question. Maudits bols !

— Réponds-moi !

— Oui, j'ai connu un homme qui se prénommait Markus. Satisfaite ? Mais c'était il y a fort longtemps et il vit bien loin d'ici.

— Pitié, ne m'annonce pas qu'il réside en Suisse.

Martine se leva d'un bond, pressa son petit sac tout contre sa poitrine et hurla.

— Cette comédie a suffisamment duré ! Audrey, si tu as inventé toute cette histoire sans queue ni tête pour me faire du mal, eh bien, tu as réussi ! Il était inutile de monter un tel stratagème pour déterrer le passé. Franchement, pensais-tu que j'allais croire toutes les balivernes que tu m'as servies ? Indigeste invitation pour un café que je ne prendrai pas en ta compagnie. Un piège torturé, tarabiscoté ! Et puis garde la bombe anti-agression ! Mieux, achètes-en une désodorisante, chez toi ça sent la mort !

Audrey respira à pleins poumons. Rien, elle ne sentait rien. Ses yeux étaient humides.

— Mamie, pourquoi aurais-je inventé une telle histoire ? Qu'est-ce que tu imagines ? Tout cela est la stricte vérité.

— Faux, inutile de te cacher derrière ce “Qui” ; c'est toi, ce “Qui”. Ton accident…

— M'a défigurée mais ne m'a pas fait perdre la tête. Je t'en supplie, reprends tes esprits, je veux des explications.

— Tu veux, tu exiges mais en as-tu le droit ?

Audrey tenta de retenir sa grand-mère par la manche de son gilet. Martine se dégagea avec force et se rua vers la sortie, sortant du labyrinthe, tel le Minotaure blessé par les assauts répétés de Thésée, son bourreau.

IX

L'ODEUR

Gants de ménage, éponges et produit désinfectant, Audrey allait les acheter urgemment et remonter la rue du Mené pour faire ses emplettes dans la supérette du centre. Avant cela, elle alluma des bougies parfumées, qu'elle disposa çà et là dans son appartement. Arômes synthétiques qui devaient exhaler la pivoine, qu'Audrey ne sentait pas. Albert lui avait conseillé de contacter un dératiseur parce que l'ancien propriétaire avait dû laisser en partant un rat crevé dans un placard. Sa grand-mère lui avait lancé au visage d'acheter une bombe désodorisante parce que son appartement sentait la mort. Même ses proches la harcelaient, se montrant désobligeants. Quoique ces deux avis non concertés pouvaient fort bien exprimer une réalité qui lui échappait. Elle enfila un trench-coat et sortit. Tout en remontant la rue du Mené, elle réfléchissait. Des badauds léchaient les vitrines, elle marchait à pas lents, perdue dans ses pensées.

Après la visite quelque peu cataclysmique de sa grand-mère, Audrey en était arrivée à la conclusion qu'il y a fort longtemps, sa grand-mère avait épousé en premières noces un certain Claude et fréquenté Markus Jarvis. Un boomerang que venait de prendre en pleine face sa grand-mère alors qu'elle l'avait lancé des dizaines d'années auparavant. Le principe du boomerang était bien de revenir à son point de départ et, là, le retour avait été fracassant. Audrey s'en voulait d'avoir déterré une vie d'antan qui ne la regardait en rien. Désormais comment allait-elle rétablir un ordre qu'elle n'aurait jamais dû déstabiliser ? Un sacré bazar et elle se jugeait innocente, telle une blanche colombe, telle une sainte soudainement transformée en monstre par un manipulateur hors pair, ce "Qui". Le passé de sa grand-mère, quel qu'il ait été, lui importait peu, seul le présent comptait. Son amour présent notamment, même si cet amour battait sacrément de l'aile. Terrible dilemme, fouiller le passé de sa grand-mère pour comprendre ce qui avait motivé ce monsieur Qui a lui envoyer ces bols maléfiques, ou s'abstenir de chercher en attendant que toute cette histoire lui explose en pleine face. Déjà qu'elle était défigurée, une seconde explosion allait la rendre méconnaissable.

Elle se planta face à la vitrine d'un chocolatier. Des œufs de Pâques de différentes tailles et, au milieu de ce savoureux nid, le reflet de son visage. Du chocolat dégoulinant, fondu, impropre à la consommation, voilà ce qu'elle voyait. Elle remonta le col de son trench. Dans la boutique, un bambin la regardait de l'autre côté de la vitre ; pire, il la mangeait du regard, il la dévisageait en grimaçant. La vérité ne sortait pas que de la bouche des enfants mais aussi de leur face. Ils s'employaient à montrer leur dégoût en toute innocence. Ce petit qui déformait sa bouche n'était pas le premier à le faire et ne serait pas le dernier. Audrey aurait voulu lui hurler qu'elle n'avait pas toujours été ainsi. Elle tourna les talons sans même hausser les épaules. Agir vite, acheter, rentrer, s'enfermer à double tour et pleurer.

De retour de ses courses, elle poussa la lourde porte et se sentit enfin à l'abri du monde extérieur qui l'agressait. Elle sourit en voyant les trois boîtes aux lettres à son nom. Elle était sa propre voisine puisque seule propriétaire de la maison bourgeoise de deux étages située en plein cœur de Vannes. Elle occupait l'appartement du premier, ne savait à quoi ou à qui elle allait destiner les deux appartements du rez-de-chaussée, tout comme le grenier à aménager. Probablement qu'elle ne les louerait jamais puisqu'elle ne voulait aucun voisin, souhaitant ne croiser personne dans l'escalier et se retrouver seule dès la lourde porte franchie. Elle ouvrit machinalement une première boîte aux lettres et fut aussitôt saisie d'effroi. La narguait, bien en vue, une enveloppe au liseré jaune sur laquelle était inscrit « *Vous ne vous décidiez pas, j'ai choisi pour vous* ». Ses mains tremblaient, son sac en papier rempli de produits ménagers tomba sur le paillasson. Elle constata que la porte rouillée de la deuxième boîte aux lettres laissait entrevoir un grand vide. Elle s'acharna sur la porte coincée de la troisième. Avec force, elle tira tant et si bien que la charnière sauta. Alors, elle vit un petit paquet recouvert d'un papier de soie, elle hésita à s'en saisir. Allait-il lui exploser en pleine face ? Mâcher de nouveau sa chair ? Affolée, elle s'accroupit, retira du sac en papier les gants ménagers puis les enfila. Geste complètement fou qu'elle s'expliqua par le fait que le paquet pouvait non pas exploser mais être maculé des empreintes de son persécuteur. Son portable vibra et elle fit tomber le paquet. De petits morceaux de faïence bleue s'éparpillèrent sur le sol.

Le message d'Albert s'afficha : « *Jarvis n'était pas dans le train de 18 h !* »

X

NEW YORK

Albert était injoignable. Audrey aurait voulu lui expliquer de vive voix qu'elle avait reçu un nouveau message dans sa boîte aux lettres. Apprendre que Markus Jarvis n'était pas dans le train de dix-huit heures l'inquiétait, d'autant plus que le message écrit disait « *Vous ne vous décidiez pas, j'ai choisi pour vous* ». Ce choix sacrificiel s'était-il porté sur ce malheureux maître Jarvis ? Un vieux bol, comme l'aurait qualifié sa grand-mère. Fort égoïstement, cette pensée la rassura car ce vieux bol, elle ne le connaissait pas. Impossible de contacter la police car le texte inscrit sur l'enveloppe n'avait rien d'alarmant, voire était des plus banals, comme celui laissé par un vendeur de pizzas énervé face à une cliente indécise quant au choix de sa pizza. Cette enveloppe aurait pu être déposée avec une quatre-saisons fumante sur son paillasson. Audrey était dans une impasse, incapable de trouver secours auprès de sa tante Lisbeth ou bien de sa grand-mère. Toutes deux ne croyaient pas en son histoire. Son seul allié, Albert, l'avait lui aussi abandonnée. Et si ce monsieur Qui se cachait dans un des deux appartements vides du rez-de-chaussée ? Elle se sentait incapable d'aller faire le tour du propriétaire, même avec sa bombe anti-agression en main. Elle s'enferma à double tour chez elle et décida de contacter Sasuke et aussi Jones.

Dix-neuf heures en France et deux heures du matin à Tokyo, treize heures à New York. La décence lui intima de contacter en premier lieu Jones.

Jones prit aussitôt l'appel et brancha sa caméra. Audrey lui expliqua que ce contact n'était pas d'ordre professionnel mais privé et concernait le bol qu'il avait reçu par la poste. Jones, installé confortablement dans son bureau, prit ses aises et dégrafa le premier bouton de sa chemise. Calé dans un fauteuil imposant, en accord avec la taille de son propriétaire, Jones fit des vocalises, lançant quelques « bonjour, la France », à la volée. Il adorait parler français, ce qu'il faisait avec un accent québécois déroutant.

— Audrey, ton bol est arrivé lundi en express. Ça m'a fait triper ! Aucun mot mais j'ai su que c'était toi, parce qu'il venait de France, posté à Vans.

— À Vannes.

— C'est ça, de ton coin de France. J'ai fait des recherches sur le Net, c'est un bol typiquement breton que tu m'as offert.

— Un prénom inscrit ?

— Oui, tout à fait à mon goût. J'imagine que tu n'avais pas pu trouver de Jones dans ta contrée. Enfin Ester, c'est l'fun !

— Pourrais-tu me le montrer ?

— SAV, comme tu dis, service après-vente. Excellent état bien que de seconde main, déformation professionnelle, business oblige. J'ai repéré au premier look l'usure.

— OK, place-le bien en face de l'écran et j'aurais aussi voulu voir le fond.

— Permet que j'va laper les dernières gouttes de coca. Je m'en sers de mug.

Deux ans qu'Audrey connaissait Jones et il avait pris un peu d'embonpoint ces six derniers mois, excès de boisson sucrée et de restauration rapide. Il vivait dans une coquette maison de la banlieue est new-yorkaise avec sa femme et ses quatre enfants. Dans un grand garage, il entassait de vieilles motos et des tas de vêtements américains de la guerre du Viêtnam, uniquement des chemisiers, des jupes et des vestes portées par des infirmières. C'est lorsqu'il avait voulu s'en débarrasser sur le Net, avec une mise en scène incroyable en engageant son épouse comme mannequin, qu'Audrey avait pris contact avec lui. Désormais, il développait le concept de vêtements français de seconde main à New York. Une activité balbutiante en laquelle il portait de grands espoirs. Il avait conservé à temps partiel son emploi de comptable dans une société de ventes de pièces détachées de motos. Un type surprenant qui avait changé si souvent de métier qu'Audrey le pensait capable de tout, de démonter le moteur d'une Harley Davidson XLCR Café Racer, de s'extasier devant un tableau bourré de chiffres, de vendre tout et n'importe quoi sur le Net, de parler chiffons, de polémiquer sur la couleur du taffetas d'une robe. De surcroît, il aimait les femmes et la mode parisienne. Sa conjointe le surveillait de près et appréciait qu'il travaille depuis son domicile avec ce nouveau contrat. Audrey n'aurait pas pu jurer qu'il resterait très longtemps son collaborateur mais ce dont elle était certaine, c'est qu'il serait toujours loyal et sincère envers elle.

Jones lapa le reste de coca et montra, l'air enjoué, le fond du bol vide à Audrey.

— Tu vois, la jolie demoiselle en costume traditionnel de ton pays, elle danse sabots aux pieds. La France, ses coutumes et son bon vin, ses girls à la cuisse légère.

— Jones, ne t'emballe pas trop, si ta femme t'entendait. Pourrais-tu prendre des clichés de ce bol et me les transmettre.

— À ton service, c'est un test pour un nouveau job ?

— Presque.

Considérant que l'affaire du bol était close, Jones lui raconta une anecdote croustillante sur un trader new-yorkais qui s'était fait arnaquer par un gamin du Bronx, puis l'abandonna simplement en coupant la connexion. Audrey reçut dans la minute qui suivit dans sa boîte mail une série de photographies qu'elle analysa en urgence. Jones avait dit vrai à propos d'Ester et de la petite Bretonne ; ce qu'il avait omis de préciser, c'est que la jeune demoiselle qui dansait au fond du bol était de dos. Sur le bol au nom d'Ester qu'Audrey avait reçu en début de semaine à son domicile, ce n'était pas une femme mais un homme au chapeau rond qui dansait, sabots aux pieds. Qu'est-ce que cela pouvait bien signifier ? Car, bien évidemment, Audrey en était persuadée, tout avait une signification, même le moindre détail.

Ainsi Jones avait reçu ce fameux bol, lundi tout comme elle. Son persécuteur, désormais ainsi le nommait-elle, avait parfaitement chronométré sa mise en scène. Restait à Audrey à contacter Sasuke. Mieux valait attendre quelques heures pour ne pas l'importuner en pleine nuit, d'ailleurs au risque de ne pas pouvoir le joindre.

XI

TOKYO

Centre-ville de Vannes. Vendredi

Après un début de nuit épouvantable passée à ruminer, à écouter le moindre bruit suspect provenant de la rue ou de son appartement, à tenter de joindre Albert, Audrey se décida à contacter Sasuke. Il était une heure du matin à Vannes mais à Tokyo, Sasuke devait prendre son petit-déjeuner.

Sasuke prit la communication en visio. Il avalait des tsukemono, des légumes marinés, lorsqu'il décrocha. Audrey s'excusa pour cet appel si matinal. Elle eut un haut-le-cœur en imaginant que le bol face à Sasuke contenait des légumes conservés dans du vinaigre, agrémentés d'épices et du fameux shoyu, de la sauce soja. Gêné parce que pris au dépourvu, son interlocuteur masqua l'image tout en tentant de poser la pointe de ses baguettes sur un support en porcelaine. Perturbé par cet appel non programmé, il fit mine d'avoir fini de prendre son petit-déjeuner lorsque son visage réapparut sur l'écran. Il s'essuya délicatement le coin des lèvres.

— Audrey, tu ne me déranges jamais, je venais de terminer mon bol de riz et ma soupe miso. Que puis-je pour toi ?

Sasuke parlait parfaitement le français. Son père était japonais et sa mère auvergnate, fait totalement incroyable. Cet homme d'une quarantaine d'années vouait un amour indéfectible à la culture française, surtout à la littérature et à la mode. Si la cuisine européenne heurtait son palais, il préférait ne pas exprimer son aversion en société. C'est lors d'un dîner à Paris, pris dans un restaurant japonais, que Malouin l'avait présenté à Audrey un an auparavant. De passage en France, il travaillait à l'export pour une société de kimonos basée à Tokyo et qui s'attaquait au marché européen. Interpellé par des demandes de Françaises prêtes à mettre une petite fortune pour acquérir un véritable kimono japonais vintage, il avait constaté que la réciproque était aussi vraie. Une catégorie de Japonaises aisées et branchées se ruait sur des sacs, chemisiers et tailleurs ayant déjà été portés par des Françaises. La difficulté résidait pour ces femmes à trouver des vêtements de petite taille, donc en dessous du 40, voire retouchés au niveau de la poitrine. Comme le marché commençait à New York pour des tailles allant bien au-delà du 40, le créneau japonais avait permis d'élargir les ventes sur les tailles 34, 36 et 38. Si Sasuke n'avait pas désiré quitter son emploi, il avait néanmoins accepté la proposition d'une association.

En prenant des parts dans la société créée par

Audrey et en acceptant de lancer le concept de seconde main au Japon, il était devenu tout naturellement un collaborateur de l'enseigne. À la quantité, il privilégiait la qualité du produit mis en ligne. Audrey l'avait rencontré physiquement deux fois, toujours en France.

Il résidait avec son épouse à Asakusa, un quartier à la mode, dans un appartement situé près du temple Senso-ji.

Tout comme elle l'avait fait avec Jones, Audrey expliqua que cet appel était purement privé et relatif au bol qu'il avait reçu par la poste. Elle lui proposa de lui en dire plus sur cet envoi ; Sasuke ne chercha pas à savoir pourquoi, même si cela l'intrigua puisque c'était elle qui lui avait fait parvenir le présent.

— C'est un coursier qui a déposé lundi à mon domicile ton cadeau empaqueté dans du papier de soie jaune, sans aucun mot d'accompagnement. Ce bol personnalisé à oreilles bleues et au décor traditionnel breton provient, si je ne m'abuse, d'un atelier de céramiques de Cornouaille. Une pièce unique décorée, issue de la chromolithographie, technique consistant à émailler, cuire et ensuite appliquer un décor sur une pièce recuite. Bien que je ne me prénomme pas Markus, cet envoi m'a touché et me touche encore.

— Est-il de seconde main ?

Les sourcils noir ébène de Sasuke se soulevèrent légèrement, son front se plissa.

— Effectivement, une délicate craquelure située en son fond et une peinture ayant quelque peu perdu de son éclat me le laissent à penser.

— Surprenant.

— Oserais-je… Pourquoi un tel choix ? Pour quelle célébration ?

— Mon cher Sasuke, c'est bien là, le blême. Aucune idée parce que ce n'est pas moi qui te l'ai transmis même si, je l'imagine, le colis provient de France, avec le cachet de la poste de Vannes.

— Fort déroutant ce que tu m'apprends là. Peut-être est-ce Malouin ?

Audrey ne répondit pas, cela ne lui était pas venu à l'esprit que ce soit son collaborateur parisien qui ait pu expédier ces deux bols.

Malouin connaissait les adresses personnelles de Sasuke et Jones, et n'avait a priori pas été destinataire d'un bol. Si elle ne pouvait croire que Malouin se soit mis à la persécuter, il avait très bien pu communiquer les coordonnées de Sasuke et de Jones à quelqu'un d'autre. Une nouvelle piste s'offrait à elle.

— Je vais contacter Malouin. Quoi qu'il en soit, oublie mon appel, c'est un mystère que je vais bien vite lever et sans gravité aucune. Mais avant, si tu pouvais toutefois me transmettre des photos de ce bol, cela m'aiderait à résoudre l'énigme.

— Un jeu ? Vous en êtes friands, les Français. Un jeu traditionnel, avec un ou plusieurs joueurs bien moins connectés que ceux que je vois ici.

— La tradition, le passé, tu as raison, probable que nous ayons affaire à un joueur de la vieille école qui s'amuse avec nous.

— Je veux bien oublier ton appel mais je dois t'avouer que tout cela reste préoccupant. Les objets sont chargés de souvenirs. N'y prends pas ombrage, mais je pense que je ne boirai pas du saké dans ce bol.

— Emballe-le dans du papier d'aluminium pour que les ondes néfastes ne s'en échappent pas.

Le Tokyoïte se raidit, prenant au premier degré la remarque. Les Japonais étaient très sensibles au mauvais œil.

— Souhaites-tu que je te le réexpédie, après l'avoir enveloppé ?

— À toi de voir. Sasuke, c'est un jeu.

Audrey préféra rassurer son ami tokyoïte, qui semblait prêt à déposer l'offrande dans le temple voisin de son domicile. Néanmoins, il avait vu juste : que cet objet soit chargé de souvenirs, parce que de seconde main, avait son importance.

La conversation prit fin après un salut amical, tous deux debout, têtes baissées et mains jointes. Quelques minutes plus tard, elle reçut des clichés en provenance de Tokyo avec un simple mot : « *Qui est Markus ?* »

XII

LES ROUBAIX

Ce passage d'un fuseau horaire à un autre, bien que virtuel, avait épuisé Audrey. Paupières lourdes, elle s'allongea sur son lit et s'endormit tout habillée. C'est en sursaut qu'elle se réveilla vers dix heures du matin, un visiteur sonnait à l'interphone audio. Elle se frotta les yeux et se précipita dans l'entrée pour répondre.

— Alberto, c'est toi ?

— Non, vous êtes bien madame Doubriac ?

— Oui, c'est à quel sujet ?

— Nous venons pour la location de l'appartement situé au rez-de-chaussée.

Audrey eut un mouvement de recul, incapable de répondre.

— Madame Doubriac, vous êtes toujours là ?

— Qui êtes-vous ? Et qui vous envoie ?

— L'agence sur le port. Nous sommes les Roubaix, Markus et Lilas Roubaix.

Interloquée, Audrey hésita puis actionna à distance l'ouverture de la porte d'entrée.

— Montez, je réside au premier étage.

À peine venait-elle de répondre qu'elle se sentit comme prise au piège. N'avait-elle pas agi trop précipitamment en laissant entrer des inconnus aux prénoms suspects ? Tout allait crescendo. Un second Markus et une seconde Lilas entraient dans sa vie, cela ne pouvait être un hasard. Le mystère s'épaississait et chaque heure lui amenait son lot de surprises. L'homme qui s'était présenté sous le nom de Markus Roubaix avait une voix jeune, un trentenaire tout au plus.

En ouvrant la porte d'entrée de son appartement, Audrey eut une première impression plutôt agréable, découvrant un jeune couple avenant. L'homme portait une barbe bien taillée, pantalon et veste grise de bonne coupe, pull sombre à col roulé et écharpe colorée. La jeune femme était en jean, bottines vernies à talons, chemisier clair et imperméable beige. À la main, elle tenait une sacoche en toile de marque. Le style bonne famille aurait inspiré confiance à une propriétaire désireuse de louer mais, comme ce n'était pas le cas, la confiance n'était pas de mise. Audrey se tenait prête à mener un interrogatoire rapide sur le seuil.

— Markus Roubaix, dit-il en présentant sa main à Audrey, qui fit mine de ne pas la voir.

Il s'empressa de mettre ses mains dans ses poches pour dissimuler sa gêne. Audrey lui en fut reconnaissante, elle n'était pas d'humeur à sympathiser. Elle se permit de dire :

— Markus et Lilas Roubaix, c'est bien cela ?

— Oui, nous nous sommes mariés récemment. L'agent immobilier nous avait remis un descriptif sommaire et cela correspondait à ce que nous recherchions. Deux chambres, une cuisine ouverte sur une grande pièce à vivre et le tout en plein centre. Lilas et moi venons de prendre nos fonctions à l'université de Bretagne Sud à Vannes, je suis assistant et mon épouse est secrétaire.

La jeune femme ne s'était pas présentée et acquiesça en hochant la tête. Comme paralysée, son corps ne bougeait pas. Visage poupin, elle ressemblait à une poupée de porcelaine. Une image sans son. Markus poursuivit.

— Sachez que ce n'est pas dans nos habitudes de louer sans avoir visité. Il y avait urgence.

— Comment cela, de louer ?

— Nous avons signé le bail lundi dernier, l'agence nous a remis les clés ce matin, et les déménageurs ont déposé nos premiers effets en présence de l'agent immobilier hier après-midi vers quatorze heures trente. Nous ne voulions pas nous installer sans vous avoir salué, c'était la moindre des corrections. De surcroît, nous n'avions pas le code de la porte d'entrée ni les clés.

Audrey écarquilla les yeux. Hier après-midi alors qu'elle prenait le thé avec sa tante Lisbeth, des déménageurs s'étaient permis de déposer des meubles au rez-de-chaussée. Rien vu, rien entendu, rien su. À la vitesse de l'éclair, des squatteurs s'installaient chez elle avec un aplomb déstabilisant. Ce couple transpirait la bonne foi, ce qui était encore plus terrifiant.

— Jamais, vous m'entendez, jamais je n'ai mis cet appartement en location dans une quelconque agence immobilière. Vous devez vous tromper d'adresse !

La jeune femme, jusque-là muette, s'exprima.

— Madame Doubriac, reprenez vos esprits et conservez votre calme. Je peux vous montrer le bail si vous le désirez et aussi la copie des chèques remis. Cette situation est si gênante. Devoir nous justifier alors que nous avons établi un contrat en bonne et due forme, payé les trois premières mensualités et la caution rubis sur l'ongle et même emménagé sommairement. Il est vrai que nous n'avions pas visité les lieux et accepté le bail sur descriptif. Quant à votre présence pour signature ou même emménagement, elle ne nous a pas semblé nécessaire puisque vous aviez donné mandat à l'agent immobilier pour agir en votre nom. Désolée mais désormais nous sommes chez nous à l'étage inférieur. La mémoire vous reviendra, madame Doubriac.

Audrey était interloquée. Restée silencieuse en début de rencontre, cette demoiselle venait de lui claquer une longue tirade surréaliste et moralisatrice pour lui signifier son bon droit. Face à ces squatteurs qui se considéraient comme légaux et dans leur droit, Audrey eut un sentiment de panique, elle vivait un moment d'extrême solitude, placardé au milieu d'un cauchemar. Elle se frotta les yeux. Quelles étaient ses options : hurler, agresser physiquement la poupée de porcelaine, qui en réalité était une peste, en lui empoignant une mèche de cheveux, ou encore lui réclamer de voir le bail avant de lui tordre le cou ? Du grand Kafka. Audrey n'eut pas à choisir l'option à prendre, Lilas Roubaix sortit de son cartable en toile un dossier qu'elle tendit à Audrey.

Devait-elle entrer dans cette spirale infernale, en prenant ce dossier ? Audrey hésitait. Allait-elle découvrir ce fameux bail daté avec signatures, cachets et adresse de son appartement ?

Elle s'exprima clairement, sèchement mais calmement.

— Monsieur et madame Roubaix, veuillez attendre sur le pas de cette porte, je vais téléphoner à l'agent immobilier qui aurait apparemment traité avec vous, et ce sans mon accord. Si c'est une plaisanterie, elle est de très mauvais goût ; si c'est une arnaque, elle sera vite démasquée.

Audrey ne prit pas le dossier mais uniquement une carte de visite de l'agent immobilier que lui tendait cette prétendue Lilas Roubaix.

Lorsque cinq minutes plus tard, Audrey ouvrit sa porte, le couple Roubaix avait disparu. Elle prêta l'oreille et entendit des déménageurs qui s'affairaient en bas de l'escalier. Elle vit passer un matelas, un sèche-linge et même un piano droit. Ainsi Lilas Roubaix jouait du piano ou bien était-ce Markus qui s'adonnait aux joies de la musique ? En pleurs,

Audrey s'affala sur le seuil de sa porte. L'agence avait confirmé les dires des tourtereaux et même précisé que c'était elle, Audrey Doubriac qui, peu après de l'achat de l'immeuble, avait signé une procuration pour agir en son nom pour louer l'appartement du rez-de-chaussée. Un mois que l'agent immobilier détenait cette procuration. Il n'avait fait aucune visite préalable et loué sur dossier à un couple bien sous tous rapports et avec une situation financière stable. Au téléphone, l'agent avait terminé ses explications par une remarque déconcertante : « Madame Doubriac, la mémoire vous reviendra très vite, l'accident a probablement causé cette perte momentanée de mémoire. Vous verrez, ce sont des jeunes très bien, pas d'animal de compagnie et pas d'enfant, c'est ce que vous désiriez, souvenez-vous. »

XIII

LE TRIANGLE

C'est en sanglots et assise sur son paillasson qu'Audrey prit l'appel d'Albert.

— Alberto, viens vite à mon secours.

— Mais tu pleures. Ton persécuteur a donné signe de vie, un nouveau bol ?

— Non, peut-être pire. Et toi ? Je t'ai laissé tes tas de messages.

— Tu ne le croiras pas, impossible de remettre la main sur mon smartphone, je viens tout juste de le récupérer au guichet de la gare de Vannes. Hier, paniqué, ne voyant pas Markus descendre, j'ai fait des allers-retours entre le hall, les quais et même le kiosque à journaux. Mon téléphone a dû glisser de ma poche, enfin il avait été retrouvé derrière une pile de magazines.

— Ah, tout s'explique. Et Jarvis, bien arrivé ? demanda-t-elle en reniflant.

— Il avait loupé l'arrêt à Vannes, un assoupissement passager, et était descendu à la gare d'Auray. Désappointé, ne réussissant pas à me joindre, il a pris un taxi pour faire en sens inverse le trajet

Auray-Vannes. C'est seulement hier en début de soirée que je l'ai vu débarquer chez moi en taxi, totalement exténué, traînant avec difficulté une lourde valise. Désormais, l'important, c'est toi. Qu'entends-tu par pire ?

Audrey analysa qu'un Markus, vieux et épuisé mais en bonne santé, était en compagnie d'Albert. Comme elle avait cru que son harceleur avait décidé d'éliminer Markus Jarvis, de le sacrifier parce qu'elle ne s'était pas décidée et qu'il avait choisi pour elle, dixit son message, elle fut prise de fébrilité. Si ce n'était pas maître Jarvis qu'il avait éliminé, ne pouvait-il pas s'en être pris à Martine, sa grand-mère ?

— Albert, il faut que je contacte au plus vite ma grand-mère, j'ai un mauvais pressentiment. Si tu pouvais venir au plus vite me rejoindre chez moi, j'ai quelque chose à te montrer. Tu n'en croiras pas tes yeux. Je vis l'enfer mais je vais bien. J'ai juste la tête un peu en vrac.

— OK, de toute façon, Markus se repose chez moi et je suis garé sur le parking de la gare. J'arrive, dans dix minutes je suis chez toi.

Audrey laissa un message sur le portable de sa grand-mère puis composa le numéro de téléphone du domicile de cette dernière. Adepte des portables "ancienne génération", Martine utilisait le sien uniquement lorsqu'elle se déplaçait et ne lui connaissait que deux fonctions, téléphonie mobile et éclairage via une lampe torche capricieuse. Son fixe était un objet qu'elle affectionnait bien plus particulièrement, du tactile avec de bonnes vieilles touches qu'elle écrasait avec ravissement. Enfoncer une à une les touches pour composer les numéros d'appel et elle entrait progressivement en connexion avec son futur interlocuteur. Elle aimait à dire qu'elle était de la génération talkie-walkie. Le répondeur du fixe s'enclencha et Audrey entendit « Vous êtes bien chez Martine Doubriac, je suis absente pour le moment, sans doute à faire quelques courses, je vais rentrer bien vite et je vous rappellerai si vous me laissez votre numéro sur mon répondeur téléphonique ». Message fleuve articulé distinctement suivi d'un nombre important de cliquetis et d'un « Zut et zut » enfantin. Audrey sourit à l'écoute de ce double « zut » hors d'âge. Sa grand-mère n'était pas à son domicile à Conleau et injoignable sur son portable. Cela lui déplut. Sachant qu'Albert allait arriver, elle hésita à se rendre en urgence chez sa grand-mère. Martine n'était-elle pas en danger ?

Indécise, Audrey réintégra son appartement, consciente qu'un déménagement bruyant se terminait contre son gré et que ce brouhaha s'avérait néanmoins être accessoire. Elle alluma des bougies odorantes aux quatre coins du salon. Cinq minutes plus tard, Albert frappa à sa porte. Rapidement, elle lui expliqua la situation ubuesque qu'elle vivait avec un jeune couple qui emménageait au rez-de-chaussée et lui rappela que c'était tout autre chose qui la contrariait ; sa grand-mère n'était pas joignable et l'affaire des bols la hantait. Albert, assis sur le tabouret en teck, demeurait muet. Audrey le dévisageait. Il avait pris la posture du penseur de Rodin, paume sous le menton, coude en appui sur son genou, véritable statue grecque plongée dans une réflexion pour l'éternité. Cette attente était insupportable. Audrey analysa cette pose surjouée, probablement due au fait qu'Albert suivait des cours à distance pour parfaire son éducation. Se considérant comme trop manuel, il regrettait de ne pas avoir poursuivi étant jeune des études qui lui auraient offert une assise intellectuelle bien que sans aucun avenir professionnel. À quarante ans, il s'était plongé dans la sociologie, la psychologie et finalement s'était inscrit à des cours en ligne de philosophie. Il délaissa sa pose pour enfin s'exprimer.

— As-tu déjà entendu parler du triangle dramatique, celui de Karpman, une sorte de jeu de rôle avec un triptyque composé d'un persécuteur, d'une victime et d'un sauveur ?

— Non. Un rapport entre ce couple et moi, les Roubaix ?

— Je ne sais pas. Disons que j'expérimente à voix haute un nouvel angle d'approche de tes nombreux problèmes qui surviennent brusquement.

— Dont le colis et les messages. Alors, ce triangle ?

— Au départ, un triangle dramatique apparaît lorsqu'une personne joue le rôle d'une victime ou d'un persécuteur. Cette personne ressent alors le besoin d'enrôler d'autres acteurs dans le conflit. Comme c'est souvent le cas, un sauveur est encouragé à entrer dans la pièce. La victime est incapable de formuler ses besoins et, ne pouvant faire une demande, prend la stratégie de transférer le problème à quelqu'un d'autre.

— Au sauveur ?

— Exactement, as-tu agi ainsi ?

— J'ai cherché secours auprès de trois personnes, mes sauveurs. Je dois dire qu'effectivement j'ai eu beaucoup de mal à m'exprimer, à formuler clairement ma demande. C'est vrai, je souhaitais transférer mon problème à ma grand-mère et aussi à ma tante. Le fiasco ! Avec toi, j'ai été plus convaincante.

— Donc, ce serait moi, ton sauveur. Embarrassant car un sauveur s'occupe des besoins des autres, afin de ne pas avoir à s'occuper des siens, de ne pas avoir à ressentir l'inconfort de ses besoins non nourris. Je suis en mauvaise posture. Quant au persécuteur, il écoute ses propres besoins et absolument pas ceux des autres.

— Il me pourrit la vie ! Comment se sort-on de cette équation infernale ?

— Changer de posture, se mettre à la place du persécuteur. Pourquoi agit-il ainsi ? N'éprouve-t-il pas le sentiment d'être une pauvre victime ? Souhaite-t-il faire payer son état à celui qui lui gâche la vie ?

— Donc, mon persécuteur s'imagine être victime d'une persécution que j'aurais ourdie ? Il m'en voudrait parce que je serais à l'origine de son mal-être ?

— Ce qui sous-entend qu'il ne t'a pas choisie au hasard. Soit il te connaît personnellement, soit il ne te connaît pas réellement mais, quoi qu'il en soit, tu es à la source de tous ses tracas. Un différend avec lui serait le nœud du problème.

— Cherchons le conflit pour trouver le persécuteur. Je suis en guerre avec Shepard mais je le retire de la liste. Décision sans retour et sans explication, c'est ainsi.

— Tu l'aimes toujours ?

— Pas le sujet. Les conflits récents s'amoncellent depuis le début de la semaine, avec ma grand-mère qui a eu une vie secrète il y a bien longtemps et qui me soupçonne de la harceler, avec ma tante Lisbeth qui couvre les agissements de sa mère, avec les Roubaix, des squatteurs bien sous tous rapports.

— Conflits trop récents et motifs anodins. Et la procédure en cours à la suite du drame que tu as vécu ?

— Je ne cesse d'y songer. J'ai des ennemis, je ne peux pas te le cacher.

— Qui sont-ils ?

— Plutôt combien. Ils sont cinq à avoir vu leur existence basculer.

— Tu peux me parler d'eux ?

Audrey hésita.

— Revenir sur l'accident, un exercice douloureux pour moi. Deux mois que je vis à Vannes, nous

nous sommes vus une dizaine de fois et tu as eu la délicatesse de ne jamais m'en parler, probablement qu'il est temps que tu en saches un peu plus. Parce que ce que tu as pu lire dans la presse n'a dévoilé que la partie émergée de l'iceberg.

XIV

L'ICEBERG

La bougie odorante était posée sur une petite table très eighties, un cube en miroir de verre noir sur un support en bois. Dans le salon, cette table basse aurait dû être la meilleure alliée d'un canapé, sauf que, de canapé, il n'y en avait pas. Audrey était assise sur un tabouret en chêne avec structure en tôle d'acier, le summum de la simplicité et de l'inconfort. Elle fixait la flamme de la bougie, cherchant une lueur d'inspiration teintée d'espoir.

— Alberto, les souvenirs sont parfois si étranges. Ce dont je me souviens c'est que, ce matin-là, j'étais heureuse. Mon horoscope était excellent, ridiculement bon. Un astrologue au nom évocateur, un certain Pascal Astral.

Albert esquissa un sourire et Audrey le saisit au vol.

— OK, tu peux te moquer, un pseudo. Quoi qu'il en soit, il me prédisait, à moi et à des milliers d'autres nés sous le signe du Bélier que Mars m'invitait à prendre l'engagement d'être moi-même. Ni tabou ni restriction, et un conseil avisé « Ouvrir mon cœur ». Plus vous bougez, plus ça bouge autour de vous. Monsieur Astral ne croyait pas si bien dire. Donc, j'avais la pêche, cultivant une positive attitude dès mon lever. J'ai enfilé deux tartines beurrées que j'avais couvertes d'un subtil nappage, de la confiture de clémentines corses. Si je te donne ces menus détails, c'est qu'ils ont leur importance. J'ai dû attendre tant de mois avant de pouvoir de nouveau mâcher. Ce matin-là, j'ai avalé ces tartines à la va-vite. Quand j'y songe, un quotidien précieux que l'on n'apprécie à sa juste valeur que lorsque l'on en est privé.

— Un calvaire par la suite.

— Oui, un enfer. Tu es venu me voir à l'hôpital, tu as pu constater.

— Bouillie à la petite cuillère et boisson à la paille. Un régime alimentaire liquide. Tu as été d'une force incroyable, psychique et physique. Tu n'as pas baissé les bras.

— Bien sûr que je les ai baissés, mais pas en public ! Je me suis accrochée à mon entreprise comme à une bouée de sauvetage, j'ai tout tenté pour ne pas perdre pied et maintenir ma boîte à flot. Impossible de parler mais j'avais toute ma tête et mes doigts pour pianoter sur mon écran. Je n'ai pas lâché les rênes de mon business bien longtemps, tout juste les deux premières semaines qui ont suivi le drame. Le plus douloureux fut le regard des autres. Shepard notamment, il m'avait aimée parce que j'avais été d'une beauté à couper le souffle, c'est lui qui me l'a dit. Il s'est détourné de moi parce que je ne l'étais plus. Si cela avait été lui qui avait eu le visage déformé, je me suis demandé quelle aurait été ma réaction. Je pense que je ne l'en aurais pas moins aimé.

Le fait qu'Audrey revienne sur la matinée du jour de la tragédie interpella Albert. Un arrêt sur image, l'image d'avant le drame gravée à jamais dans la mémoire d'Audrey. Elle devait en venir au fait et à ceux qui avaient été impliqués dans cette catastrophe. L'un d'eux pouvait fort bien être son persécuteur. Albert sortit un mouchoir de sa poche et l'appliqua sur son nez. C'est la voix enrouée qu'il proposa :

— Ma cocotte, et si nous allions marcher du côté de La Rabine, nous asseoir sur un banc, enfin trouver une assise avec dossier.

— Pas adepte du tabouret… En plus, mon appartement n'est plus un havre de paix. Les cartons disséminés, les claquements de porte provenant du rez-de-chaussée, l'odeur nauséabonde que je tente de masquer avec des bougies parfumées. Fichue perte d'odorat et sacré bazar. En prime, ma déprime post-traumatique qui ressurgit. Tu as raison, allons prendre l'air.

— Nous éviterons la foule. On pourrait descendre sur le port, longer le chenal.

— Marcher parce que j'ai toujours mes deux jambes alors que j'ai perdu la tête.

— Tu es saine d'esprit, jamais tu n'as perdu tes facultés intellectuelles.

— Je ne peux pas le garantir. Tout à l'heure, j'ai contacté l'agent immobilier qui m'a vendu la maison. Je lui aurais dit que je cherchais des locataires et même précisé « pas d'animal de compagnie et pas d'enfant ». Eh bien, de cela, je n'ai aucun souvenir !

Albert blêmit.

— Incompréhensible.

— Je suis peut-être folle !

Audrey tourna son visage du côté gauche pour qu'Albert puisse bien voir les cicatrices.

— Regarde-moi, je fais peur à voir. Comme le drame que j'ai vécu, un iceberg, on distingue le haut mais qu'est-ce qu'il y a dessous ?

Audrey appliqua sa main sur son front. Sa paume vint frapper son crâne à plusieurs reprises. Albert s'approcha d'elle et lui attrapa la main.

— Arrête ! Moi, je te le confirme, tu n'es pas dingue. C'est autre chose.

— Un complot !

— Et pourquoi pas ?

— Les thèses complotistes, pas trop mon fort.

— Allons prendre l'air. Moi et toi, avec ta mine des mauvais jours. Ton visage, je l'aime comme il est désormais.

Albert lui caressa la joue tendrement, elle laissa une larme perler et venir mourir entre les doigts de son meilleur ami. Il était son sauveur, là, à cet instant précis, il l'était plus encore.

XV

LE DRAME

Vannes, La Rabine

Albert à ses côtés, Audrey avait marché sans prononcer un mot. Par deux fois, elle avait tenté de joindre sa grand-mère, vainement. C'est seulement lorsqu'ils furent installés sur un banc, à l'ombre des feuillages face au chenal, rive droite de la Rabine, qu'elle se détendit. Albert s'en voulut mais il lui fallait bien revenir sur la tragédie.

— Donc, ils sont cinq à avoir vu leur existence basculer.

— Bien plus nombreux si l'on envisage les dommages collatéraux, famille, proches.

— Le plus jeune n'avait pas quinze ans. C'est bien cela ?

— C'est le seul qui s'est rendu à l'hôpital où j'avais été admise. Je ne pense pas que ses parents aient été au courant de sa démarche parce qu'il est venu sans eux. Quinze jours après le drame, il a demandé à une infirmière de me faire parvenir une rose jaune en précisant que des chocolats auraient été malvenus, étant donné que je ne pouvais plus rien avaler. Je n'ai jamais compris ce que cette rose signifiait, pas plus que je n'ai su si sa remarque était sans arrière-pensée.

— Pas tort pour les chocolats, c'est tout ce que tu dois en retenir. Que la rose soit jaune, un signe.

— Oui, ce n'était pas par hasard. Enfin, un geste. Il s'appelle Théo et vit maintenant près de Pau, il a déménagé avec toute sa famille là-bas.

— Donc, il a quitté Paris. Franchement, je ne pense pas qu'un gamin puisse avoir élaboré une stratégie de persécution aussi bien ficelée. Un bol expédié à New York et un autre à Tokyo, un timing parfait.

— Le jeune Théo m'a laissé cette rose en guise d'adieu. Il a maintenant plus de seize ans et je crois que je n'entendrai plus jamais parler de lui. Peu de séquelles physiques, vraisemblablement un traumatisme comme les autres mais il oubliera.

— Il y avait aussi cette jeune femme qui n'aurait pas dû se trouver là ce matin-là.

— Sandrine Meloff, une demoiselle de vingt-deux ans, en sixième année de médecine. Une surdouée.

— Je m'en souviens. Dans la presse, on a pas mal parlé d'elle, de sa vocation, de son implication durant la crise du Covid.

— Une aubaine pour les médias, la demoiselle parfaite qui passait bien à l'écran. Un excellent phrasé, un visage d'ange ; ses petites lunettes d'écaille lui donnaient l'air intellectuel. Ses longs cheveux châtains qu'elle lissait consciencieusement et maladroitement chaque fois qu'elle s'apprêtait à prendre la parole en public, du pain béni. Je pense qu'elle fera un excellent médecin.

— Elle ne se destinait pas à être chirurgienne ?

— Non, je l'ai appris par la suite et cela m'a soulagée. Un énorme soulagement. Elle avait été blessée à une main.

Le portable d'Audrey vibra. Sa grand-mère venait de lui laisser un message pour lui intimer de cesser de l'importuner et de ne reprendre contact avec elle que plus tard, cela signifiant qu'elle n'était pas d'humeur à converser avec sa petite-fille. De cette irritation, Audrey en fut ravie. Ainsi, Martine était en colère et suffisamment en forme pour le faire savoir à qui de droit. Albert avait raison avec son triangle dramatique : de victime, on pouvait très vite passer du côté du persécuteur. Mieux valait laisser le calme revenir au sein de sa famille. Quant à sa tante Lisbeth, une pause dans leurs relations s'imposait tout autant.

Albert s'était levé et s'éloignait du banc, longeant la rive droite du chenal d'entrée dans le port de Vannes. La promenade était agréable parce que arborée et fréquentée non seulement par des piétons mais aussi des cyclistes. Un havre de paix au cœur de la ville. Audrey le rejoignit.

— Ma grand-mère m'a laissé un message. Elle va bien, je me suis inquiétée pour rien. Bon, revenons à Sandrine Meloff. Ton avis ?

— Si elle avait voulu s'en prendre à toi, je ne pense pas qu'elle aurait eu l'idée de t'expédier des bols bretons. Compte tenu de son âge, elle t'aurait plutôt attaquée via les réseaux sociaux.

— Pas faux, donc une personne plus âgée. Peut-être monsieur Ferrero, Antoine Ferrero.

— Le restaurateur parisien, c'est bien cela ?

— Un chef étoilé, la cinquantaine. Associer un bol à la cuisine, une piste prometteuse. Il avait été admis au même hôpital que moi après le drame. Des plaies aux jambes et aux bras. Qu'est-il devenu depuis ? Je ne sais pas.

— OK, je vais mener ma petite enquête. Sur le Net, ce sera rapide de retrouver sa trace. Ensuite, je le contacterai par téléphone sous un prétexte quelconque.

— Et tu lui demanderas quoi ?

— Ne grille pas les étapes, n'oublie pas que je suis ton sauveur. Nous allons tâtonner ensemble. Le coupable sera vite démasqué. Bon et les deux autres, qui sont-ils ?

— Deux femmes, deux cousines.

Audrey fit volte-face, a priori souhaitant faire demi-tour.

— Alberto, j'aimerais rentrer pour voir ce qu'il se trame dans ma maison, à tous les étages.

— Ton couple de squatteurs ?

— En fait, ils ne le sont pas vraiment.

— Exact. Donc, à combien as-tu fixé le loyer ?

— Tu as de l'humour, je n'en ai aucune idée.

— Ma cocotte, cette histoire de bols, bien qu'ennuyeuse, semble être supplantée par l'affaire des locataires. De ce pas, je vais mener mes investigations concernant cet Antoine Ferrero.

— Et Jarvis, il ne faut pas que tu l'oublies.

— Je vais rentrer chez moi pour jouer le fin limier. Quoique te laisser seule en ce moment ne soit pas la meilleure des idées. Tu veux m'accompagner pour rencontrer le maître de l'horlogerie suisse ?

— Non, j'ai besoin de me retrouver dans ma maison, sans personne dans mes pattes. Je vais mettre un peu d'ordre dans mon appartement. Ce soir, par contre.

— Je pourrais t'inviter à passer la nuit dans mon deux-pièces mais comme j'ai laissé ma chambre à Markus et que, moi, je compte occuper le canapé… Il faudrait se serrer. Si tu veux, je couche chez toi.

Audrey soupira, soulagée.

— Je n'osais pas te le proposer, j'ai de la place et je vais donner un grand coup de ménage. Je veux que mon nid douillet sente la rose et le jasmin. Le cadavre, je vais le débusquer.

— Le cadavre ?

— Oui, celui du rat crevé !

XVI

L'AGENT IMMOBILIER

Vannes, le port

Albert avait rejoint le quartier Saint-Patern, là où il résidait. Tandis qu'Audrey avait fait mine de rentrer chez elle. Dès qu'Albert avait disparu de son champ de vision, elle avait pris la direction du port de Vannes, revenant sur ses pas. Il fallait qu'elle en ait le cœur net. Était-elle devenue folle ? L'agent immobilier qui lui avait vendu la maison lui avait certifié au téléphone, à grand renfort de précisions, qu'elle avait donné son accord écrit et bien évidemment verbal pour mettre en location un de ses appartements du rez-de-chaussée, voire peut-être les deux.

Elle entra dans l'agence, déterminée à agir. L'agent immobilier déserta promptement son bureau pour venir à sa rencontre. De petite taille, athlétique, l'homme ou plutôt ce concentré de muscles dissimulé sous une chemise bleu pétrole s'apprêtait à la saluer. Sourire éclatant, visage légèrement hâlé, il entretenait son physique, tout comme sa clientèle, avec grand soin.

— Madame Doubriac, comment allez-vous ? Satisfaite de votre acquisition ? Un emplacement de rêve, à deux pas du port et des commerces, plein centre, de beaux volumes, un fort potentiel.

— Je suis au courant.

— Excusez-moi, vous venez probablement pour les Roubaix, charmants comme je vous l'ai exprimé au téléphone il y a peu. Je vous ai déniché des perles rares, sans enfant, sans chien, excellente situation professionnelle.

Audrey eut l'impression qu'il lui vantait un plat des plus délicieux, du bon rapport qualité-prix. Il devait avoir une liste de qualificatifs positifs qu'il adaptait selon s'il flattait un bien ou une personne. Il proposa à Audrey de prendre place en face de lui de l'autre côté de son bureau. Un imposant verre feuilleté faisait office de plateau posé sur un empiétement en frêne. Audrey préféra entrer dans le vif du sujet, avant qu'il ne lui signale une belle occasion, à fort potentiel bien évidemment.

— Nous nous sommes vus deux fois, si je ne m'abuse ? Et je portais toujours un masque ?

— Je dirais trois fois, masquée… De nos jours, cela ne m'a pas surpris. Je ne savais pas…

— …que se cachait un tel visage sous ce masque. Vous avez bien dit trois fois.

L'homme parut surpris tout autant par la remarque que par la tournure prise par ce rendez-vous non programmé aux allures d'interrogatoire.

— Exact, c'est lors de notre dernier rendez-vous que vous avez d'ailleurs émis le souhait de louer l'un des deux appartements du rez-de-chaussée, voire les deux par la suite. Après votre importante acquisition sans prêt bancaire, votre décision de louer m'est apparue comme non nécessaire, compte tenu de vos liquidités disponibles, mais fort judicieuse. Un excellent placement, une opération immobilière que vous pourriez renouveler aisément.

L'homme étant viscéralement commercial, pour lui faire lâcher prise, Audrey allait devoir repréciser l'objet de sa visite.

— Quand suis-je venue pour la troisième fois ?

L'agent immobilier la regardait du coin de l'œil, suspicieux, intrigué. Il ne semblait pas gêné par la difformité du visage d'Audrey, visage qu'il découvrait pour la première fois totalement mis à nu, mais semblait bien plus curieux de comprendre où elle voulait en venir. Il consulta son agenda posé sur son bureau, le feuilleta.

— Je note tout, même si cela fait double emploi, agenda électronique et papier. Donc, voilà, c'était exactement le 23 mars à quatorze heures.

Audrey n'eut pas besoin, elle, de consulter son emploi du temps pour se souvenir que le jour du fameux rendez-vous, elle se trouvait à Paris en compagnie de Malouin.

— Impossible, ce n'était pas moi !

L'agent immobilier plissa les paupières, ses yeux devinrent deux fentes, ou plutôt deux meurtrières. Audrey ressentit un malaise, comme s'il l'aspirait en entier par les yeux. Sa tête, son corps et ses membres devinrent poussière, que l'homme tentait d'absorber en plissant et replissant ses paupières. Il l'avalait. Une sensation étrange, déroutante et nouvelle. Audrey eut un mouvement de recul pour se libérer de l'emprise maléfique. Elle devenait folle. Brusquement, l'homme ouvrit les yeux en grand et lâcha :

— Si ce n'était pas vous, alors qui était-ce ?

Sa question résumait bien la situation. Audrey resta muette.

— Madame Doubriac, songeriez-vous, fort tardivement, à retirer votre bien du marché ? Les locataires viennent d'emménager, je crois me souvenir que vous avez même encaissé la caution et les trois premiers mois de loyer. Je n'ai fait que suivre vos instructions. Excusez-moi, devrais-je dire suivre les instructions de celle qui n'était pas vous et vous ressemblait à s'y méprendre.

À cet instant précis, Audrey sut que si elle allait plus avant, s'emportait, tentait de se justifier ou de fournir des preuves, ce serait parole contre parole et qu'elle pouvait tout y perdre. Quelqu'un venait d'usurper son identité par trois fois, auprès de cet agent immobilier et auprès de Sasuke et de Jones. C'était effrayant. Cette usurpatrice, car c'était une femme, souhaitait la voir plonger et la faire passer pour folle. Audrey se leva, tout sourire.

— Je préfère en rester là.

— Madame Doubriac, n'hésitez pas à revenir vers moi si vos nouveaux locataires, les Roubaix, vous posaient problème. Quoique j'en doute fort. Concernant votre second appartement du rez-de-chaussée, je vais retirer l'offre du marché… en attendant votre prochaine visite.

Voilà, il avait analysé que, parce que non satisfaite des tourtereaux qui venaient d'emménager à son domicile, elle avait trouvé le prétexte torturé de lui indiquer que ce n'était pas elle mais une autre qui s'était fait passer pour elle et aurait laissé une procuration pour agir en son nom. Entre un témoin qui aurait pu certifier par la suite que madame Audrey Doubriac avait perdu la tête et un agent immobilier rusé ayant flairé l'entourloupe, mieux valait choisir la seconde option.

Bouleversée, Audrey sortit de l'agence puis s'installa à la terrasse d'un café sur le port. Au loin, un sinagot, voiles rouges affalées, sortait du chenal au moteur pour rejoindre le golfe du Morbihan. Une invitation au voyage qui la laissa de marbre. Elle commanda un double expresso, puis laissa un message sur le portable d'Albert : « *Abandonne la piste de Ferrero, c'est une femme, une persécutrice et non un persécuteur.* » Il était inutile qu'il perde son temps à enquêter sur Antoine Ferrero. « D'ailleurs à quoi bon vouloir m'aider ? » songea-t-elle brusquement. Lorsque le serveur déposa la soucoupe et la tasse devant elle, Audrey le regarda avec insistance, les yeux humides. Elle aurait voulu lui hurler : « Dites-le-moi en face, que je suis un monstre mais pas une aliénée ! »

XVII

L'AUTRE

Centre-ville de Vannes

L'annonce disait « *Au cœur de la cité historique de Vannes – Cheminées en marbre, fenêtres cintrées, le charme d'une bâtisse ancienne aisément transformable en une chaleureuse maison de famille.* » Descriptif flatteur, désormais proche de la réalité, songea Audrey. Sournoisement, l'agent immobilier avait réussi à faire de son spacieux refuge baignant dans son jus une maison de famille, et ce en remettant les clés au jeune couple dorénavant installé au rez-de-chaussée. Audrey considérait les Roubaix, prêts à faire le grand saut, celui de la reproduction dans leur nid douillet. Bientôt la poussette du petit Roubaix Junior encombrerait le vestibule. Dans un proche avenir, roucoulements et babillements sur fond de sonate interprétée au piano partageraient son quotidien.

Fort heureusement, elle n'en était pas encore là. Le jus de son sweet home, elle comptait le conserver et même le parfaire. D'ailleurs dans le salon, les hautes fenêtres mettaient en lumière une décoration cocasse, façon hangar de déménageurs. À peine Audrey distinguait-elle le parquet couleur miel, les teintes caramel du bois. Elle contempla la petite table très eighties et chercha vainement le canapé qui autrefois accompagnait divinement cette table. Sauf que de canapé, il n'y en avait plus. Shepard avait gardé ce fabuleux canapé canari, à l'improbable velours si lumineux. Toute séparation s'accompagnait obligatoirement de concessions. À toi le canapé, à moi la table cube. C'est avec méthode, à renfort de pastilles de couleur, bleu pour lui et rose pour elle – du pur cliché – que l'ameublement de leur appartement parisien s'était vu soit rester sur place, soit être entassé dans un camion de déménagement. Pathétique. Quant aux bols bretons, ils baignaient dans ce jus avec décontraction, ils nageaient. Ils étaient les vilains petits canards dont sa persécutrice la gratifiait. Shepard ne les aurait jamais appréciés, du vulgaire parce que trop populaire à son goût. La Bretagne ne l'avait jamais inspiré, le terroir encore moins. Elle repoussa du pied la table basse, elle empila les bols et les déposa sur cette table. Elle fit le tour de sa création. Découvrant une œuvre d'art côté face et une sculpture grotesque côté pile, elle se mit à rire. Éclater de rire, que cela était bon. Julia et Isabelle riaient elles aussi ce jour-là, ce jour maudit à jamais.

Trois femmes se trouvaient près d'Audrey au terminal de l'aéroport lorsque s'était produit le drame. Sandrine Meloff, la jeune étudiante en médecine, Albert l'avait sortie de la liste des suspects compte tenu de son âge ; Audrey était en accord avec lui. Il y avait aussi Isabelle Deschamps et Julia Paris. Ces cousines s'apprêtaient à voyager ensemble en compagnie de leurs conjoints, qu'elles avaient abandonnés pour faire quelques achats. Les bras chargés, après avoir dévalisé le rayon parfumerie d'un duty-free, elles riaient juste devant Audrey, dans la file d'attente. Audrey les avait remarquées du fait de leur proximité avec elle mais pas seulement. Elle les avait détaillées du coin de l'œil. Un instant gravé dans sa mémoire, un long moment de grâce, celui des sens en éveil, de la vue d'une complicité féminine agréable à épier, de l'écoute d'une joyeuse conversation plaisante à voler, de l'odeur parfumée qui se déplaçait dans leur sillage. La petite cinquantaine, les deux femmes resplendissaient dans leurs robes légères. Elles s'y voyaient déjà, se prélassant sous les cocotiers, sirotant des margaritas que leurs époux seraient allés leur chercher au bar de l'hôtel. Petits parasols en papier et cerises tournoieraient dans leurs verres et faisaient déjà tourner leurs têtes. Elles anticipaient le bonheur parce qu'à cet instant précis il se tenait à portée de leurs mains manucurées, tout au fond de leurs sacs entre leurs passeports et leurs billets d'avion. Ce bonheur était un dû qu'elles savouraient par anticipation. Mais rien n'est dû avant d'être vécu. Est-ce que l'une d'elles lui ressemblait physiquement ? Est-ce que Julia aurait pu se faire passer pour elle et même duper l'agent immobilier ? Même stature, couleur des yeux similaire, c'était envisageable.

Audrey se rendit dans le vestibule et retira le drap blanc qui couvrait le grand miroir posé à même le parquet. Elle devait se voir et plaquer sur sa silhouette celle de Julia Paris. Audrey se vit et sut. Il était si facile de lui ressembler parce qu'elle n'avait rien de spécial, hormis son visage désormais en papier mâché. Pourtant un simple masque suffisait à dissimuler l'horreur. Certaines femmes changent de style vestimentaire au gré de la météo et de leur humeur ; Audrey n'était pas de celles-là. Elle enfilait un jean, un pull beige, des tennis blanches, accrochait à son bras son sac en toile kaki, toujours le même. Elle l'aurait parié, les deux fois où elle était entrée dans l'agence immobilière, voire les trois avec sa visite du jour, elle portait son uniforme basique et son trench reconnaissable entre mille par elle mais pas par les autres. L'infime accroc à la manche, personne hormis elle n'y prêtait attention. Audrey se vit comme la femme facilement interchangeable. Si elle n'avait pas toujours été ainsi, ces derniers mois elle l'était bel et bien devenue. Elle enfilait la facilité sur son dos comme on endosse la bure, toutefois sans foi et de façon non intentionnelle. Elle s'habillait pour couvrir son corps uniquement sachant qu'aucun homme ne viendrait le dévêtir langoureusement. Elle ne se laissait pas aller, elle allait sans conviction avec sa tenue passe-partout. Tantôt elle errait dans les rues de Vannes, tantôt elle s'asseyait face à son écran, parfois elle déambulait entre les cartons à la recherche d'un insaisissable crayon, d'un dossier égaré, de clés baladeuses, toujours en jean, toujours les mêmes tennis aux pieds. Ainsi était-elle devenue comme Sasuke avec son kimono mais en bien plus fade. Du denim et pas de la soie, du cachemire unicolore et pas de drapé fleuri. Femme quelconque aux vêtements basiques. Ce constat l'irrita. Alors elle ébouriffa ses cheveux roux, sa marque de fabrique et de reconnaissance. Dans l'intimité, au détour de leur salle de bains parisienne, autrefois, Shepard l'attrapait par la chevelure pour lui voler un baiser. Un geste sans violence aucune, un à-coup pour qu'elle se laisse aller tout contre lui, pour qu'elle fasse mine de se débattre et de le repousser. Elle le rejetait mollement et s'emportait doucement, le réprimandait et lui remémorait sa brutalité. Il s'excusait, elle consentait, il l'embrassait, elle tordait sa tignasse rousse pour qu'il ne puisse plus l'agresser. Elle entortillait ses cheveux, avec conviction plantait un pic dans sa touffe, et lui la regardait agir, détaillait amoureusement le curieux chignon qui dévoilait la nuque de son aimée. Alors il l'embrassait dans le cou puis disparaissait furtivement ayant accompli un doux et ultime forfait. Ma belle rousse, tu es à moi, disait-il derrière la porte, le bruit de l'eau de la douche coulait sur ses mots. C'était hier, il y a des mois. Mais l'orangé resterait sa marque de fabrique capillaire, avec ou sans Shepard pour le lui rappeler.

Quant à Julia Paris, si elle était brune, une perruque ou une coloration lui aurait suffi pour donner le change. Audrey eut l'affreuse sensation qu'une autre s'était bel et bien, avec une facilité déconcertante, fait passer pour elle. Albert, elle devait lui en parler. Julia Paris était la coupable. Elle avait agi seule ou, mieux, avait constitué une belle bande organisée, composée de sa cousine et de leurs époux respectifs. Audrey repositionna le drap blanc sur le miroir puis sortit son portable de sa poche.

— Alberto, je sais qui me pourrit la vie ! C'est Julia Paris et sa bande.

Le cri de détresse resta sans réponse, ainsi le voulait toute messagerie, un aller simple sur les ondes.

XVIII

LE VERRE DE L'ENFER

Préférant ne pas répondre au message d'Audrey, Albert avait estimé qu'un contact direct s'imposait en urgence. C'est au pas de course qu'il s'était rendu chez son amie. Inconfortablement installé sur un tabouret, il se tenait face à Audrey, dans l'appartement de la jeune femme.

— Bon, explique-moi tout. Qui est cette Julia Paris ?

— Elle était dans la file d'attente avec moi, à l'aéroport. De sérieux indices me font croire que c'est elle qui me persécute.

— OK, une femme et pas un homme. Une dénommée Paris. Tes indices sont ?

Audrey ne souhaitait pas lui relater l'affaire de l'agence immobilière. Si la jeune femme s'embrouillait, s'empêtrait en tentant de se justifier, se perdait dans des détails, son ami aurait pu adopter la posture de l'agent immobilier, doutant de sa santé mentale. Mieux valait éluder.

— Compliqué à expliquer mais fais-moi confiance, c'est elle ma persécutrice.

— Bon, je le prends comme argent comptant. Qu'est-elle devenue ?

— Ce qu'elle est devenue, je ne le sais pas mais ce qu'elle a vécu, je m'en souviens fort bien. Gravement blessée aux jambes par des éclats de verre et par le reste, des débris de tout… Elle portait une robe bleu azur et un cardigan blanc. Le souffle de l'explosion l'a littéralement projetée contre une vitre. Son corps a protégé celui de sa cousine. Étrange quand j'y repense, une sorte de bouclier humain parfumé au jasmin.

— Je ne comprends pas.

— La dernière odeur dont je me souvienne, son parfum. Tu vois lorsque tu entres dans une parfumerie et que tu achètes la recharge pour remplacer celle de ton atomiseur assoiffé et vide, celui que tu gardes précieusement dans ton sac… Eh bien, la vendeuse te parfume copieusement. Reconnaissante que tu aies choisi sa boutique pour refaire ton stock, elle t'honore avec largesse. Ce jour-là, madame Paris avait refait son stock et la vendeuse l'avait copieusement arrosée pour la remercier. Un nuage, une explosion de senteurs, des milliers de particules formaient un voile autour d'elle, et s'étaient déposées partout, sur les fibres de ses vêtements, sur ses cheveux, sur son épiderme. Une enveloppe d'effluves supposée lui offrir un bouclier invisible. Il ne lui a servi à rien, tout ce jasmin, il ne l'a protégée en rien.

Albert était mal à l'aise. Enfin Audrey lui parlait

de l'explosion, jamais elle n'avait souhaité le faire jusqu'à présent. Maintenant les souvenirs de son amie remontaient par vagues. Effluves puants, plaies béantes, souvenirs terrifiants, il s'attendait au pire. Il la laissa poursuivre.

— J'ai ouvert les yeux, je ne sentais plus mes membres et je m'en contrefichais. J'étais vivante, curieusement vivante et hors de mon corps. De plus je ne voyais qu'elles deux, Julia Paris et sa cousine. J'étais spectatrice d'un drame qui me concernait à peine, comme plongée dans un état semi-comateux face à un écran sur lequel le film se serait figé sur une dernière image vacillante. Bobine cassée, clichés saccadés, parfois fixes, parfois hachurés, un son sourd probablement assourdissant que je n'avais pas entendu mais que je ressentais dans mes tripes parce qu'il avait remué mes boyaux, tous mes boyaux, mes reins, mes poumons, mon cœur. Toutes mes tripes à nu. Pas vraiment mais tout comme. Et je voyais ce que je voulais voir, seulement cela. Le cardigan maculé de sang, la robe tachée de rouge, les jambes à vif de cette femme et cette autre qui hurlait, allongée sur la première qui portait ses mains à son visage, ses mains rougies par le sang de sa cousine. Julia Paris avait tout pris, tout pour elle et pour le monde qui vacillait, les éclats, le verre, le plâtre, les débris. Sans le vouloir, elle avait agi comme une sorte de bouclier de défense pour Isabelle Deschamps. J'ai tourné la tête ; sur le sol à mes côtés, il y avait Antoine Ferrero et le gamin,

Théo. Le gosse hurlait de douleur. Je ne l'entendais pas, je voyais juste ses lèvres bouger, sa bouche se déformer. Il s'est relevé ; je ne sais pas comment il a pu se mettre debout, il ne devait pas ressentir la douleur puis il s'est affaissé comme un château de cartes, à quelques centimètres de mon oreille et il m'a murmuré quelque chose.

— Quoi ? osa demander Albert.

— Lui seul le sait.

Audrey avait cru entendre « Votre mari » mais elle s'abstint de l'avouer à Albert. Elle poursuivit.

— Je ne pensais qu'à une chose, où ai-je laissé ma valise cabine jaune ? Est-ce qu'elle n'a pas été abîmée par la déflagration. Une pensée obsédante parce que mon unique et ridicule bouée de sauvetage, c'était elle. Je voulais plus que tout m'accrocher à cette valise et j'étais terrifiée parce que je n'arrivais pas à la localiser au milieu du chaos. Je ne voyais plus que d'un œil, je ne comprenais pas pourquoi mais cela me rendait folle d'avoir perdu mes capacités physiques pour la retrouver. Elle était là quelque part, derrière le kiosque, sous les piles de journaux qui virevoltaient au milieu d'un nuage de poussière. Elle se dissimulait sous le comptoir explosé et jouait à cache-cache avec mon regard de cyclope. Obsession qui a fait que je ne me suis pas évanouie. Je voulais la retrouver. Je songeais à son contenu. Tout, je passais tout en revue. Ma lingerie fine, mon roman *Cosmopolis* de Don DeLillo, mon ordinateur et ma batterie de rechange. Je m'accrochais à elle, cette bouée jaune, cette coque de plastique.

Audrey se mit à trembler. Albert lui prit la main.

— Ainsi cette Julia Paris aurait voulu se venger. Pourquoi ce serait elle et pas sa cousine ?

— Parce que madame Paris me ressemble physiquement.

— Oui et alors ?

Audrey s'écarta d'Albert. Elle se sentit coincée. Pour qu'Albert adhère à sa théorie, elle se devait de lui expliquer l'affaire de l'agent immobilier. Ce qu'elle fit en pesant ses mots, en relatant avec concision puis attendit la sentence.

Interrogatif, Albert semblait hésiter, soudain il s'exprima.

— Plausible. Situation anxiogène que celle d'analyser qu'une femme s'est fait passer pour toi.

— Pire que cela, avec une telle facilité. Parce que je suis quelconque. Je pense qu'elle a entre cinq et dix ans de plus que moi. Conclusion, je dois faire plus vieille que mon âge !

— Stop, elle s'est fait une cure de botox, voilà tout.

Audrey se mit à rire puis brusquement se figea.

— Albert, tu es dans mon camp, tu me crois, je ne suis pas folle. Jamais je ne me suis rendue à l'agence immobilière pour leur proposer de louer l'appartement du rez-de-chaussée. Jamais.

— Audrey, tu es la fille la plus saine d'esprit que je connaisse.

— Oui mais tu n'en connais que peu.

— Exact. Néanmoins.

— Bon, je m'en satisferai. Comme j'ai confiance en toi, il faut que je te parle de la couleur jaune. C'est un indice supplémentaire. Franchement, rien que m'imaginer devoir t'en parler me tord les boyaux.

XIX

LA VALISE JAUNE

Audrey respira profondément, elle ne cherchait pas ses mots, elle semblait perdue dans ses pensées. Tout remontait par flash, ses souvenirs se paraient de gris et parfois se teintaient d'une unique couleur, le jaune. À l'hôpital, un inspecteur l'avait interrogée avec insistance sur sa valise cabine et sur le pourquoi du choix de la couleur jaune. Elle n'avait eu de cesse de lui répéter qu'elle l'avait acheté chez un maroquinier et avait simplement été attirée par son côté voyant, décalé, amusant. Dire, redire, reprendre les arguments du vendeur, ceux qui l'avaient définitivement convaincue de faire ce choix. Les mots du maroquinier, elle les entendait encore et encore : « Vous la verrez de loin lorsqu'elle apparaîtra sur le tapis roulant de l'aéroport, vous gagnerez du temps en la localisant vite au milieu des bagages noirs et fades, vous vous distinguerez des autres voyageurs par votre choix osé. »

Elle expira, s'extirpa de ses songes et murmura enfin :

— Dans la boutique, cette merveilleuse valise fleurait bon le voyage vers des contrées ensoleillées.

Albert écarquilla les yeux.

— Audrey, je n'ai pas bien saisi, quelles contrées ensoleillées ?

— Rien, un retour vers le passé uniquement.

Elle se ressaisit et d'une voix plus assurée annonça :

— Le gamin, Théo, m'avait fait parvenir à l'hôpital, une rose jaune. La couleur de ma valise cabine. Un rappel pour que je n'oublie pas que tout était ma faute. Comment l'oublier ? J'ai un haut-le-cœur dès que je vois un citron sur un étal ou même un gentil canari dans une cage.

Albert découvrait cette répulsion pour une couleur qui déclenchait systématiquement des souvenirs douloureux. Néanmoins, n'étant pas psychiatre, bien que féru de sociologie, il répondit tout naturellement :

— Bon, il y a aussi plus abstrait comme le jaune cocu.

Aussitôt Audrey se cabra.

— Bien vu, Shepard m'a trompée ! Couleur boue. Par pitié, n'évoque plus Shepard.

— Je ne l'ai pas fait. Excuse-moi, l'allusion à l'adultère de ton ex n'était pas dans mes intentions. Revenons plutôt à la couleur acidulée.

— J'y viens. Que le message accompagnant les bols ait été rédigé sur un carton au liseré jaune n'est pas dû au hasard.

— Effectivement, l'étau se resserre. Cette plaisanterie m'a tout l'air d'être en lien direct avec l'attentat.

Audrey déglutit, si elle avait une aversion pour le jaune, le mot « attentat » la révulsait encore plus. Elle préférait travestir la réalité en employant les termes « drame » et « tragédie », s'évertuant à ne jamais prononcer le mot maudit. Albert n'étant pas au courant des obsessions de son amie, des séquelles omniprésentes, des chocs persistants, des angoisses refoulées prêtes à ressurgir par un simple mot prononcé, il poursuivit.

— Eh oui ! Le texte « *Vous sera-t-il plus facile d'être un monstre qu'une sainte ?* » On y revient mais quel est le rapport avec l'attentat ?

Audrey blêmit, Albert enfonçait le clou. Sans même le savoir, il la clouait sur la croix. Elle regarda ses paumes puis les apposa sur son visage. Elle sentit le sang ruisseler sur ses joues. Elle devenait folle.

— Audrey, tu m'écoutes. Ton avis ?

— Je n'en ai pas, lâcha-t-elle sèchement.

— Je vais devoir avoir des idées pour nous deux. Question rédigée au futur, donc il ne s'agit pas d'un événement en lien avec le passé. Ta persécutrice te pointe du doigt, t'interpelle pour te dire que quelque chose va se produire. Alors il te faudra trancher, savoir dans quel camp tu te positionnes.

— Que faire si le prochain colis s'avère ne pas contenir un bol mais une bombe ! Bien sûr, je devrais anticiper en appelant la police dès à présent !

Maladroitement, Albert avait lancé une hypothèse et la réponse reçue en retour l'interpella par sa simplicité. Audrey avait l'esprit pratique, il grimaça.

— Pour leur dire quoi ?

— Tout !

— À bien y réfléchir, un tout bien complexe. Des présomptions, des supputations, des « je crois que quelqu'un se fait passer pour moi mais si vous contactez le seul témoin, mon agent immobilier, il affirmera le contraire ». Mieux, « j'ai reçu de la vaisselle par la poste mais ce n'est pas vraiment de la vaisselle, plutôt le signe annonciateur d'un prochain envoi explosif. Une bombe vachement bien camouflée sous un lot de vaisselle va me parvenir par la poste, je vous le certifie sur l'honneur ».

— OK, rien n'irait dans mon sens. J'ai un lourd passé qui ne plaiderait pas en ma faveur. J'ai vécu l'enfer, j'ai été traumatisée, je me considère comme coupable et, depuis, je me sens persécutée. Ton bon vieux triangle dramatique serait de retour. Je serais la victime, la police devrait me sauver et ma persécutrice serait Julia Paris. Je parlerais du liseré jaune et alors, au bord de l'évanouissement, je demanderais dans un ultime râle que l'on retrouve cette Julia Paris. Mes forces retrouvées, je hurlerais de la faire surveiller ; ainsi, de victime je deviendrais persécutrice. Conclusion, toi seul peux m'aider, je suis faite comme le rat qui a hanté ma maison avant de crever dans un placard. Cela pue et moi je ne sens rien.

— Perdre l'odorat est une chose, sentir que tu crains pour ta vie en est une autre. Ce soir, je dors chez toi.

Audrey ne l'écoutait pas, elle suivait le fil de ses pensées.

— Je ne suis venue en aide à aucun d'entre eux. En cela, j'ai été un monstre. J'étais tétanisée.

— Audrey, tu n'en étais pas capable parce que toi aussi touchée dans ta chair. Vous étiez tous des victimes et tu as rapidement été innocentée. Rien n'est ta faute.

— Ce n'est pas ce que croit Julia Paris.

— OK, si c'est elle qui t'envoie ces colis, le plus simple serait de savoir ce qu'elle est devenue, où elle vit, ce qu'elle fait désormais.

— Et puis, est-elle toujours en couple ?

— Si elle a repris le cours de sa vie, elle n'ira pas plus loin, un simple coup de semonce pour te faire peur.

— Mais si elle a basculé dans un délire vengeur et qu'elle me juge coupable, elle s'acharnera ! Une recherche sur le Net s'impose.

— Exactement, je cherche et toi en attendant, tu nous prépares un thé.

Audrey se calma, elle était dans l'incapacité de fouiller dans la vie de cette femme. Elle se leva tandis qu'Albert lui rappela :

— Ma petite, comme je dors chez toi ce soir, il va falloir que je rentre chez moi pour prendre quelques affaires et aussi prévenir Jarvis.

Debout et immobile, Audrey ne l'écoutait plus, elle consultait l'écran de son portable.

— Tu disais ?

— Je serai ton ange gardien pour la nuit mais a priori cela t'intéresse peu.

— Au contraire, je suis rassurée. Excuse-moi, j'ai la tête ailleurs, ma tante Lisbeth vient de m'envoyer un SMS, elle souhaite me voir au plus vite car elle a des révélations à me faire. Elle m'a écrit connaître l'identité de Sophie. Je la retrouve dans une vingtaine de minutes chez elle.

— OK, pas de thé et moi je file voir Jarvis. Je ferai des recherches sur cette Julia Paris de chez moi. Je dînerai avec le maître horloger, la moindre des politesses après le périple vécu pour venir me voir. On se retrouve vers vingt et une heures.

XX

LE PSEUDO

Arradon

Légèreté du temps qui passe, lourdeur des rides qui s'installent. Élisabeth, en attendant Audrey, s'était remaquillée pour paraître plus jeune. Plus qu'être, il lui fallait paraître. Quelles que soient les circonstances, elle aimait séduire et espérait en retour des compliments sur ce paraître jeune qui lui importait tant. Fin prête, elle sortit de sa salle de bains et alla s'asseoir dans un des deux fauteuils en velours bleu dur du salon. Invitation à la détente autant qu'au repos, son siège incitait à la contemplation. Par la baie vitrée, elle avait une vue plongeante sur son jardin légèrement en pente, un havre de paix avec même une petite vue sur le golfe du Morbihan en contrebas. Sa villa, bien que de dimension modeste, était idéalement située, à proximité d'un sentier côtier. En soirée, elle appréciait de suivre ce sentier, tantôt en direction de la pointe d'Arradon, tantôt vers la pointe de Penboch. Selon les marées, les plages disparaissaient complètement ou les tables à huîtres apparaissaient comme par enchantement. Livre en main et l'esprit vagabond, elle sourit. En espérant sa nièce, feuilleter les pages suffirait à tromper l'attente. Tenir ce roman historique de madame de La Fayette entre ses mains lui donnerait une contenance, une pose intellectuelle lorsque son invitée ferait son entrée. Quoique, ce classique *La Princesse de Clèves* fleurait plus le roman d'amour que le traité de philosophie. Ainsi, elle s'apprêtait à jouer une comédie puisqu'il lui était impossible de lire la moindre ligne, ses lunettes de vue étant sur la table de nuit de sa chambre. Elle esquissa de nouveau un sourire. Elle se mentait à elle-même sur son âge et utilisait de curieux stratagèmes pour occulter le fait d'avoir soixante ans. En faisant preuve d'une bonne dose d'auto-persuasion, elle pensait être en droit de se rajeunir de dix ans et ce sans aucun scrupule, que ce soit en société, ou seule devant un miroir. Comme elle ne supportait plus de voir son visage ridé dans une glace, elle contournait la réalité devenue un problème en omettant de mettre ses lunettes de vue sur son nez lorsqu'elle se maquillait. Opération qui aurait pu paraître périlleuse mais que des dizaines d'années de pratique quotidienne rendaient simple, même réalisée à l'aveugle. Son rouge à lèvres végan ne débordait jamais, son trait d'eye-liner suivait parfaitement le contour de ses yeux. De même, le vieillissement était un sujet qu'elle n'abordait jamais en société. Depuis sa prise de conscience de son avancée en âge sans retour possible, elle avait décidé que sa mère ne vieillirait plus, qu'elle ne vieillirait plus et que sa nièce resterait à jamais une jeune fille. Elle éludait le sujet en présence des autres ; en privé, seule face à elle-même, elle agissait de pareille façon. À soixante ans, elle se considérait comme non pas encore mais toujours jeune. Elle poussait la réflexion en imaginant avec une effarante sincérité qu'il y avait erreur sur la date de naissance indiquée sur son passeport. Fort heureusement, sur les réseaux sociaux, le déclaratif permettait de rétablir une plus douce vérité. Elle déclarait sur son profil avoir cinquante ans. Poster des photos datant de quelques années, travestir son âge et chercher l'âme sœur ou tout au moins un bel homme de dix ans son cadet constituaient son petit secret savamment préservé ces deux dernières années. Ce qui la paniquait, c'est qu'un importun avait percé son secret et qu'elle allait devoir l'évoquer avec sa nièce. L'histoire était embarrassante. Déjà, six mois auparavant, ses mensonges postés sur un site de rencontres lui avaient valu quelques déconvenues. Un charmant quadra avait été séduit par une femme à peine plus âgée que lui. Échanges à distance enflammés et rendez-vous raté. Le bellâtre, jugeant avoir été trompé sur la marchandise, avait mis fin à leurs relations virtuelles après s'être retrouvé devant Élisabeth lors d'un déplorable dîner. Duper un inconnu bodybuildé n'avait pas grande importance mais mentir à sa propre nièce était des plus déplorables. Lors de leur rendez-vous dans le salon de thé, Élisabeth avait conscience d'avoir été odieuse avec Audrey. Derrière sa mauvaise humeur, c'est un secret peu avouable qu'elle avait tenté de cacher, sa peur de vieillir.

Élisabeth sursauta. Sa nièce venait d'entrer sans frapper. Audrey lança à la volée « c'est moi ! » puis s'installa avec décontraction sur le sofa face à sa tante. Élisabeth rajusta sur ses épaules un châle en soie violet puis déposa délicatement son roman à ses pieds.

— Je t'attendais en lisant.

— OK. Alors, qui est Sophie ?

Élisabeth pinça les lèvres. Son rouge à lèvres bava légèrement.

Sa nièce n'était pas d'humeur à la gratifier ne serait-ce que d'un seul compliment sur son teint éclatant, elle entrait uniquement dans le vif du sujet.

La jeunesse n'est qu'égoïsme à l'état pur, voire brut, songea Élisabeth.

— Audrey, sache qu'un pseudonyme est un masque derrière lequel il est aisé de cacher sa véritable identité. D'ailleurs sur la Toile, qui n'a pas son pseudo ?

— Moi par exemple. Où veux-tu en venir ?

— Sophie est un pseudo.

— D'une personne que tu côtoies ? Que je connaîtrais ?

— Effectivement, une de tes connaissances fort proches. C'est mon pseudo, celui que j'utilise sur des sites de rencontres.

Audrey plissa les yeux, elle comprenait mieux pourquoi sa tante était énervée dans le salon de thé, rue du Mené. Elle souhaitait cacher ce pan de sa personnalité, pan qui n'avait pas grand intérêt pour Audrey, hormis celui de lui donner enfin un début de réponse sur l'affaire des bols bretons.

— Grand-mère serait Lilas et toi Sophie, déclara sèchement Audrey.

— Encore ces fichus bols que tu aurais reçus par la poste !

— Plus précisément, que j'ai reçus par la poste. Un fait établi et pas une hypothèse.

— Excuse-moi, je ne doute pas que ce soit vrai. Je m'étonne simplement que quelqu'un ait eu cette idée saugrenue. Enfin, t'expédier un bol avec mon pseudo peint sur de la faïence quimpéroise !

— Sophie est un prénom commun, ce pourrait être une autre.

— Simple à valider. Qu'as-tu pu voir dessiné au fond de ce bol ?

— Cela va te déplaire. Une vieille femme portant une coiffe bretonne, le dos rond, appuyée sur une canne.

Élisabeth se leva d'un bond, laissant choir son châle sur le parquet.

— C'est moi ! Qui a osé ?

— Caricatural parce que tout est relatif quand on parle d'âge. Un gamin de seize ans traitera de vieux un jeune adulte de vingt-cinq ans.

Tout en se rasseyant, Élisabeth commenta cette remarque.

— Ainsi selon toi, je serais considérée comme jeune par un vieux chenapan de quatre-vingts ans et vieille pour un actif de quarante ans. Par toi, par exemple.

— Tu es ma tante, tu n'as pas d'âge. Parles-en à ton fils, Clément va sur ses trente-cinq.

— Jamais nous n'évoquons mon âge, il sait fort bien que cela m'irrite.

— Bon, le sujet est clos. Revenons à mon problème, mes bols. Qui est au courant pour ton pseudo ?

— Disons quelques hommes qui n'ont aucun lien avec toi. Des inconnus. Tout ceci n'a rien de sérieux, j'ai joué à un jeu pour voir, pour savoir si je plaisais encore. J'en ai le droit. Jusque-là, j'ai été quelque peu échaudée par des amours peu glorieux. Deux mariages, deux divorces, deux enfants. J'ai vu double trop longtemps. Désormais, ma vie, je la joue en solo et j'en fais ce que je veux. Je chasse sur le Net des petits jeunes de cinquante ans sans problème de prostate !

— Tu as mis quoi sur ton profil ?

Exaspérée par cet interrogatoire, Élisabeth releva énergiquement le col de son chemisier en soie.

— Peu importe. J'ai menti sur tout. C'est absolument insupportable que quelqu'un se permette de t'envoyer ce type de bol !

— Pas un bol mais sept, plutôt huit. Plus un mail d'avertissement. « *Quand ils viendront à vous, vous devrez choisir, sacrifier l'un d'eux pour que les autres ne se brisent pas en mille morceaux.* » Et voilà, ils arrivent un à un : le bol de Lilas, ma grand-mère, celui de Markus, un horloger suisse qui est de passage à Vannes, ton bol à toi, tante Lisbeth qui te fait passer pour la belle Sophie.

— Terrifiant, tu devrais sacrifier l'un de nous ?

Regard fuyant, Élisabeth se permit de demander :

— Ce Markus, est-il âgé ?

— Un peu plus que mamie. Pourquoi ?

— Voilà qui est bien. Si tu dois en sacrifier un pour que les autres vivent, honneur à la vieillesse et aussi aux hommes, à ce Markus, par exemple. D'ailleurs, il n'est pas de ta famille. Mais qui est-il ?

— Markus Jarvis, un ami d'Alberto.

— Évidemment puisqu'il est horloger, j'aurais dû m'en douter.

Audrey fronça les sourcils.

— Ah, j'avais oublié le quatrième bol, celui de Claude. Question secret, vous êtes intarissable dans la famille, ma grand-mère aurait eu un premier époux prénommé Claude, c'est bien ce que tu m'as dit.

Élisabeth faillit s'étouffer. Elle toussota pour s'éclaircir la voix.

— Effectivement, j'ai fauté en te l'avouant.

— Donc cet homme, ce Claude ?

— Toujours en vie et bien loin d'ici. À peine plus âgé que ma mère à ce que je crois en savoir. Ma petite, inutile de remuer la boue déjà sèche et ce depuis des décennies.

— Inutile, je ne suis pas là pour cela.

— Bon, je ne sais pas où tout cela nous mène mais j'espère que tu n'as l'intention de sacrifier personne, de ne faire de mal à personne. Tu n'es pas un monstre. Pourtant…

— Oui, tante Lisbeth ?

— Pourtant, pour que les autres bols ne se brisent pas, s'il te fallait opter… Le plus vieux serait le bon choix, voilà mon humble avis.

— Trop tard, je n'ai plus à choisir. L'obsédé qui joue avec mes nerfs m'a laissé un mot dans ma boîte aux lettres avec un message cinglant : « *Vous ne vous décidiez pas, j'ai choisi pour vous*. »

— Il est donc venu chez toi pour glisser ce mot. Mon Dieu, mais qui est-il ?

— Plutôt elle. Je soupçonne une des rescapées de l'aéroport d'être derrière toute cette machination.

— Une vengeance, mais cela n'a pas de sens. Si tu as vu juste, trouve-la au plus vite. Désormais, nous sommes toutes les deux concernées par cette affaire.

Audrey se leva du sofa.

— Franchement, je me demande ce qu'elle entend par ce « j'ai choisi pour vous ». Tante Lisbeth, je dois te laisser, je te tiendrai au courant de la suite. Ce n'est peut-être que de l'intimidation et puis, ton histoire de pseudo sur les sites de rencontres, je ne l'ébruiterai pas.

— Merci. Mes enfants ne comprendraient pas.

— Mais bien sûr qu'ils comprendraient, tu es ravissante, tu vis seule, tu lis *La Princesse de Clèves*… sans lunettes. Même à soixante ans, on peut avoir le droit de rêver au prince charmant.

Élisabeth quitta son siège et sa pose surjouée pour se précipiter dans les bras d'Audrey. La larme à l'œil, la sexagénaire pressa sa nièce puis desserra l'emprise.

— Audrey, je m'en veux d'avoir été si égoïste. Je ne pensais qu'au qu'en-dira-t-on. Alors que toi, tu as vécu de telles horreurs et aujourd'hui cette femme qui ne veut pas te laisser en paix. Tu ne pourras donc jamais oublier. Il faut faire taire cette diablesse… mais je ne sais comment t'apporter mon aide.

— Tu viens de le faire. De surcroît, je ne suis pas seule, Albert va m'aider à démêler toute cette histoire. Ce soir, on monte notre cellule de crise à mon domicile. Même si cette vue sur le golfe du Morbihan méritait le détour, il me faut rejoindre Vannes au plus vite. Au fait, toujours pas de piscine ?

— Ma chérie, pas suffisamment écolo ! Je préfère cultiver quelques légumes bio au fond de mon jardin.

Au moment où Audrey quittait Arradon au volant de sa Triumph, ce dont elle ne se doutait pas c'est qu'une détestable surprise l'attendait devant chez elle.

XXI

LA PORTE

Centre-ville de Vannes

La porte, obstacle que l'on impose aux autres, surtout aux intrus. Ce rempart censé protéger du monde extérieur venait d'être violé. Alors que la minute précédente, Audrey était tout enjouée d'avoir pu discuter en toute franchise avec sa tante, elle se retrouvait pétrifiée face à une porte. Elle regardait sa porte extérieure, la sienne, celle de sa maison en plein Vannes, celle qu'elle n'osait franchir parce que tétanisée à sa vue. L'idée de passer de l'extérieur à l'intérieur la saisissait d'effroi. Elle ne pouvait que fixer le panneau accroché sur sa porte. Un artisan peintre, véritable gorgone des temps modernes, avait soudainement réussi à transformer la jeune femme en statue de pierre. Un terrifiant panneau « *Attention peinture fraîche* » était solidement relié par un filin d'acier à la barre de cuivre faisant office de poignée. La surprise passée et avant que son corps ne passe de l'état minéral à celui de poussière, elle s'acharna sur les fils pour tenter de les faire céder. Vainement. Véritables barbelés qui blessèrent ses pouces, entaillèrent sa chair. Le pire n'était pas ce panneau mais ce qu'il affirmait, une réalité cauchemardesque. La porte avait été repeinte dans un jaune criard. Avec force, Audrey appliqua ses mains sur le bois pour repousser cette couleur dans les rainures, tentant de la faire disparaître dans une quatrième dimension, au-delà de la matière. Geste insensé qu'elle regretta aussitôt. Ses doigts maculés de peinture, elle les essuya ensuite sur son jean. Avec hargne, elle se mit à frotter le bois avec ses avant-bras. Un passant de l'autre côté de la rue s'arrêta, hypnotisé par ce spectacle surréaliste. Lorsqu'ils furent trois inconnus à s'être alignés en file indienne sur le trottoir d'en face, l'un d'eux se permit de crier à la volée « Trop tard ! ». Ce spectateur, devenu acteur, venait de l'alerter sur un retour en arrière impossible ; la peinture bien que fraîche séchait déjà. Trop tard pour agir, le jaune s'imposait à la vue de tous. Audrey se retourna, donnant en spectacle aux curieux une femme aux yeux exorbités et aux vêtements barbouillés de peinture. « Vous avez vu qui a fait cela ? » hurla-t-elle à la petite troupe. De concert, les trois hommes haussèrent les épaules puis reprirent leurs routes.

La gravité de l'instant méritait néanmoins une prise de décision. Même s'il n'y avait pas eu effraction, Audrey se devait d'affirmer qu'elle était propriétaire du lieu, non seulement de cette porte massive désormais peinte en jaune mais encore de ce qu'il y avait au-delà, dans sa forteresse urbaine. Buste droit, elle se décida enfin à insérer la clé dans la serrure et à franchir le seuil. Le hall s'ouvrait sur une nouvelle porte, un obstacle de plus qui la séparait maintenant de l'univers des Roubaix. Elle se mit à tambouriner à la porte de l'appartement du rez-de-chaussée. Si les Roubaix n'étaient pas les coupables, ils pouvaient être de précieux témoins. Ils ne lui ouvrirent pas. Absents et innocents ou coupables et reclus, savourant leur forfait ? La paranoïa gagnait Audrey. Elle se ressaisit et gravit les marches tout en douceur. Éviter tout bruit lui sembla judicieux. Et si le peintre maudit se trouvait à l'intérieur de son bastion, s'était introduit par effraction ou, pire, sans effraction, en utilisant un double des clés ? Aucun bruit, nul signe de vie, pas de trace de peinture ni sur les murs ni sur la rampe. Alors, elle secoua son trousseau de clés pour entendre et aussi faire entendre le doux cliquetis, preuve sonore de son bon droit. Se réfugier dans son appartement, s'enfermer à double tour, passer une nouvelle porte et souffler, elle en était capable. La peur au ventre, guettant le moindre grincement, elle s'introduisit chez elle à tâtons comme une piètre voleuse qu'elle n'était pas, posant ses mains çà et là, s'appuyant sur une caisse, se retenant à un meuble, laissant sur son passage des traces colorées. Vide et plein à la fois, son appartement l'accueillit en silence. Un lieu avait-il une âme ? Probablement que oui, l'âme que le propriétaire avait créée sciemment en déposant des objets, en choisissant son mobilier, en empreignant le lieu d'une odeur familière, voire d'une chaleur humaine. Audrey ne ressentait rien, elle était chez elle, qui aurait pu être chez une autre. Sans âme ou avec l'âme d'un autre, celle de l'ancien propriétaire qui planait sur les lieux. Audrey chercha refuge dans la salle de bains, par défaut ou plutôt par nécessité. Encore une porte qu'elle ferma à double tour puis elle se déshabilla, jeta l'intégralité de ses vêtements dans une panière et se rua sous la douche. C'est uniquement lorsque l'eau ruissela sur son corps nu qu'elle eut le sentiment de redevenir saine d'esprit. La persécutrice venait de sévir de nouveau avec une force inouïe. Frottant ses paumes, son visage, ses jambes avec du savon, elle s'acharna à faire disparaître la peinture et même l'odeur de cette peinture qu'elle ne sentait pas. Le corps rougi, elle sortit de la douche, enfila un peignoir blanc puis rejoignit sa chambre. Elle inspecta toute la pièce, regarda sous son lit, derrière les tentures, pour s'assurer qu'elle était bien seule. Allongée sur son lit, son corps enroulé dans un plaid écru à pompons, après que la panique eut disparu brusquement, tout autant que le monde extérieur, curieusement, elle s'endormit. Une heure, cinq minutes, elle n'aurait pu le dire. D'un sommeil profond, elle passa à un éveil agité. Le téléphone sonnait. Il lui fallut trente secondes pour localiser d'où provenait le son. Elle récupéra dans la panière de la salle de bains son jean, le portable était dans la poche arrière. De nouveau dans la salle de bains, effondrée sur le sol carrelé, elle répondit.

— Allô ? murmura-t-elle.

— C'est moi, Albert. Tu as une drôle de voix. Tu n'es pas seule ?

— Je me réveille avec peine. Alberto, je vis un cauchemar éveillé.

— Réveil douloureux ? Qu'est-ce qu'il y a encore ?

Audrey s'éclaircit la voix.

— La porte extérieure a été repeinte en jaune. Je me suis absentée, quoi ? Moins d'une heure. Le temps d'un rendez-vous avec ma tante Lisbeth chez elle à Arradon. À mon retour, un panneau était accroché sur la porte extérieure. Un avertissement « *Peinture fraîche* ».

— En jaune !

— Citron !

— Où es-tu en ce moment ?

— Chez moi, bouclée. Je viens de prendre une douche. J'ai perdu toute notion du temps.

— J'arrive, ne bouge pas.

Audrey se leva, se mit à marcher en direction du salon tout en ajustant son peignoir, smartphone en main.

— Alberto, je deviens folle.

— Ne panique pas, garde ton calme. Après tout, ce n'est que de la peinture.

— Non ! Elle est flashy, tu saisis la signification !

— Et le panneau, il y avait le nom d'une entreprise inscrit dessus ?

— Évidemment que non !

— Reprends-toi. Et tes nouveaux locataires, ils ont vu quelque chose ?

— D'abord ce ne sont pas mes locataires mais des… Je ne sais comment les qualifier, des squatteurs légaux ? Quoi qu'il en soit, ils sont absents. Pas vu, pas pris.

— Ils sont probablement innocents, tout comme Julia Paris, d'ailleurs. J'ai réussi à trouver des informations sur cette femme, tout me porte à croire que ce n'est pas elle qui est en cause. Je vais tout t'expliquer. Mais en attendant, voilà ce que je te propose, je vais abandonner Jarvis chez moi, et ce sur-le-champ, il comprendra. Dans cinq minutes, sept au maximum, je serai devant toi et on parlera de madame Paris et de ta porte fraîchement repeinte. En m'attendant, prends un thé ou, mieux, un calmant.

— Un calmant ! Mais je ne suis pas dingue !

— Audrey, histoire de te décontracter, de rester zen. Quelqu'un veut te plonger dans la folie mais tu n'es pas une déséquilibrée. Tu es la victime d'une persécution franchement diabolique. Tu m'écoutes ?

Elle venait de rentrer dans le salon, son regard suivait les traces de peinture sur les meubles et les caisses. Une traînée erratique. Des empreintes de doigts et de paumes, des taches jaunes déposées çà et là. Soudain, elle baissa les yeux et se mit à hurler. Le téléphone tomba à ses pieds. La conversation s'interrompit sur ce cri d'effroi. Albert tenta de la rappeler mais peine perdue, la ligne restait occupée.

XXII

LA PEINTURE

Quoi de plus banal qu'un pot de peinture ? Abandonné au milieu d'un chantier, sur le sol à côté d'un pack de bière, ce pot sans couvercle porte à croire que l'artisan n'est pas loin. Qu'il reviendra demain pour achever ses travaux en cours, qu'un appel urgent a coupé son élan alors qu'il était en plein labeur. Il reviendra, boira au goulot une bière, terminera sa tâche et refermera le pot de peinture jaune. Bientôt. Quelle ne sera sa surprise de trouver dans ce pot un portable ?

Tremblante, Audrey regardait la mise en scène : un rouleau et un pinceau déposés sur une bâche plastique transparente, ponctuée de points et de virgules acidulés. À ses pieds, le tableau lui donnait le vertige. La menace, en l'occurrence l'artisan, était là dans ses murs, l'épiant. En peignoir, nu-pieds, elle sortit, affolée, de son appartement. C'est en pleurs, prostrée sur le paillasson, qu'Albert la trouva. En main, elle tenait un parapluie, seule arme dont elle avait pu se saisir en sortant de chez elle.

— Audrey, mais qu'est-ce qu'il se passe ?

— Il est chez moi !

— Qui ?

— Le peintre.

Albert s'agenouilla, la prit dans ses bras.

— Je suis là, n'aie crainte. Rentrons, tu vas tout me raconter.

— Il est à l'intérieur, je te dis. Il a laissé tout son matériel !

— OK, j'y vais seul pour faire le tour du propriétaire.

Cinq minutes plus tard, Albert réapparut.

— Vide. Pas de peintre en vue. Effectivement, un chantier en cours. Étrange, tu avais prévu de faire des travaux ?

— Mais tu n'as rien compris. De la peinture jaune, un type a repeint ma porte d'entrée et a abandonné tout son fichu matériel chez moi, tout sauf le couvercle du pot ! Il était probablement là lorsque je prenais une douche. Un malade ! Il n'a pas pu s'évaporer, il doit se planquer dans un coin.

— Personne, je te l'assure.

— Il aurait repeint la porte, se serait introduit chez moi pour déposer son pot de peinture puis se serait sauvé. Une démoniaque mise en scène.

— Tu étais bien chez ta tante à Arradon ?

— Il en a profité pour commettre ces horreurs. Il a les clés de mon domicile et va revenir pour me tuer !

— Calme-toi.

Audrey se leva et c'est au bras d'Albert qu'elle réintégra son appartement. Le parapluie resta sur le pas de la porte. Une fois dans le salon, elle tira sur les manches de son peignoir, se pencha pour attraper le pinceau en prenant soin de ne pas le toucher avec ses doigts.

— Je vais le mettre dans un sac plastique et allez voir la police pour qu'elle fasse une recherche d'empreintes.

— Sur un pinceau ? Mais il était chez toi.

— OK mais il ne m'appartient pas.

— Prends aussi les gants maculés de peinture jaune qui sont sur la table du salon.

La jeune femme eut un haut-le-cœur.

— Ce sont mes gants. Je les ai achetés avec du produit désinfectant dans la supérette du centre. J'ai fait un peu de ménage. Tu m'as dit que cela sentait mauvais chez moi.

— C'est toujours le cas.

Albert fixait Audrey, l'air suspicieux.

— Donc pas ton pinceau mais bien tes gants.

— Exact, pas mon pot de peinture, pas mon rouleau et pas mon pack de bière !

— Je te crois.

— Cesse de douter de ma santé mentale. Va plutôt chercher un sac-poubelle dans la cuisine pour que je puisse déposer le pinceau, la preuve indubitable de la machination dont je suis victime.

— Pas la peine, j'aperçois un sac qui fera l'affaire.

Derrière une imposante plante verte, Albert trouva un grand sac plastique à l'enseigne d'une droguerie du centre-ville, il le secoua. Une éponge et un ticket de caisse tombèrent sur le sol. Il s'assit dans le fauteuil, tenant le ticket en main. Il le lut. Six articles sur une liste : « *Éponges, gants, produits ménagers, rouleau, pinceau et pot de peinture*. »

Albert eut un affreux doute. Audrey lui mentait peut-être ? Impossible, elle semblait trop sincère. Il se pouvait qu'elle ait des pertes de mémoire, des absences. Acheter de la peinture jaune, couleur qu'elle refoulait, n'était-ce pas le signe d'une névrose ?

— Audrey, viens t'asseoir à mes côtés, il faut que nous ayons une petite conversation. Je suis ton meilleur ami, tu peux tout me dire.

Tenant le pinceau de sa main droite emmaillotée dans la manche de son peignoir, elle gesticula puis s'assit enfin. Albert attrapa le pinceau à main nue et le déposa dans le sac plastique.

— Un traumatisme comme celui que tu as vécu laisse des séquelles. Tu vois toujours un psy ?

Médusée, Audrey se tenait bouche bée. Soudain, elle hurla.

— J'aurais tout inventé ! Repeint ma porte. Mieux, je me serais fait livrer des bols bretons, j'aurais loué l'appartement du rez-de-chaussée aux Roubaix. Bien sûr, je suis folle, j'agis de façon absurde. Mais pourquoi, j'attends tes explications ?

— Tu refoules. Tu vis recluse mais tu as besoin des autres.

— De locataires et de toi ? Oui, j'ai été suivie par un psy, voire plusieurs. Normal, compte tenu de ce que j'avais vécu.

— Tu es une naufragée du temps après un arrêt sur image. Le traumatisme de l'attentat.

— Ne prononce plus jamais ce mot ! Je suis guérie, je m'en suis sortie. Je suis venue à Vannes pour prendre un nouveau départ. Si toi, tu ne me crois pas, alors qui pourra me croire ?

Elle attrapa le sac plastique et le lança avec force en direction du mur. Sous le choc, une coiffe bamiléké se décrocha du mur. Audrey la récupéra et l'ajusta sur sa tête.

— Vois, je suis prête pour la cérémonie funéraire. Tu veux ma mise à mort, je viens d'enfiler le couvre-chef de circonstance, toute disposée à recevoir le coup mortel !

Albert, conscient d'être allé trop loin, n'osait intervenir. Il était assis sur une poudrière et ne souhaitait pas allumer la mèche en ouvrant la bouche. Audrey allait et venait dans le salon, nu-pieds, vêtue de son peignoir blanc, un Juju Hat tanguant sur le haut de son crâne. Albert aurait pu éclater de rire mais la situation était trop critique. La colère de son amie atteignait son paroxysme.

— Tu as raison, mon cher Albert, inutile d'aller au commissariat pour tout déballer à des inconnus. Déballer quoi, d'ailleurs ? Sortir un pinceau d'un sac. Il leur faudrait des preuves de ce que j'avance. Mais des preuves, je n'en ai pas. Julia Paris a usurpé mon identité mais je ne peux pas le prouver !

— Audrey, Julia Paris est morte.

XXIII

LA FOUDRE

Probabilité quasi nulle que la foudre frappe deux fois la même personne. Chance ou malchance ? En réchapper la première fois et se considérer béni des dieux, en mourir la seconde et ne pas avoir eu le temps de comprendre que l'on était en réalité maudit. À l'aéroport, Julia Paris avait réchappé à l'attentat, les éclats de verre consécutifs à l'explosion ne l'avaient que blessée. Lors de l'accident, elle avait trouvé la mort. Pas la foudre, pas d'éclairs meurtriers zébrant les cieux mais du verre déchirant sa chair de nouveau. Qu'ils proviennent de la vitrine d'une boutique duty-free ou bien du pare-brise d'un break, les éclats de verre s'étaient bel et bien obstinés à meurtrir la chair de Julia Paris. Par deux fois, non pas foudroyée mais bien lacérée, elle l'avait été, elle, puis ses compagnons d'infortune. Sur la route du soleil, un conducteur et trois passagers, quatre morts. Le sort s'était acharné sur cette femme. Le jour de l'accident de la route, s'était-elle vaporisée tout le corps avec son parfum sentant le jasmin ? Sans doute que non, songea Audrey. Alors qu'elle était dépourvue de son odorant bouclier invisible, son invulnérabilité s'était dissipée sournoisement. La mort avait fauché cette femme, ne souhaitant plus lui accorder une seconde chance.

Allongés sur le lit, Albert sur le dos et Audrey recroquevillée en position fœtale tout contre lui, ils fixaient tous deux le plafond.

— Albert, est-ce que tu sens ce parfum de jasmin qui flotte dans l'air ?

— Pas vraiment, tout au contraire. Je n'osais aborder le sujet mais il y a certainement un tas de détritus planqué quelque part dans ton appartement.

Insupportable puanteur qu'elle ne sentait pas. Effroyable récit qu'Albert venait de lui relater. Emmitouflée dans son peignoir, elle l'avait écouté. Fait divers pour un fait qui s'était produit en fin d'été. Prendre l'autoroute des vacances et ne jamais arriver à destination. Julia Paris n'était coupable de rien, pas plus elle que son époux, sa cousine et le mari de cette dernière. Quatre morts dans un abominable accident. Six rescapés, dans la file d'attente de la boutique de l'aéroport, Sandrine Meloff, la jeune étudiante en médecine, Julia Paris et Isabelle Deschamps, les deux cousines, Théo, le gamin, Antoine Ferrero, le restaurateur et Audrey. La vendeuse avait déserté sa caisse pour aller chercher un produit en réserve. Cet imprévu lui avait valu la vie sauve, c'est ce qu'elle avait expliqué par la suite.

Audrey donna un léger coup de coude à son ami.

— Albert, il faut absolument que je sache ce que sont devenus Sandrine Meloff et le gamin, Théo. Ils ont peut-être vu quelque chose ce jour-là, aperçu quelqu'un agir de façon suspecte.

— Ils ont été interrogés tout comme tu l'as été. Tu t'obstines à croire que ce qui t'arrive est en lien avec l'attentat. Mais cette femme, Julia Paris, est décédée à la suite d'un accident de la route. Fin de l'histoire.

— Parfaitement, elle et aussi sa cousine, Isabelle Deschamps. Ils ne restent plus que quatre témoins, dont je fais partie.

— Le hasard.

— Non, ce coup du sort, j'ai du mal à l'avaler. La foudre ne frappe jamais deux fois au même endroit.

Dubitatif, Albert s'interrogeait sur ce doublé presque improbable d'un phénomène naturel, évoqué par Audrey.

— Je ne vois pas bien le rapport.

— Et la rose jaune que m'a fait parvenir Théo à l'hôpital, un signe que j'ai peut-être mal interprété. Pourquoi ai-je une aversion pour la couleur citron ? OK, ma valise à roulettes était de cette couleur mais ce n'est pas suffisant pour expliquer une pareille phobie. Soit, elle a été retrouvée carrément éventrée avec toute ma lingerie fine qu'elle contenait en charpie. Le petit ensemble en soie crème me manque, idiot quand j'y repense. Pour la police, ce ne furent que de simples pièces à conviction que je n'ai d'ailleurs jamais pu récupérer. Des cendres…

— Si je te suis, et je dois dire qu'en ce moment j'ai un peu de mal, tu aurais occulté un détail essentiel, un détail jaune. Deux ans plus tard, un artisan aurait repeint ta porte d'entrée pour que tu recouvres la mémoire !

— Je cherche un lien entre les événements du passé et ceux qui se sont produits cette semaine.

— Arrête de te triturer les méninges, viens plutôt te blottir tout contre moi.

— Albert, tu te souviens de notre premier baiser, j'avais douze ans.

— Baveux, ma cocotte. Tu m'avais un peu forcé la main, voire la bouche. Tu as toujours su ce que tu voulais.

— Et avec toi, je faisais fausse route, je sais, je l'ai compris plus tard.

— Avant que tu ne me violes, parce qu'à douze ans on bécote et à quarante, quand on est en manque de mâle viril, on agresse sexuellement.

Audrey éclata de rire.

— Donc, avant que je ne te viole ?

— Tu enfiles un jean et un tee-shirt. Tu cours dans la cuisine nous mijoter un petit plat, une omelette fera l'affaire, et on s'y colle.

— La cellule de crise, c'est ça ?

— Exactement, ma beauté, on reprend tout de zéro. On sort les feutres, le scotch, les feuilles de papier, on plaque des post-it de couleur sur les murs. On cogite grave, le ventre plein.

— Et on empile une chaise de plus devant la porte de l'appartement, au cas où le peintre aurait l'idée de revenir.

— Pour se taper une petite bière ? Il arrivera trop tard car ce soir on va lui faire la fête, à ce pack.

Audrey s'était levée du lit. Elle laissa choir son peignoir sur le parquet. Totalement nue, elle se mit à farfouiller dans sa commode. Albert détaillait ses courbes agréables. Elle se retourna.

— Eh oui, je n'avais pas de culotte ! Et puis cesse de me mater, tu sais que cela me rend dingue. En ce moment, déjà que je n'ai plus toute ma tête…

XXIV

LA CICATRICE

Gestion de crise et stratégie pour contrer une menace imminente. Pour des raisons de sécurité, il aurait été préférable de déporter la cellule de crise loin de l'appartement, lieu de la crise. Mais face à la situation d'urgence, les deux initiateurs avaient opté pour une solution pratique. Même si Audrey avait tenu à barricader la porte d'accès à son appartement avec du mobilier et qu'Albert avait insisté pour que les rideaux du salon soient tirés. Le dîner bien que frugal avait été réconfortant pour tous deux. Omelette aux champignons frais accompagnée d'une bière brune. Avant de s'atteler à la réflexion, ils avaient sorti les preuves matérielles et les avaient déposées sur la table du salon : les sept bols, une carte au liseré jaune et une enveloppe. Étaient punaisées sur le mur et sous les chapeaux camerounais des feuilles blanches. Albert venait d'inscrire sur un des feuillets « *Qui ?* » et « *Pourquoi ?* » puis s'apprêtait à tendre à Audrey le feutre noir qu'il avait en main.

— Bon, nous allons reprendre méthodiquement ce dont nous disposons. Je dicte, tu écris sur nos tableaux de fortune. Avant d'identifier qui te pourrit la vie et pourquoi il agit ainsi, il convient de partir des preuves tangibles que nous avons en notre possession, celles qui constituent le "comment ?". Comment s'y est-il pris pour arriver à te pourrir l'existence ?

— Tu m'as tout l'air d'avoir répondu au "pourquoi ?". Pour me gâcher sacrément la semaine. Mais si c'était si simple, il lui suffisait de dompter des cafards pour qu'ils s'infiltrent dans mon nid, attirés par l'odeur nauséabonde.

— Ou mieux, de jouer le dompteur de rats moribonds ! Au fait, merci d'avoir allumé les bougies parfumées, un cache-misère qui ne règle pas le problème des mauvaises odeurs mais l'atténue. Audrey, selon toi, je ferais fausse route alors pourquoi agirait-il ainsi ?

— Pour me faire passer pour folle, me faire basculer dans la folie, me contraindre à déterrer des secrets familiaux ou encore m'obliger à rouvrir le dossier trop vite clos de… l'attentat de l'aéroport. Quoi qu'il en soit, je suis la cible.

— Vaste programme. Revenons au "comment ?". Les messages de ton persécuteur sont au nombre de trois, sans signature.

— Erreur, il se fait appeler "Qui".

— OK, n'étant pas l'heureux destinataire, je risque de faire des erreurs. Mieux vaut que ce soit toi qui dictes et moi qui me colle à l'écriture.

Audrey restitua le feutre à Albert, qui l'accepta

de bon gré. Elle était bien la première concernée et avait en tête les moindres détails de son épineuse affaire.

— Alberto, vas-y, note. Donc message numéro un, « *Vous sera-t-il plus facile d'être un monstre qu'une sainte ?* » inscrit au recto de la carte au liseré jaune qui accompagnait le premier colis, le tout reçu lundi. Second message, « *Quand ils viendront à vous, vous devrez choisir, sacrifier l'un d'eux pour que les autres ne se brisent pas en mille morceaux* » noté sur un mail posté jeudi. Troisième missive sur une enveloppe avec l'indication « *Vous ne vous décidiez pas, j'ai choisi pour vous* », reçue elle aussi jeudi mais un peu plus tard dans la journée.

Après avoir consigné les dires, Alberto se recula de deux pas.

— Deux types d'informations, de textes et aussi de modes de transmission.

— Livraison à domicile par un tiers, un jeune livreur totalement innocent. Envoi d'un mail posté de n'importe où dans le monde, dépôt dans ma boîte aux lettres.

— Notre persécuteur est à Vannes au moins depuis jeudi. Le dernier texte était écrit sur une enveloppe, il l'a déposée lui-même.

— Évidemment qu'il est là puisqu'il a repeint ma porte d'entrée en jaune, abandonné son pot de peinture et ses bières dans mon salon ! Il a même un double des clés !

— Il est là, du moins à Vannes, et il connaît tes habitudes. Il avait connaissance que tu serais chez toi lundi pour réceptionner les colis.

— Et mardi, pour la réception du septième bol. Et aussi que le jeudi, je consulterais ma boîte mail et ouvrirais ma boîte aux lettres. J'ai un affreux pressentiment. S'il était caché dans l'appartement ?

— Tu délires. Quant à des caméras miniaturisées planquées sous tes couvre-chefs ethniques, je préfère ne même pas t'entendre l'évoquer.

Irritée, Audrey alla jusqu'à la fenêtre du salon, et souleva le lourd double rideau gris. Les tentures de la pièce n'étaient pas spécialement à son goût mais puisque l'ancien propriétaire les lui avait laissées, elle s'en accommodait en attendant de finaliser son emménagement. À l'extérieur, il faisait nuit. La lune éclairait divinement le vieux Vannes. Au loin, les lumières artificielles venaient parfaire le spectacle, glissant sur le granit, parant les remparts d'une robe orangée. Dans l'écheveau des ruelles, les silhouettes des noctambules projetaient leurs ombres sur les pierres. Depuis le Moyen Âge, les Vannetais arpentaient leur cité la nuit et le jour. Les marchands d'hier tiraient des charrettes à bras, remontant du port leurs tonneaux de vin de Guyenne ; les Vannetais d'aujourd'hui dégustaient un bordeaux blanc, attablés à la terrasse d'un des cafés sur le port. Audrey parcourait les siècles par-delà sa fenêtre. Son esprit vagabondait et celui d'Albert s'activait.

— Audrey, tire ce rideau et viens t'asseoir. Il est temps d'aborder le sujet relatif au texte des différents messages. Une certitude, ils te sont personnellement adressés.

Faisant volte-face, Audrey affirma :

— À moi, le monstre.

— Quel monstre ?

— Avec mon visage mutilé. Monstre ou sainte martyre. Ce type a raison. Je devrais ne plus sortir en plein jour, oublier la lumière du soleil et profiter uniquement des rayons de la lune. À la nuit tombée, je me dissimulerais derrière une porte cochère pour que les enfants croisés ne me fassent plus de grimaces. Je fais peur à voir.

— Qu'est-ce que tu racontes ? Je saisis mal où tu veux en venir. Que parfois, tu mettes un pansement pour éviter que ta cicatrice ne soit exposée au soleil, je le conçois. Quoique cette habitude dont tu as du mal à te défaire me paraisse désormais excessive, ta tante Lisbeth et ta grand-mère partagent d'ailleurs mon avis. Un écran total suffirait à protéger ta peau. Maintenant, voilà que tu m'annonces vouloir jouer à la femme vampire !

— Un écran total mais je suis défigurée !

Albert se gratta le front puis écarquilla les yeux. Il eut une révélation qui le tétanisa sur l'instant. Phobie du jaune, aversion pour le terme attentat, cicatrices mais aussi plaies béantes jamais refermées. Comment était-il passé à côté d'un tel déni ? Audrey avait totalement occulté la chirurgie réparatrice dont elle avait bénéficié ? Soudain, il attrapa Audrey par le bras et la força à le suivre dans la salle de bains. Elle se débattait mais lui n'en avait que faire. Une fois devant le miroir, il la ceintura pour qu'elle ne mette pas ses mains devant son visage.

— Regarde-toi bien ! On ne voit plus rien ou si peu, une fine cicatrice sur ta joue, à peine visible !

Audrey s'évanouit. Si elle ne s'effondra pas complètement sur le sol, c'est parce que Albert la soutint à bout de bras.

XXV

LE MIROIR

Audrey se réveilla, allongée, tout habillée sur son lit. À ses côtés, un étrange miroir à main et un mot griffonné sur un post-it rose : « *Regarde-toi, pleure un bon coup... de bonheur, digère, accepte la réalité et rejoins-moi dans le salon, je t'y attends. Ton Alberto.* »

Émue, elle accepta de se prêter au jeu lancé par son ami. Elle fit ce qu'il lui proposait en modifiant néanmoins l'ordre indiqué. Elle sanglota, laissant ses larmes couler sur ses joues, s'étouffa, avala et ravala sa salive. La peur au ventre, elle attrapa le miroir et hésita. Finalement, elle le reposa sur la couette écrue. « Telle tante, telle nièce », pensa-t-elle. Sa tante Lisbeth omettait de porter ses lunettes lorsqu'elle se maquillait, un secret de polichinelle. Sa grand-mère disait qu'au fil du temps, le rouge à lèvres de sa fille tanguait de plus en plus et qu'il finirait par atteindre ses narines. Audrey et sa perfide mamie s'en amusaient un peu, mais cela les peinait aussi de s'en amuser. Ne pas mettre ses lunettes sur son nez, pour se maquiller ou plutôt pour ne pas voir les rides de son visage, était-ce si comique, à bien y réfléchir ? Audrey ressemblait à sa tante dans sa façon d'agir, elle cultivait le déni, niant elle aussi la réalité parce que la jugeant trop difficile à admettre. Une avancée en âge mal vécue par l'une, un retour à un visage sans cicatrice mal accepté pour l'autre. Si les rides affirmaient une vieillesse latente, les cicatrices témoignaient d'un statut de victime aux yeux de tous. Pour Audrey, retrouver son visage d'avant l'attentat signifiait devoir oublier l'horreur vécue. Elle n'avait pas voulu oublier et aurait souhaité que sa chair garde la trace à jamais de ce qu'elle avait vécu. Elle désirait payer pour le restant de sa vie et un chirurgien aux doigts d'or l'avait mutilée de nouveau, en lui arrachant sa position de martyre, en la couturant pour que cet état reste à jamais dissimulé sous son épiderme. Le droit à l'oubli, elle avait omis que cela pouvait s'entendre.

Pour oublier, il lui fallait passer l'épreuve du saut dans le vide. Regarder son reflet signifiait plonger volontairement dans un monde inconnu. Elle allait sauter parce que Albert lui offrait matériellement la possibilité de le faire, en lui ayant remis un miroir. Mais ce superbe miroir à main, au manche en nacre sculptée et à la monture en bronze doré et ciselé, ne lui appartenait pas. Pourtant Albert avait bien dû le dénicher quelque part dans l'appartement. Époque Charles X probablement, pièce de collection assurément. La dorure sur le pourtour formait un écrin ; un enchevêtrement de feuilles d'acanthe ciselées agrémentait cet écrin. Sur le haut du miroir rond, deux figures féminines drapées dans de longues toges portaient des paniers de fruits au-dessus de leurs têtes. Des doublés : deux cornes d'abondance, deux couronnes de laurier. Les deux femmes étaient liées par un anneau. Audrey y glissa son doigt. Était-ce une alliance ? Elle retira promptement son annulaire. Elle ressentit une gêne d'avoir ainsi introduit son doigt dans une bague qui n'en était pas une mais qui s'y apparentait de façon si perturbante. Elle pressa dans sa paume le manche en nacre. Il lui fallait savoir ce que ce troublant miroir allait lui révéler. Allait-il réfléchir le reflet des traits d'une inconnue ? Audrey regarda enfin son visage, elle le vit pour la toute première fois, tel qu'il était, lisse. Elle caressa la fine cicatrice qui barrait sa joue gauche, un fil qui s'estompait déjà et qui la reliait à son passé. Ce fil qui l'attachait à sa valise jaune, à Julia Paris et aux autres rescapés. Ce fil venait de se rompre, Julia Paris et sa cousine étaient décédées, Audrey continuait à souffrir. La vie suivait son cours pour l'une avec la mort au détour d'un virage sur l'autoroute du soleil pour les autres.

Audrey essuya ses larmes, quitta son lit et prit la direction du salon, miroir en main. Quand elle entra dans la pièce, Alberto lui sourit. Elle lui rendit son sourire et lui dit :

— Je ne savais pas, personne ne me l'avait dit. Pourquoi as-tu attendu si longtemps ? Que de mois perdus. Shepard ne m'avait rien dit lui non plus.

— Bien sûr qu'il t'en a parlé. Épuisé de parler dans le vide, il a préféré laisser faire le temps dans l'espoir que les mois passant tu recouvrerais la raison. Il t'a laissée, toi et ta compresse de pacotille, dévorer votre couple. Il ne t'a pas quittée parce que tu étais défigurée, puisque tu ne l'as jamais vraiment été. Certainement qu'il a fini par en aimer une autre, aussi simplement que cela. Une autre sans pansement sur la joue, une autre indubitablement moins belle que toi. Tu sais, je viens de subir la même déconvenue. Plaqué tout comme toi, laissé sur le carreau et sous le choc, effondré sur un carrelage glacé. On s'en remettra ensemble. Tous ces post-it, ces réflexions en lien avec ton histoire de bols bretons, on pourrait s'en servir, là, maintenant. La même question se pose encore. Pourquoi ?

— Pourquoi Shepard m'a-t-il quittée ?

— Le comment est bien plus aisé à expliquer. Il y a les preuves, les actes, un mot, un message, une conversation pour te dire finalement : « Ciao, je te quitte. » Mais le pourquoi reste la question fondamentale.

— Alberto, j'ai besoin de prendre l'air, de sentir la brise sur mon visage, de croiser dans une rue un autre regard que le tien.

— Une preuve, une de plus. Mais il faut que tu saisisses que c'est toi qui es la preuve vivante de ce que tu as vécu, toi seule. L'attentat a bien eu lieu, cicatrice sur la joue ou pas, tu le sais au fond de tes tripes et cette cicatrice marquera toujours ton visage jusqu'à ta mort, que les autres la voient ou non. Tu n'as plus besoin de te mentir à toi-même pour te reconstruire.

— Merci.

— De quoi ? D'avoir mis autant de mois pour saisir ce que ma meilleure amie ne cessait de me hurler, de l'aider. Un cri de détresse et je ne l'entendais pas. Pas de merci, je te dois des excuses.

Un imperceptible frisson dans l'air ou en elle-même allait décider Audrey à agir, à ne pas s'effondrer en larmes. Elle frissonna de bonheur, elle renaissait à la vie. Albert ne perçut pas ce léger tremblement, il était déjà dans l'action.

— Allez, secoue-toi, ma cocotte. Aide-moi plutôt à déblayer les meubles qui obstruent la sortie. Nous sortons.

Avant qu'Albert ne s'attelle à la tâche, Audrey lui attrapa le bras.

— Pourrais-tu me dire où tu as trouvé cet incroyable miroir que je tiens dans ma main ?

— Dans une de tes caisses de déménagement qui était dans la chambre jaune.

Audrey ne sursauta pas à l'annonce, elle se liquéfia. Des gouttes de sueur perlèrent sur sa nuque. Sa température corporelle augmenta puis s'abaissa subitement. Brûlante puis glacée, elle eut la sensation que son corps se transformait en eau, que cette eau ruisselait sournoisement sur le parquet, suivait la pente du sol, cheminait le long du couloir d'accès au coin nuit et se retrouvait bloquée face à une infranchissable paroi. Ce ruisseau, constitué d'un fluide qui s'était échappé de son corps, grossissait, formant une mare stagnante face à la porte de la chambre jaune. Elle le savait fort bien, vide, cette chambre d'amis l'était jusqu'à ce matin. Parce que le jaune de la tapisserie faisait de cette pièce un lieu sacré. Jamais, elle n'aurait pu y déposer ne serait-ce qu'un carton. En deux mois, elle n'avait pas pu franchir le seuil de la pièce, osant à peine entrebâiller la porte. Un mur d'angoisse, une paroi invisible lui avait toujours barré l'accès. Alors que les minutes précédentes, Audrey avait avec peine réussi à s'extirper d'un effroyable cauchemar qui avait duré deux longues années, la révélation faite par Albert venait de la replonger dans l'obscurité. Ainsi, le persécuteur ne la laisserait jamais en paix. Parce que c'était bien évidemment lui qui avait déposé dans la chambre jaune le miroir dans une caisse. Il avait les clés de son domicile, il était entré sans effraction et avait placé dans l'appartement, avec grand soin, les pions de sa terrifiante mise en scène teintée de couleur acidulée. Un pot de peinture jaune, un miroir doré dans une chambre à la tapisserie canari et quoi d'autre encore ?

L'esprit en lambeaux, elle se débattait pour tenter de reprendre sa respiration, elle se noyait dans son propre fluide corporel, elle se liquéfiait et bientôt disparaîtrait dans les ténèbres. C'est Albert qui la fit passer de l'ombre à la lumière en la secouant avec une énergie folle. Il hurlait son prénom.

— Audrey !

XXVI

LES TULIPES

Vannes, le jardin des Remparts

— Dans ton appartement, pendant près d'une minute, j'ai cru t'avoir définitivement perdue. Une telle absence, c'est… Les mots me manquent. Flippant !

Audrey marchait à côté d'Albert, muette. La tour du Connétable et les jardins des Remparts étaient en vue. Encore quelques pas, encore quelques marches en pierre à descendre, ensuite elle lui expliquerait tout. Une absence, selon lui, une descente aux enfers de son point de vue. Jusqu'où serait-elle allée si son ami n'avait pas été là, à ses côtés, la secouant, lui hurlant aux oreilles de remonter à la surface ? La main du persécuteur aurait pu l'entraîner par le fond, dans les profondeurs abyssales de la démence. C'est bien ce qu'il cherchait.

Elle voulait l'expliquer à Albert mais aussi lui dire : « Et si nous parlions d'autre chose, de n'importe quoi d'autre. Et puis, oui, je me débats avec mes démons intérieurs mais je lutte. » Elle n'en fit rien parce qu'elle les vit et qu'elle sut qu'elle était prête à affronter leurs regards. Ils étaient là, ces quatre adolescents, assis en ligne sur un muret de pierre. Albert poursuivit son chemin et elle s'arrêta. Audrey se planta face à eux. Ils levèrent le nez de concert, délaissant les écrans de leurs portables. Rien, il ne se passa rien. Aucun d'eux ne détourna le regard, ils la fixaient pour comprendre ce qu'elle leur voulait. L'un d'eux lança même : « Ben quoi, on ne fait pas de bruit ! Tu veux ma photo ? » Cette remarque sonnait juste. Il avait bien dit « ma photo ». Elle aurait voulu lui répliquer : « Ta photo ? Et toi, tu ne veux pas la mienne, parce que de moi, tu n'en as que faire, tu n'as même pas grimacé en me découvrant à visage découvert. Tu ne l'as pas vue, ma joue balafrée, simplement parce que tu ne peux pas la voir, ma cicatrice. Ton portrait aurait de l'intérêt pour moi alors que le mien n'en a pas pour toi. » Longue tirade qu'elle n'avait pas prononcée. Un dialogue intérieur qui l'emplissait de joie. Alors, Audrey passa son chemin et fit ce qu'aucun de ces jeunes ne se serait permis de faire. Elle s'approcha d'un parterre de fleurs, coupa une puis deux tiges et plus encore. Un bouquet de tulipes jaunes dans les mains, elle s'installa sur le banc, sur lequel l'attendait Albert. Gêné par le comportement d'Audrey, il baissa les yeux. Les adolescents sifflaient et applaudissaient, comme galvanisés par l'attitude frondeuse d'Audrey. L'un d'eux prit une photo, qu'il posta dans la seconde suivante sur les réseaux sociaux. « Trop top, lança le plus jeune de la bande, puis hurla à ces copains, les vieux détériorent les parterres publics ! » Audrey leur sourit puis porta à son nez le bouquet, ex-propriété de la collectivité. L'odeur lui parut divine, sachant fort bien qu'une tulipe était peu odorante. Elle humait le jasmin, le romarin et la lavande. Souvenirs de fragrance disparue dans les limbes de son passé. Un jour peut-être elle recouvrerait son sens perdu, celui de l'odorat.

L'air était doux en cette soirée d'avril, une légère brise décoiffa Albert. Du bout des doigts, il repositionna une mèche brune, libérant son front haut. De profil, il ressemblait à une statue grecque. Audrey s'en émut. Cet instant hors du temps était propice à lui expliquer où en était sa réflexion après un passage à vide. Marcher dans la ville, croiser ces jeunes et transgresser les règles lui avaient été salutaires. Elle s'exprima enfin.

— Pourquoi ? Alberto, je viens tout juste de comprendre pourquoi il agit ainsi ? Quel était son but ? Me faire sombrer dans la folie ?

— Qui ?

— Lui, celui qui se cache derrière ces trois lettres. Un lâche, incapable de signer de son nom ses ignominieux messages. Sache que je ne suis pas folle, je n'ai ni repeint ma porte en jaune, ni loué l'appartement du rez-de-chaussée aux Roubaix, ni expédié à l'autre bout du monde des bols bretons, ni déposé un carton contenant un miroir à main dans la chambre jaune.

— Ni acheté un pack de bières brunes !

— Exactement. Je vois tout ce qu'il a fait à ma place même si je ne vois pas clair dans son jeu.

— Son mobile serait de te faire passer pour une timbrée. Qui aurait intérêt à ce que tu sois déclarée atteinte de démence ?

— Quelles seraient les conséquences si un juge me déclarait, disons, absolument et définitivement plus du tout saine d'esprit ? Dans l'incapacité de mener à bien mes affaires ?

— Les actionnaires de la société que tu diriges ?

— Les parts sont détenues en majorité par moi-même et aussi par mes investisseuses de la première heure. Ma tante et ma grand-mère.

— OK, pas la peine de chercher de ce côté-là. Qui reprendrait les rênes de ton business florissant ?

— Malouin Polet. Cette semaine d'ailleurs je me suis totalement reposée sur lui. J'ai la tête ailleurs et lui a la tête bien sur les épaules. Il n'a que peu de parts dans ma société. Je lui fais totalement confiance.

— Dans ce cas, si ce n'est pas pour l'argent, pourquoi ?

— Encore et encore, cette même interrogation. Le mobile.

— À bien y réfléchir, t'entraîner sur la pente glissante en déployant des stratagèmes aussi complexes, répond plus au “comment ?”. La folie est uniquement un moyen d'atteindre un but fort subtil et encore mystérieux. Le mobile, nous ne le tenons pas.

Audrey respira à s'en faire exploser les poumons.

Elle décompressa lentement. Albert n'avait même pas émis un doute lorsqu'elle lui avait exprimé son point de vue. Ce dénommé “Qui” souhaitait la faire passer pour une hallucinée en lui tendant des pièges machiavéliques et Albert la croyait.

— Tu es bien d'accord avec moi, je suis victime d'une manipulation démoniaque.

— Tout à fait. Tu ne bois jamais de bière, tu en as horreur et moi je déteste la brune. Cela, tu le sais fort bien. Tu n'aurais jamais acheté ce pack de bières brunes. J'ai avalé d'un trait cette liqueur amère pour atténuer le goût de ton omelette parce que ce que je déteste encore plus, ce sont les champignons frais. Cela, tu n'étais pas au courant. Nous sommes amis mais nous n'avons jamais vécu en couple.

— Dommage, d'un côté. Ainsi tu ne supportes pas les champignons ?

Le rire d'Albert explosa dans la nuit. Les adolescents levèrent de nouveau le nez de leurs écrans et, sans prononcer un mot, ils quittèrent leur petit coin de muret qui n'avait plus rien de tranquille depuis que deux dingues s'étaient approprié leur espace.

La folie pouvait être joyeuse. Être le dingue de l'autre s'avérait parfois bon. Audrey eut soudain une révélation, elle ne savait pas encore qui il était mais elle comprit que le plus fou de tous les déments de la terre était celui qui voulait la rendre folle. Ce “Qui” était un déséquilibré qui ne réussirait pas à la faire chuter parce qu'elle allait le combattre de toutes ses forces. Alberto l'aiderait, il serait son bâton de pèlerin, sur lequel elle pourrait compter pour mener sa croisade.

XXVII

LE COMBAT

Centre-ville de Vannes, domicile d'Audrey

La porte irrémédiablement jaune, ils la poussèrent. La sonate *Au clair de lune* de Beethoven, ils l'écoutèrent en passant devant l'appartement du rez-de-chaussée. L'interprétation au piano de la jeune madame Roubaix, ils l'apprécièrent. Marche après marche, ils progressèrent pour finalement se poser dans leur QG, leur quartier général, là où ils allaient non plus tenir leur cellule de crise mais peaufiner leur plan d'attaque. Avant de s'atteler à la tâche, Albert alla inspecter la chambre jaune, à la demande pressante d'Audrey. Accomplir ce qu'Audrey considérait comme un acte de bravoure lui plut. Lorsqu'il prit place au salon, il était plein de fierté mais aussi serein, la chambre d'amis étant vide. Avec décontraction, il s'enfonça dans le moelleux d'un des deux fauteuils en velours bleu. Audrey désencombra le second siège pour ne pas finir sur le tabouret en teck, looké mais à l'assise inconfortable. Alors, ils regardèrent enfin les feuilles pratiquement blanches scotchées sur le mur. Albert frotta son menton, cherchant l'inspiration dans les poils de sa barbe naissante. Il lança :

— Jean-Jacques Rousseau a écrit « *il n'y a point de bonheur sans courage ni de vertu sans combat* ».

— Le rapport avec notre stratégie d'attaque ?

— Je ne sais pas vraiment. Une citation que j'avais en tête pour annoncer que le courage, nous en avions à revendre et étions disposés à nous en servir pour recouvrer le bonheur.

— Tout au moins la paix, le bonheur viendra après. Par contre, en matière de combat, je suis OK, voire sur le pied de guerre. Vertu ou pas !

— Est-ce que tu savais que Rousseau était né à Genève et fils d'un horloger ?

— Markus Jarvis serait-il un de ses descendants ? s'en amusa Audrey.

— Tu fais bien de me faire penser à Markus, je l'avais totalement oublié. Je vais lui laisser un SMS pour lui demander s'il va bien.

À court d'idées et incapable de l'avouer, Albert venait de trouver en cette pause un bon prétexte pour laisser le soin à Audrey de poser la première pierre de leur stratégie. Audrey fixait les sept bols alignés sur la table. Elle se leva et nota au feutre sur chacune des six feuilles scotchées sur le mur, un prénom. Markus, Lilas, Sophie, Claude, Ester et Eliott avaient désormais leur page blanche affectée. Son SMS envoyé, Albert se tourna vers Audrey.

— Donc, les bols bretons sont censés représenter des personnes. Une symbolique malfaisante.

— Genre poupée maléfique à la mode de Bretagne.

— Parallèle audacieux. Même si ce n'est pas un cheveu de ta grand-mère que ce malade a planté sur le crâne d'une poupée de chiffon.

— Mais bien un dessin en rapport avec la personne maraboutée qu'il a réussi à imprimer au fond d'un bol ! En plus, tous des vieux bols usagés qu'il conservait depuis des lustres. Son forfait, il l'a calculé, l'a ruminé et ce pendant un sacré bout de temps, voire des années.

— Une supposition et non une certitude. Il a très bien pu passer sa vaisselle dans une essoreuse à salade pleine de sable pour contrefaire l'usure.

— Bravo, sacrée imagination, je n'y avais pas songé.

Albert, se sentant enfin inspiré, saisit le bol sur lequel était inscrit le prénom de Markus.

— Au fond de ce prétendument vieux bol, la représentation d'un Breton en costume traditionnel, chapeau rond vissé sur le crâne, tendant une clé à cinq branches pour horloge murale à une Bretonne. Cette dernière porte une coiffe en dentelle. Son tablier de velours avec des motifs floraux brodés me rappelle les costumes du pays vannetais. Quoi qu'il en soit, la clé confirme que c'est bien de Jarvis qu'il s'agit.

Audrey s'empara du bol attribué à Lilas.

— Au fond de celui-ci, une scène pittoresque suggérant le mouvement : une femme joliment apprêtée se prépare à lâcher la main d'un petit Breton en costume sombre pour attraper celle d'un grand gaillard barbu, lui aussi en vêtement d'apparat.

— Ta grand-mère, Martine ?

— De son second prénom Lilas, histoire de brouiller les pistes.

— Heureusement ou malheureusement que Markus et Lilas sont deux prénoms suffisamment originaux pour que la probabilité que tu en aies d'autres dans ton entourage soit quasiment nulle.

Lèvres pincées, Audrey grimaça.

— J'ai sans doute omis de t'en parler mais je ne connais pas deux personnes qui portent ces prénoms mais bien quatre. Il y a aussi Lilas et Markus Roubaix. Si j'ai cru bon de ne pas imaginer que ces bols étaient en lien avec ce jeune couple, c'est parce qu'au fond des deux bols les dessins étaient suffisamment explicites. Un horloger et une femme avec deux hommes. Markus Jarvis, le maître des horloges, et ma grand-mère, qui a épousé en premières noces un certain Claude. Un secret de famille désormais éventé. Le bol sur lequel est inscrit « *Claude* » pourrait très bien être celui qui correspond au premier époux de ma grand-mère.

L'esprit vagabond, Albert ne l'écoutait plus.

— Étonnante coïncidence, voire suspecte. Markus Roubaix ne serait pas branché horlogerie, par hasard ?

— Il est assistant à l'université de Bretagne Sud à Vannes.

— Ce pourrait néanmoins être lui, une mauvaise interprétation de notre part, une éventuelle symbolique, une clé d'horloger pour remonter le temps… Le fait qu'il a épousé une jeune Lilas. Cela ne t'a pas interpellée, lorsqu'ils se sont présentés à toi. Enfin, madame Roubaix aurait pu avoir été déjà mariée, avoir même un amant et ainsi partager sa vie entre deux hommes en toute discrétion. Jarvis et ta grand-mère ne sont peut-être pas les bonnes personnes.

— Une coïncidence troublante. Ton interprétation m'interroge parce que tout est envisageable, Jean-Jacques Rousseau est bien Suisse et fils d'horloger.

— Probabilité quasi nulle de côtoyer deux Markus et deux Lilas dans la même semaine. Alors qu'à Genève, depuis des siècles, croiser un fils d'horloger est dans l'ordre des choses, bien plus que cela ne l'est à Vannes.

— Je saisis. Tu es l'exception, tout comme mes deux locataires le sont.

Embarrassée, Audrey poursuivit.

— Un autre détail que j'aurais négligé de te donner, un second bol à la gloire de Markus a été expédié à Sasuke, mon collègue tokyoïte. Il m'a remerciée, évidemment !

— J'y perds mon latin, il y a combien de bols en tout ?

— Dix. Sept en France, ceux qui sont là devant nous, deux autres à Tokyo et à New York. Et puis j'en ai brisé un.

— Totalement surréaliste ! Pas du travail d'amateur, du grand art, de la préméditation. Une stratégie guerrière. Attaques successives, missiles envoyés outre-Atlantique et au Japon. De l'explosif !

— Et nous, nous ne disposons que d'un misérable feutre et de quelques feuilles de papier.

— Nos têtes pensantes sont nos meilleurs atouts. Ton persécuteur a avancé ses pions mais il n'a pas l'apanage de la stratégie militaire. Avec nos petites armes, nous pouvons le débusquer, ce rat !

Albert se mit à renifler.

— Tu as pensé à vérifier le bon fonctionnement des évacuations d'eau ?

— Ah, l'odeur ! Plutôt que de repeindre ma porte, mon perfide artisan mystère aurait mieux fait de s'attaquer à ma tuyauterie.

— Pas idiot ! Préférable de prendre tout cela à la légère.

— Préférable de dédramatiser même si je me force à le faire. Bon, passons à Sophie, le voile sur son anonymat étant levé. C'est ma tante, ce serait son pseudo sur des sites de rencontres, garde cela pour toi. En plus, je n'en connais pas d'autres. De surcroît, le dessin au fond du bol concorde avec sa personnalité.

— Quelle est la représentation picturale destinée à ta tante ? Une Bretonne à la coiffe violette, au tablier aubergine paré d'une multitude de broderies prune.

— C'est vrai qu'en ce moment elle est plutôt branchée couleur mauve. Si tu insinues qu'elle aurait mauvais goût, côté vestimentaire, ce n'est pas faux. Elle a un style douteux. Mais comme sur mon site de vente en ligne ses adeptes se ruent sur ses fringues vintage, indubitablement d'autres ne partagent pas notre avis. Au fond du bol qui la concerne, absolument aucun pigment violet mais une grisaille enveloppante. Une vieille femme voûtée portant une coiffe blanche et s'appuyant sur une canne pour marcher.

— Aucun rapport avec ta tante.

— Tout au contraire, soixante ans et une trouille bleue de vieillir. Crois-moi, Sophie est bien en réalité ma tante Lisbeth.

— Et Ester et Eliott ? Des prénoms vraiment atypiques. Aucun d'eux dans ton réseau professionnel, dans ton carnet d'adresses personnel ?

— Non, des êtres mystérieux. Une idée qui me vient à l'esprit. Si nous partions non pas de leurs prénoms mais de ce qui les caractérise aux yeux du persécuteur. Il m'a tout l'air d'apprécier la caricature.

De façon parfaitement coordonnée, Audrey et Albert se penchèrent au-dessus des deux bols pour apercevoir en leurs fonds une scène identique : un couple en costume traditionnel qui dansait, se tenant par le petit doigt.

— Audrey, nous sommes en plein fest-noz. Cette danse, c'est l'*en dro*, une ronde originaire du pays vannetais.

La jeune femme haussa les épaules, autant pour signifier sa totale inculture en matière de tradition bretonne que son désintérêt pour la chose.

— Ce n'est pas une piste mais une impasse concernant Ester et Eliott. Pourtant, selon l'odieux messager, ces deux-là comme les quatre autres devraient venir à moi. Pire, l'un d'eux aurait même été déjà sacrifié. C'est ce qu'il a écrit, il a choisi pour moi celui qui est passé à la trappe.

— Traumatisant mais vraisemblablement une menace en l'air. Tu n'as pas d'autres éléments que nous pourrions noter ?

— Juste une remarque. Une dernière omission de ma part, qui va te glacer d'effroi. Ma tante au look décalé et à la langue bien pendue suggère une fin radicale à toute cette affaire. Tout à l'heure, elle était prête à me donner un prénom, s'il me fallait liquider l'un des six heureux élus pour sauver les cinq autres. Le nom de Jarvis est sorti de son chapeau, violet, il s'entend.

— Culottée, elle ne le connaît même pas.

— Justement, pour préserver sa petite personne et celle de sa mère, elle me conseillait d'abréger la vie d'un inconnu déjà fort avancé en âge. Pure supposition puisque je n'ai pas l'intention de tuer quiconque.

— Oui mais, ta tante, elle s'est bel et bien interrogée, voire a osé te faire une suggestion. C'est pourquoi il faudrait ne pas balayer d'un revers de la main la question initiale, celle qui a tout déclenché. Te sera-t-il plus facile d'être un monstre qu'une sainte ? En effet, devrait-on considérer comme un acte monstrueux celui d'opter pour le sacrifice d'un être vivant pour que cinq autres personnes aient la vie sauve. Question de philosophie morale. Une seule vie fauchée et pas six, voire sept, puisqu'il y a un bol anonyme.

Paniquée, Audrey saisit le septième bol, qui ne comportait aucun nom. En son fond, elle vit une femme en costume breton, qui plaquait les mains sur son visage. Comprenant subitement que ce bol lui était destiné, avec force, elle le lança en direction de la fenêtre. Il retomba à terre en se brisant en une dizaine de morceaux. Folle de rage, elle hurla :

— Une sainte se sacrifierait pour que les autres vivent ! Mais je ne serai jamais une sainte et d'ailleurs c'est une histoire à dormir debout. Du grand n'importe quoi ! Me pousser au suicide en me persuadant que je serais canonisée post-mortem ! Bravo, nous étions censés trouver les armes pour combattre un ennemi invisible et maintenant tu en viens à évoquer une mise à mort, la mienne !

Totalement abasourdi par cette colère soudaine, Albert resta aphone. Il préférait réfléchir à ce qui venait de se produire avant d'ouvrir la bouche. De façon totalement inconsidérée, il avait suggéré une réflexion éthique ; Audrey en était arrivée elle-même à sa propre conclusion pleine de bon sens. Son ennemi lui insufflait de se donner la mort pour la bonne cause. Audrey le dévorait des yeux, attendant qu'il s'exprime.

— Ma cocotte, personne ne va mourir, ni toi ni les six autres. Inutile de songer à sacrifier une sainte ou même à transformer quiconque en monstre. Des menaces en l'air. Pas de suicide à envisager, pas d'assassinat perpétré.

— Tu n'en sais rien. Le meurtre a peut-être déjà été commis.

XXVIII

LES ARMOIRIES

La panique s'empara d'Audrey et d'Albert. Ils craignaient pour leurs proches et allaient contacter sur-le-champ Jarvis, Martine et Élisabeth. Trois appels en urgence et une visite surprise s'imposaient. Se rendre chez Markus et Lilas Roubaix, ils l'envisageaient dans un second temps. Le constat était clair : piètres combattants, déplorables stratèges, ils se devaient de reculer devant l'insaisissable ennemi. Au plus vite, il leur fallait préserver leurs arrières avant de se lancer à l'assaut de celui qui persécutait Audrey. Apprendre qu'aucun de leurs proches incriminés dans l'affaire n'avait été atteint mortellement ne leur prit que quelques minutes. Audrey avait réussi à joindre sa grand-mère et sa tante. Toutes deux étaient présentes à leur domicile respectif, en pleine forme et vissées devant leurs petits écrans à regarder la même émission, un divertissement si addictif qu'Audrey n'avait pas eu besoin de leur proposer d'écourter la conversation. Ses deux interlocutrices furent néanmoins ravies d'entendre qu'Audrey allait bien et se trouvait sous protection masculine. Compte tenu de ses aventures en cours, la savoir en compagnie d'Albert les rassura. Audrey ne leur donna pas le véritable objet de ses appels ; découvrir qu'elle leur téléphonait pour savoir si toutes deux étaient encore en vie n'aurait pas été des plus rassurants. Quant à Albert, il n'eut pas à s'assurer de la bonne santé du maître horloger, ce dernier ayant répondu à son SMS. Maître Jarvis lui souhaitait de passer une bonne soirée avec son amie qui, à ce qu'il en avait déduit, avait un besoin fort urgent d'être épaulée. Restaient les Roubaix à rencontrer. Audrey rendit son portable à Albert, le sien étant inutilisable et toujours dans le pot de peinture jaune.

— Franchement, de quoi être parano. J'ai le cœur qui palpite encore mais tous vont bien. Maintenant les Roubaix. Qu'est-ce que je vais bien pouvoir inventer pour passer la porte de l'appartement du rez-de-chaussée ?

— Il faut juste vérifier qu'ils sont en pleine forme, ce dont je ne doute pas. Par la même occasion, tâche de savoir si Markus Roubaix a pour hobby l'horlogerie.

— Tu ne voudrais pas en plus que je l'interroge sur une éventuelle vie sentimentale tumultueuse de sa jeune épouse ?

— Pas simple. Et si tu la jouais franco ? Tu leur montres les bols et on verra leurs réactions.

*

De là où se tenait Albert, sur le palier à l'étage, il voyait sans être vu et allait surtout entendre la conversation. Les trois coups sur la porte de l'appartement du rez-de-chaussée, Audrey les frappa en douceur. La porte s'ouvrit et apparut Lilas Roubaix, en jean, un cardigan enfilé sur son chemisier clair. Aux pieds, elle portait d'étonnantes mules en velours bleu marine avec un imposant écusson brodé. Des armoiries royales. Elle tira sur les manches de son cardigan.

— Madame Doubriac, quelle surprise. Le piano, c'est cela. Une nuisance sonore. Veuillez m'en excuser. Pire que l'aboiement d'un chien, vous qui aviez précisé « locataire sans animal de compagnie », et votre tranquillité a été mise à mal, non pas par des jappements mais par ma modeste interprétation de la sonate *Au clair de lune*. Je me suis inscrite au conservatoire de Vannes et espère y faire belle impression demain. La prochaine fois, j'éviterai de répéter en début de soirée.

Audrey, étourdie par cette longue tirade inattendue, tenait les bols dans ses mains. Elle recadra l'objet de sa visite.

— Je ne suis pas là devant vous ce soir pour évoquer Beethoven mais un colis. J'ai reçu un colis par coursier, contenant ces deux bols. Vos prénoms y sont inscrits.

— Ce n'est que cela. Curieux, néanmoins.

Lilas Roubaix se retourna et haussa la voix pour interpeller son époux resté au salon. Celui-ci apparut dans l'embrasure de la porte. Pantalon gris, pull noir à col roulé et des chaussons arborant, sur le dessus, des armoiries royales. Il salua Audrey puis scruta à distance les deux bols.

— Effectivement, ce sont bien nos prénoms. Mais ce n'est pas le genre d'objet, bien qu'utilitaire, que nous aurions commandé. Nous ne buvons pas de cidre et prenons notre thé dans des tasses en fine porcelaine blanche.

— Liseré or, mon chéri. Notre vaisselle a parcouru les siècles en conservant leur éclat. Une tradition familiale qui perdure. Toute mère se doit d'offrir à sa fille aînée en cadeau de mariage le service en porcelaine blanche que sa propre mère lui avait transmis. J'en prends et prendrai grand soin pour que la tradition se perpétue. Par contre, vos bols m'ont l'air usagés sans être toutefois ébréchés, se permit de préciser, lèvres pincées, Lilas Roubaix.

Audrey se retint de lui envoyer les bols en pleine face. Cette demoiselle la prenait de haut et poursuivit dans la même veine en se permettant d'ajouter :

— Peut-être qu'il n'y a pas de monsieur Doubriac et dans ce cas aucun trousseau. Indubitablement, le colis vous était bien destiné, avec ce qu'il contenait, ces deux bols bretons. Amusantes, ces petites oreilles bleues.

— Pas deux mais six bols. Les vôtres, enfin ce que j'en ai déduit et aussi ceux avec…

Audrey laissa en suspens sa fin de phrase, fixant les mules de sa locataire.

— Ceux avec les armoiries bretonnantes en lien avec un certain Claude, une Ester, un Eliott et même une Sophie.

Markus Roubaix bomba le torse et remonta le col de son pull. Le bord en laine vint frotter le bas de son menton, faisant ressortir la perfection de la coupe de sa barbe. Audrey eut l'impression que ce qu'elle venait de lui annoncer le mettait mal à l'aise.

— Très perturbant, voire intrigant. Qui vous a envoyé ce colis ?

Lilas Roubaix intervint.

— Dans nos relations, nul Eliott. Je vous le certifie.

En une fraction de seconde, la main de Markus Roubaix vint se positionner sur l'avant-bras de son épouse. La jeune femme frissonna. Ce léger tremblement et cette main posée promptement constituaient des indices pour Audrey. Ce couple lui mentait. Ils étaient le Markus et la Lilas que le doigt de son persécuteur avait pointés. Cette intuition, elle se devait de la confirmer. Songeant à Albert, qui de son pigeonnier suivait toute la conversation, elle avança.

— J'ai dû faire erreur. Une pure coïncidence. Toutefois, puisque je suis là devant vous, je vous avoue qu'un détail vous concernant attise ma curiosité.

Les deux tourtereaux se pressèrent l'un contre l'autre, leurs corps fusionnèrent. Mules et chaussons se rapprochèrent.

— Ces armoiries que vous arborez aux pieds, ne seraient-ce celles de Louis XVI, ce passionné d'horlogerie ?

Jusque-là tendus à l'extrême, les membres de la jeune Roubaix se relâchèrent.

— Diantre, non ! L'écu de France moderne timbré de la couronne royale. L'apanage des Bourbons. Charles X et non Louis XVI.

— Ma chérie, si je puis me permettre de rectifier les dires de madame Doubriac, Louis XVI était féru de serrurerie et de clés.

— J'ai dû confondre la clé du serrurier et celle de l'horloger.

— Une clé n'ouvre pas que des portes, elle sert à remonter le temps. Madame, je vous souhaite une belle et bonne fin de soirée.

La porte se referma, la clé cliqueta dans la serrure.

XXIX

INTRA-MUROS

Centre-ville de Vannes

Albert sortit de sa cachette et rejoignit Audrey au rez-de-chaussée.

— Balade au clair de lune puis débriefing sur le port, cela te tente ? Allons remonter le temps et déambuler au cœur de notre merveilleuse cité médiévale. Marcher et digérer ce que nous venons de comprendre nous fera le plus grand bien.

Ils empruntèrent l'épaisse porte Prison, datant du XVe siècle, et son passage qui autrefois voyait défiler les charrettes à bras. Cheminer entre les portes, courtines et bastions. Remonter la rue pavée en direction de la cathédrale Saint-Pierre. Faussement flâner dans la ville close. Tous les pas portaient leur réflexion sur les traces du passé tout autant que leur déduction sur les paroles entendues, voire leur sidération sur ce qu'ils venaient d'apprendre. Ils voyaient sans voir. Torchis et pans de bois teintés de brun, les façades affichaient les couleurs du Moyen Âge. De la place Henri IV à la place des Lices. De la porte Saint-Vincent, en pierre de taille de granit, au port. Pont levis autrefois, accès piétonnier aujourd'hui. C'est à la terrasse d'un des cafés du port qu'ils s'attablèrent. Albert commanda deux mojitos et enfin s'exprima.

— Les Roubaix, ce sont eux, les véritables Lilas et Markus. Tes bols ne concernent ni Jarvis ni ta grand-mère.

— Et ma tante ? Son pseudo. Je doute là aussi que ce soit elle, l'authentique Sophie.

— A contrario de notre Lilas Roubaix, qui est bien la Lilas du bol. Tu as remarqué, elle n'a repris qu'un prénom, celui d'Eliott.

— Son amant ? Non, impossible. Un couple totalement raccord. Le crime d'adultère, je le garde pour Shepard en exclusivité.

— Cesse de penser à ton ex. Concentre-toi sur eux, tes soi-disant locataires.

— Ces deux-là m'ont tout l'air de remonter sacrément le temps. Loin de la faïence de Quimper, proche de la porcelaine de Limoges.

— Fort éloigné de notre drapeau breton frappé d'hermine. Je pense qu'ils ne savent pas que les mouchetures de ce petit carnivore étaient pour le duché de Bretagne ce que les fleurs de lys étaient au roi de France. Si les armoiries de Vannes comportent une blanche hermine, je parierais que le blason brodé sur leurs chaussons représentait des lys.

— Effectivement. Si tu avais pu admirer les pantoufles de Markus Roubaix, cousues de fils d'or. Je l'imagine marchant à pas feutrés dans mon appartement, j'en suis tout de même encore la propriétaire. Donc, allant de la chambre à la cuisine, avec sa couronne royale non pas sur la tête mais sur les pieds. Il a évoqué les Bourbons et aussi Charles X.

— Probablement que le style de leur mobilier, époque Restauration, ne te plairait pas. Je ne les imagine pas fixer aux murs des couvre-chefs camerounais, mais s'entourer de marqueterie, s'éclairer avec des bougeoirs en bronze doré et porphyre, s'asseoir sur un canapé velours avec un beau petit placage de palissandre. Ah, la belle pendule en bronze doré et marbre vert et noir, je la vois d'ici !

— Tu délires ?

— Non, je me plonge dans leur univers. Je vois la pendule avec sa paire d'aiguilles lunaires en acier bleui pour les heures et les minutes. J'écoute le mouvement avec échappement à ancre. Tout y est, la suspension à fil de soie, la sonnerie à l'heure et à la demi-heure avec roue de compte extérieure. Tout cela, ce n'est pas ton univers mais le leur. D'ailleurs, la princesse Lilas s'est moquée ouvertement de tes bols aux amusantes oreilles bleues.

— OK, tu as fini la visite virtuelle de leur home et en conclus qu'ils vivent au milieu de dorure alors que moi j'empile les cartons. Précision, je dispose désormais d'un merveilleux miroir époque Charles X, celui que tu m'as déniché dans la chambre jaune.

— Remarque pertinente. Si je ne l'avais pas trouvé chez toi, dans cette chambre, eh bien, j'aurais cru que les déménageurs avaient fait une erreur d'affectation. Comme tu as emménagé il y a deux mois et eux très récemment, si je ne m'abuse, un carton contenant les effets de madame Lilas Roubaix n'a pas pu être déposé à ton domicile.

— Il y avait quoi d'autre, dans cette boîte cartonnée ?

— Des effets personnels féminins. Une boîte à bijoux, notamment. Tu sais, le carton était dans la penderie murale, je me demande pourquoi je suis allé ouvrir cette porte tapissée de jaune.

Audrey eut un haut-le-cœur. Le jaune lui donnait de nouveau la nausée. Elle but d'un trait le verre de mojito et faillit s'étouffer avec une feuille de menthe.

Alberto se leva prestement et alla lui asséner une grande tape dans le dos.

— Ma cocotte. Pas la peine de te mettre dans un tel état. Elle te passera, cette aversion pour la couleur citronnade.

Reprenant sa respiration, Audrey lui dit :

— C'est le vert… la menthe verte.

Tous deux se mirent à rire. Albert héla le serveur pour lui commander deux autres cocktails. Celui-ci prit la commande et sourit ouvertement, non pas à Audrey mais à Albert.

— Tu le connais ? demanda Audrey.

— Pas encore mais je crois que je serais assez tenté de revenir prendre un verre sur le port un soir prochain.

— Seul ?

— Seul même si ce soir, je ne te lâche pas d'une semelle. Revenons à nos deux tourtereaux. Ils te mentent sur toute la ligne. Ils n'ont pas loué ton appartement par pur hasard.

— Nous sommes sur la même longueur d'onde. Et mon persécuteur savait pertinemment qu'ils allaient emménager dans mon magnifique hôtel particulier ! Lundi, les bols sont arrivés à mon domicile par coursier et le couple signait le bail le jour même à l'agence immobilière, sans avoir visité. Hier après-midi, donc jeudi, alors que je retrouvais ma tante Lisbeth dans un salon de thé, échange calamiteux soit dit en passant, l'agent immobilier laissait entrer une équipe de déménageurs dans l'appartement du rez-de-chaussée, profitant de mon absence pour agir dans mon dos.

— Tu le soupçonnes de complicité ?

— Non, je suis en colère, je lui en veux terriblement. Même s'il a cru bien faire par excès de zèle. Qu'il ait frappé à ma porte pour me prévenir, une possibilité. Mais voilà, j'étais absente. Ce matin, tout prend forme, les Roubaix viennent saluer par courtoisie leur propriétaire. Là, je tombe des nues… Plus tard, l'emménagement se poursuit sous mes yeux ahuris, matelas, sèche-linge et même piano droit. J'étais prise au piège. Voilà les faits.

— Ma cocotte, je te réaffirme qu'ils n'ont pas emménagé chez toi par pure coïncidence.

— Je dois réfléchir. Le 23 mars, une autre personne se faisant passer pour moi donne l'accord à mon agent immobilier de mettre en location l'appartement. Les Roubaix prennent contact, en quête d'un logement en plein cœur de Vannes. Ils remplissent tous les critères exigés par la fausse propriétaire, cela matche trop parfaitement. L'agent immobilier pense avoir trouvé la perle rare. En réalité, il s'est fait manipuler.

— On ne cesse de remonter le temps. Quand celui ou celle qui te persécute a bien pu échafauder son plan ? Il y a des mois probablement. Il savait que les Roubaix allaient venir, tout tenter pour emménager chez toi, quitte à te forcer la main.

— Et pourquoi les Roubaix n'auraient-ils pas engagé une femme qui me ressemble énormément, à un point tel que l'agent immobilier aurait été dupé ? Elle aurait usurpé mon identité, se serait présentée à l'agence immobilière masquée et cela, il y a déjà un mois. Si cette version s'avère la bonne, pourquoi les Roubaix auraient-ils agi ainsi ?

— Pour être dans la place. Et si ton curieux messager n'avait souhaité qu'une chose, t'avertir de leur arrivée ?

— Que je me tienne sur mes gardes, en entendant les prénoms de Lilas et de Markus. Et aussi les autres prénoms, avant qu'il ne soit trop tard.

— Le mystère entoure six personnes, Lilas et Markus Roubaix mais aussi Eliott, Sophie, Ester et Claude. Nous en connaissons seulement deux.

— J'ai employé un chausse-pied pour absolument faire entrer mon pied dans une chaussure trop petite, et j'ai même réussi. Quitte à jouer la boiteuse, j'ai forcé le destin pour trouver des solutions rapides. À tout prix, je voulais marcher, progresser !

— Je ne saisis pas la métaphore.

— J'ai débusqué une Lilas en fouinant. Le second prénom de ma grand-mère et pas son premier. J'ai réussi à trouver une Sophie, le pseudo de ma tante Lisbeth. Et alors ? Il se peut qu'elle utilise plusieurs pseudos. Claude serait le premier époux caché de ma charmante mamie. Mais Claude, un prénom des plus communs et mixte : homme ou femme ?

— Et moi, je débarque avec le maître de l'horlogerie qui, par le plus grand des hasards, se prénomme Markus. Un chien déboulant dans un jeu de quilles !

— Quand on s'acharne à vouloir lire dans le fond de bols comme dans le marc de café, on ne prédit pas l'avenir mais on force le destin, on voit ce que l'on veut y voir. On travestit le sens, on interprète par facilité. Une vieille femme voûtée, c'était bien évidemment ma tante. Une autre entourée de deux hommes, ma grand-mère. Un Breton tenant une clé d'horloger, ce ne pouvait être que Jarvis. Une femme en costume breton qui plaque les mains sur son visage, comment ne pouvais-je pas me sentir visée ?

— Il est grand temps que tu jettes ce chausse-pied. Je l'avoue, je te l'ai tendu et ai même contribué en t'assistant à te faire boiter. Ainsi, nous devons revoir notre stratégie. Ton persécuteur serait un lanceur d'alerte, qui te veut du bien et s'y prend très curieusement.

— Il souhaite plus que tout rester anonyme. Ses messages, nous allons devoir les reconsidérer et les interpréter différemment.

— Lundi, il t'a alertée sur l'arrivée imminente de Markus et Lilas Roubaix et aussi de quatre autres personnes. Il n'a cessé de t'envoyer des messages d'alerte : colis, mail, courrier.

— Voire des actes. Pourquoi a-t-il peint ma porte en jaune ?

— A priori, pas pour te rendre folle mais pour provoquer en toi un électrochoc. Symbolique de la porte. Ton somptueux hôtel particulier, comme tu le qualifies, est au cœur de toute cette machination.

— Un bien immobilier et peut-être aussi un concept, la notion de temps. Remonter ce temps, chercher dans le passé. Prendre la clé à cinq branches de l'horloger.

Audrey regarda le port, les mâts s'agiter, les drisses tintinnabuler. Antique cité que celle de Vannes, autrefois cité des Vénètes nommée Venetis ou encore cité gallo-romaine connue sous le nom de Darioritum. Les Vénètes, peuple de marins, les Vannetais d'aujourd'hui, ancrés dans le passé tout autant que tournés vers l'avenir. Elle sut à cet instant précis que le moment était venu pour elle de défaire ses cartons de déménagement. Elle allait prendre un nouveau départ dans cette ville, s'installer confortablement dans sa maison bourgeoise située en plein cœur de sa ville. Personne ne réussirait à l'en déloger.

XXX

LA MORALITÉ

Le vieux Vannes

Rentrer, revenir sur leurs pas et au détour d'une ruelle piétonnière se décider à emprunter un chemin différent de celui pris à l'aller pour remonter du port en direction de la maison d'Audrey. Changer d'angle de vue, voir autrement la ville, l'apprécier enfin, ils le firent, main dans la main, comme un couple qu'ils ne seront jamais. Ils comprenaient que toutes leurs hypothèses devaient être revues parce que contredites par des faits. Les Roubaix étaient bel et bien les seules parties prenantes dans cette étrange affaire. Les bols faisaient référence à Lilas et à Markus Roubaix et absolument pas à Martine et Jarvis. Rue des Vierges, Albert ralentit le pas, forçant Audrey à suivre une progression plus lente, ce qui l'interpella.

— Alberto, tu penses à quoi ?

— Au premier texte qui accompagnait le colis, une question troublante. Est-il plus facile d'être un monstre qu'un saint ? Cela m'interroge aussi sur les circonstances qui conduiraient un homme quelconque et droit à devenir un monstre.

Audrey réfléchissait et ne savait que répondre. Cette première question obsédante, elle ne cessait de se la poser depuis le début de semaine, sans en avoir réellement appréhendé le sens.

— Et tu as la réponse ?

— La réponse, ce serait présomptueux de ma part de l'annoncer mais une action qui ferait d'un individu un monstre me vient à l'esprit. Par exemple, ne pas venir en aide à un inconnu, alors que cet individu a l'occasion de le faire.

— Explicite.

Audrey lâcha la main d'Albert ; celui-ci s'arrêta puis appuya son dos contre la vitrine d'un chapelier.

— Par exemple, un matin, tu te lèves en joie, tu sors de chez toi et aperçois une vieille femme portant deux sacs fort lourds. Tu lui proposes ton aide, sans hésiter. Rembobinons, tu te lèves d'une humeur massacrante, tu es en retard, tu aperçois cette femme âgée dans la peine et tu préfères passer ton chemin. Une fois sainte, une fois monstre. Être dans un état, disons, de bonne humeur, favorise ton comportement altruiste.

— Enfin, ne pas assister cette vieille femme, ce n'est pas non plus un crime. Et puis, dans mon cas, étant en ce moment et depuis de longs mois de fort mauvaise humeur, je me comporterais facilement d'une façon que tu qualifies de monstrueuse.

— Depuis l'attentat, tu n'es pas au mieux de ta forme. Pas bien dans ton corps, pas bien dans ta peau, pas bien dans ta maison.

— Rien de positif et n'importe qui le serait à moins. Je m'en veux toujours, je me sens coupable et je ne peux me sortir de la tête que tout est ma faute. Parce que les explosifs étaient dans ma valise jaune, pas dans celle d'une autre. Même si j'ai été innocentée, le doute planera toujours. Comment ces explosifs se sont-ils retrouvés là ? Rien sur les caméras de vidéosurveillance de l'aéroport. Ma petite valise cabine a passé tous les contrôles douaniers !

— Cesse de te tourmenter. Tu es innocente. Le groupuscule extrémiste a revendiqué l'attentat trois heures après. Aucun lien entre cette bande de terroristes et ta petite personne.

— Hormis ma valise. Le doute concernant ma culpabilité plane encore, en tout cas dans l'esprit des victimes. Oui, ce matin-là, j'étais d'humeur exécrable, sacrément pressée. Je n'avais pas entendu le réveil sonner, a contrario de Shepard, mais il s'était trop vite rendormi sans même daigner me secouer.

— Tu lui en veux ?

— De quoi ? De m'avoir mise en rage ! Franchement, ce matin-là, j'aurais croisé une vieille femme lourdement chargée en bas de mon immeuble à Paris, je pense que j'aurais été capable de la bousculer pour sauter dans mon taxi. Je n'ai décompressé que dans la zone duty-free, juste avant l'embarquement. J'ai soufflé seulement lorsque j'ai compris que je n'allais pas rater mon avion pour New York. Soulagée, j'étais dans la file d'attente de la boutique, l'esprit rêveur, un comble. Je regardais les quatre personnes qui étaient à mes côtés, sans vraiment les voir. Sandrine Meloff devait prendre le même vol que moi, cela, je ne le savais pas encore, tout comme Théo avec ses parents, qui étaient à ce moment-là dans une autre boutique. Son grand frère vit aux États-Unis, Théo allait lui rendre visite. Quant à Julia Paris et Isabelle Deschamps, pour elles, New York n'était pas leur véritable destination, juste un crochet avant de se rendre à Miami. D'ailleurs, je ne sais pas pourquoi je reviens sur cet horrible dramc. Aucun rapport avec les bols et les messages.

— Au contraire, n'importe qui peut se transformer en monstre, ou croire en être un, selon la situation.

— Le monstre, c'est celui qui assassine et pas celui qui bouscule une vieille femme, même si c'est contraire à la morale.

— Et si dans la minute qui suit, elle bute sur un trottoir, tombe la tête la première, emportée par le poids de ses sacs et meurt devant toi ?

— J'aurais un énorme sentiment de culpabilité. Pas vraiment la conscience en paix.

— Et si, dans ses deux sacs, cette brave femme avait transporté des explosifs en vue de perpétrer un attentat ?

— Retournement de situation. J'en perds mes mots.

— Et si, en la laissant mourir, tu avais évité que cinq personnes innocentes ne perdent la vie dans une terrible explosion ? Ces cinq individus qui sont à la terrasse du café d'en face, de l'autre côté de la rue.

Se prenant inconsciemment au jeu, le regard d'Audrey balaya les vitrines, une rue pavée et piétonne, nul café en vue, uniquement des commerces. Elle s'énerva.

— Encore aurait-il fallu que je le sache !

— Si tu l'avais su, l'aurais-tu sacrifiée ?

— Sans hésiter.

— Voilà, tu as répondu à toutes les questions que t'a transmises le mystérieux messager. En une, « Vous sera-t-il plus facile d'être un monstre qu'une sainte ? »

— On peut être autant l'un que l'autre, selon la situation, son humeur du jour, en laissant faire les choses ou en intervenant. Cette vieille femme avec ses sacs…

— Exactement. En deux, « Quand ils viendront à vous, vous devrez choisir, sacrifier l'un d'eux pour que les autres ne se brisent pas en mille morceaux. » Six personnes, l'une est âgée et marche, les cinq autres sont attablées. Ils sont là devant toi.

— Sacrifier la dame âgée, encore faut-il en avoir les tripes !

— On peut ne pas les avoir, hésiter, prétexter l'immoralité. Sauver cinq vies en en sacrifiant une seule. On ne sait pas tout, on tergiverse, on pèse et échafaude des tas de théories, on suppute. Et si les cinq individus attablés étaient des pourris et si la vieille femme n'était pas un kamikaze mais qu'on l'avait forcée à agir ainsi parce que la vie de sa petite-fille, retenue en otage, en dépendait ?

— On perd du temps, je perds du temps, la femme traverse la rue, ne chute pas et c'est un carnage.

— C'est là que la troisième affirmation de ton messager prend tout son sens. « Vous ne vous décidiez pas, j'ai choisi pour vous. »

— Il a poussé la vieille femme pour qu'elle chute et meurt. Il a choisi pour moi. L'un d'eux est mort. Ce n'est ni Markus ni Lilas Roubaix. Peut-être Eliott ? C'est terrifiant ce que tu viens de me faire dire.

— Pure hypothèse.

— Tu testes sur moi une expérience de pensée morale fraîchement sortie de tes cours en ligne de philo ou même de psycho ! Après le triangle de Karpman, de la petite cuisine moraliste.

— J'ai l'impression de ne pas être le seul à apprécier cette cuisine. Les messages ne sont pas en lien avec l'attentat, même si celui qui te les a envoyés a une excellente connaissance de tes traumatismes. Il te connaît, t'a prévenue d'un danger imminent, a même agi à ta place.

— En somme, il serait mon sauveur ! Tu as l'art de retourner les situations.

Audrey applaudit pour se donner une contenance. Néanmoins, toute l'analyse développée par Albert pouvait tout à fait s'entendre. Façon de procéder très alambiquée d'un persécuteur devenu sauveur, tout cela pour conserver son anonymat.

— Sacré électrochoc, méthode complexe que tu viens d'utiliser pour en arriver à me dire qu'il a sacrifié quelqu'un parce que j'étais incapable de le faire.

— C'était son dernier message. Sur l'enveloppe était bien écrit : « *Vous ne vous décidiez pas, j'ai choisi pour vous*. »

— Non, il a enfoncé le clou. La peinture sur la porte !

— Exact. Ta maison est bien au cœur de toute l'affaire.

Audrey eut comme une révélation, une vision d'horreur. Elle attrapa la main d'Albert et la serra de toutes ses forces.

— L'odeur putride de décomposition, celle que je ne sens pas. Et si ce n'était pas un rat crevé ?

— Un cadavre ?

XXXI

LA MAISON

Centre-ville de Vannes

La demeure était imposante, rectangulaire et d'exception. Elle comportait deux étages. Au premier, les fenêtres se trouvaient alignées avec celles du bas. Les combles étaient agrémentés d'une unique fenêtre centrale. Sa maison, Audrey avait du mal à la qualifier : bâtisse, maison bourgeoise, hôtel particulier ? Enserrée entre deux autres habitations et non assortie d'une cour intérieure ou d'un jardin, sa maison n'affichait pas les critères qui en auraient fait un hôtel particulier au sens strict. Plus somptueuse et moins campagnarde qu'une maison de maître, bourgeoise par ses hautes fenêtres cintrées, la maison datait du début du XIXe siècle. Située idéalement, à proximité du port, à deux pas de l'enceinte de l'ancienne ville fortifiée, elle se nichait au cœur de la cité. Ses murs épais, ses cheminées en marbre, sa belle hauteur sous-plafond et ses vastes pièces symbolisaient le luxe à la française. Le rez-de-chaussée, autrefois composé de deux immenses pièces, une salle à manger et un fumoir, avait été réaménagé par l'ancien propriétaire. Le vestibule permettait désormais d'accéder de part et d'autre à deux appartements confortables aux dimensions similaires. Deux chambres, une cuisine ouverte sur une grande pièce à vivre et une spacieuse salle de bains. En franchissant la porte d'entrée, curieusement repeinte récemment en jaune, à droite une porte d'entrée permettait d'accéder à l'appartement des Roubaix et à gauche à un logement vide. Les marches de l'escalier en bois étaient larges, la rampe gardait les traces des mains qui depuis plus de deux siècles s'y étaient agrippées. L'escalier en chêne et tout le premier étage baignaient dans leur jus d'origine, tout comme les combles. Les matières étaient nobles, en stuc les plafonds, en marbre les cheminées, en chêne l'escalier, en ardoises épaisses la toiture, en pierres taillées la façade.

Audrey et Albert se tenaient de l'autre côté de la rue et regardaient la façade pratiquement plongée dans l'obscurité, à peine éclairée par les rayons de lune.

— Il va falloir la fouiller de bas en haut. On laisse tomber l'appartement de tes locataires. Tu as sur toi les clés du logement vide situé au rez-de-chaussée ?

— Oui, j'ai les clés dans mon sac. Alberto, je ne suis pas très rassurée de me lancer ainsi en pleine nuit.

— Inutile de jouer les voleurs, pas besoin de sortir la lampe torche, tu as de l'électricité partout.

— Voir bien sûr et plus que tout sentir. Suivre l'odeur pour débusquer le sacrifié, le cadavre d'un Eliott en décomposition. Toi seul en es capable.

Albert, peu enclin à flairer tel un chien policier en quête d'un cadavre, voulait repousser la visite des lieux et gagner du temps. Il se tourna en direction d'Audrey.

— Mais qu'est-ce qui t'a pris d'acheter une telle maison ? Tu vis seule, pas de gamins. C'est bien trop grand pour toi. Moi, je me contente d'un deux-pièces dans le quartier Saint-Patern.

— Très encombrée, ta garçonnière. Aiguilles pour coucou, clés à cinq branches, balanciers, poids en fonte et ta fameuse comtoise, un entassement !

— Parfaitement rangée, classée. J'optimise l'espace. Inutile de me proposer d'emménager dans l'appartement vide du rez-de-chaussée ou même au grenier ! Alors, qu'est-ce qui t'a poussée à acheter ce petit palais ?

— Rentrons, l'explication, je te la donnerai lorsque nous aurons fait la complète inspection du rez-de-chaussée, ou du moins de l'appartement encore non loué à ce jour.

*

Vide, l'appartement du rez-de-chaussée l'était. Aucune odeur nauséabonde ne titilla les narines d'Albert. Indubitablement, la puanteur provenait bien de l'étage supérieur. Après une inspection dans les règles, Albert se posa dans la salle de bains. Il s'assit sur le rebord de la baignoire sabot au design rétro et aux pieds décoratifs chromés.

— Grand luxe, cette baignoire ; la finition extérieure gris pierre est très tendance. L'ancien propriétaire avait du goût.

— Finitions impeccables. De belles prestations, comme me l'avait souligné l'agent immobilier, un adepte des salles de musculation, tiré à quatre épingles.

— Tu as visité plusieurs maisons avant que cet homme ne te fasse l'article ?

— Non, uniquement celle-ci. D'ailleurs, je ne t'ai jamais proposé de venir faire des visites avec moi, de m'aider à trouver la perle rare.

— Vrai, certains mettent des mois, voire des années à se décider, devenant des experts du marché immobilier local. Une erreur d'agir ainsi, l'indécision rend le choix impossible. Donc, en ce qui te concerne, ce fut un coup de cœur, l'unique.

— L'agent immobilier n'eut pas à me convaincre. Cette maison avait été dans ma famille, il y a bien longtemps. Enfant, ma grand-mère courait dans les escaliers, montait au grenier. De la petite lucarne tout en haut, elle voyait sans être vue les lumières de la ville, les passants pressés, les badauds. Et puis patatras, un revers de fortune, ses parents ont dû vendre cette bâtisse.

La révélation d'un lien sentimental entre Audrey et la maison laissa sans voix Albert. Il se racla la gorge à plusieurs reprises.

— Mais, ta grand-mère, avant d'acheter un bel appartement à Conleau, n'avait-elle pas une maison près du Palais des arts ?

Audrey s'installa sur l'abattant de la cuvette des toilettes, l'heure était à la confidence dans un lieu des plus intimes.

— Acquise avec son mari brocanteur, il y a une trentaine d'années. Revendue depuis. Moi, je te parle de la maison de son enfance, celle de ses souvenirs de petite fille. Ce fut pour moi une chance inespérée de m'en rendre acquéreuse. Je n'ai pas négocié le prix et je n'ai surtout pas parlé à l'agent immobilier de mon attachement sentimental à cette maison. Au décès du précédent propriétaire, j'ai simplement sauté sur l'occasion pour investir et aussi me loger. Ma vie parisienne sans Shepard n'avait de toute façon plus aucun intérêt. J'ai finalement emménagé dans la maison qui fut autrefois celle de ma mamie Martine. Hier, lorsqu'elle est venue me rendre visite, elle a été totalement effarée de constater l'état d'encombrement du salon. Probablement gardait-elle en mémoire le léger bruissement de ses patins de feutre glissant sur le parquet ciré ? Une réelle déception mais je n'ai pas dit mon dernier mot, je compte bien rendre son lustre d'antan à tout le premier étage.

— Tu racontes n'importe quoi. Tu vas poursuivre sur ta lancée un aménagement ethnique. Tu es capable de greffer sur une pièce de bois flotté un mécanisme horloger et de déposer l'œuvre sur la cheminée en marbre de ton salon.

— Pas idiot, tu saurais greffer des aiguilles ?

— Je n'ai pas l'esprit créatif de mon ex.

— Camille te manque ?

— En tout cas, j'ai l'impression que je cite bien moins souvent son prénom que toi tu ne le fais avec celui de Shepard. Comment as-tu fait pour dénicher cet Américain ? La première fois que tu m'as parlé de lui, j'ai cru que tu avais adopté un chien de berger anglais !

— Vingt ans qu'il réside en France et son prénom lui colle à la peau, ou aux poils comme tu le suggères. Sache que Shepard n'a pas été mon toutou, pas plus que Camille n'a été ton animal…

Audrey se tut, laissant sa réflexion en suspens. Albert se raidit.

— Animal de compagnie, c'est cela, que je baladais en laisse peut-être ? Blessant, ma cocotte.

— C'est toi qui as terminé ma phrase. Bon, je te l'accorde, c'était un peu le sens de ma pensée. Toutes mes excuses, je suis à cran.

— Toute vérité n'est pas bonne à dire. J'accepte néanmoins tes excuses.

Assise sur l'abattant de la cuvette des toilettes, Audrey regardait tendrement Albert, mine renfrognée et toujours en équilibre sur le rebord de la baignoire. Seulement avec un ami véritable, il était possible de jouer au jeu de la vérité. Exercice périlleux cependant. Elle songea à l'expression « dire ses quatre vérités », qui aurait pu s'appliquer à cet échange musclé. Cela signifiait-il que le ton avait monté ? Sujet délicat et sensible que celui des ex. Aurait pu s'ensuivre une simple brouille ou encore un rejet mérité mais Albert avait eu l'intelligence de ne pas surenchérir. Il avait eu raison de lui asséner que toutes les vérités ne sont pas toujours bonnes à dire. Parce que le soulagement de les avoir dites, jetées en pleine face sera de courte durée. Remords, regret ou réplique assassine telle que « bien fait » ou encore « il n'a que ce qu'il mérite » venaient d'être évités. La relation toxique qu'Albert avait entretenue avec Camille durant près de dix ans, elle n'avait pas à la juger. Camille s'était libéré du joug de son maître, préférant voler de ses propres ailes vers un ailleurs, mais cela elle s'abstint de le dire.

Audrey déserta sa place, attrapa le bras de son ami et lui dit :

— Viens, j'ai tellement besoin de toi en ce moment.

— OK, on passe l'éponge. Allons chercher Eliott, ton mystérieux rat d'égout.

XXXII

L'ODEUR

Albert grimaça en entrant dans l'appartement d'Audrey. L'odeur était entêtante et désagréable. Mais Audrey ne la sentait pas. Les diagnostics des médecins avaient été formels : elle souffrait d'une anosmie bilatérale. Ce sur quoi les spécialistes n'avaient pu se prononcer, c'est sur le caractère temporaire ou permanent de sa perte de l'odorat. Fort heureusement, lui avait affirmé un ORL compatissant, votre anosmie n'est pas associée à une agueusie. La perte du goût, elle y avait échappé. Son handicap n'était pas d'origine infectieuse, a contrario de ceux qui, à la suite d'une contamination par la Covid-19, se retrouvaient à gérer cette altération du nerf olfactif. L'anosmie d'Audrey avait été causée par un traumatisme, crânien pour certains spécialistes, psychologique pour d'autres. Selon leurs spécialités, les médecins n'accordaient pas leurs violons, prêchant uniquement pour leur chapelle. Audrey ne leur en voulait pas puisque sa perte d'odorat avait été consécutive à un terrifiant mixte causé par l'attentat. En une fraction de seconde, deux traumatismes, l'un crânien, l'autre psychique, s'étaient percutés pour faire d'elle un cas d'école pour la communauté scientifique. L'origine précise lui importait peu, seul le résultat tangible la préoccupait, voire l'obsédait. Son nez était un appendice qui ne lui servait plus qu'à renifler et à respirer un air sans saveur. Elle comparait son état à celui d'une demoiselle désorientée et atteinte dans sa chair, face à sa commode vidée de toute sa lingerie fine dérobée par un pervers. Audrey avait l'impression d'être devant une chiffonnière vide, qui avait contenu autrefois tous ses souvenirs odorants. Terrifiante sensation. Un seul tiroir restait entrouvert, celui contenant le parfum à base de jasmin de Julia Paris. Parfois, elle le sentait ressurgir, vue de l'esprit ou plutôt du nez. Face à cette commode vide qu'elle imaginait jadis avoir été emplie de mille effluves, elle se retrouvait impuissante. Que de fois avait-elle tenté d'ouvrir le tiroir contenant l'odeur des pains au chocolat chauds de la boulangerie située près du port et aussi celui empli des senteurs iodées du golfe du Morbihan ? Pour se réconforter, elle s'amusait à constater que tous les tiroirs qui débordaient d'odeurs nauséabondes étaient eux aussi irrémédiablement fermés à clé.

— Tu ne sens vraiment rien ? lui demanda Albert.

— Non, rien. Décris-moi ce que tu sens.

— Sens et ressens. Puise dans tes souvenirs et hume ce subtil mélange d'œuf pourri associé à de la viande avariée.

— Je n'ai pas la clé du tiroir. Explique-moi plutôt ce que tu ressens.

Albert, ne comprenant pas de quel tiroir elle voulait parler, s'exprima néanmoins.

— Un sentiment d'écœurement. Face à l'imminence de la découverte d'un rat crevé, on ne peut qu'éprouver du dégoût.

Il détourna la tête. Audrey récupéra toutes les bougies odorantes disséminées dans le salon et en fit une pyramide. Elle n'alluma aucune mèche. Elle s'activait faussement, tandis qu'Albert arpentait les lieux. Passant de la cuisine à la salle de bains, il pointait son nez, respirait, narines dilatées. Il inspectait les tuyaux d'évacuation, sorties et arrivées. Il revint dans le salon, où l'attendait Audrey.

— Chou blanc. Je vais ouvrir les fenêtres en grand.

— Surtout pas. Ni bougie odorante ni air extérieur. Aérer t'empêcherait de localiser la source des émanations.

Il renifla bruyamment.

— Franchement, découvrir un animal en décomposition dans un coin, une belette, une chauve-souris ou un furet me soulagerait. N'importe quelle bête fera l'affaire.

— Et pas le cadavre d'un Eliott ou encore d'un Claude. Un corps en décomposition emmailloté dans un sac en toile de jute, le tout emmuré derrière une cloison.

— Tu lis trop de romans policiers ! C'est un animal à quatre pattes et non à deux que je vais débusquer, et je n'en suis qu'au début de mes recherches. D'ailleurs, tu pourrais m'assister ?

— Je n'y tiens pas trop. Le salon fait quarante mètres carrés et j'ai de quoi faire, rien qu'avec cette pièce. J'ai même passé la tête dans le conduit de cheminée.

— Quelle est la surface de cet appartement ?

— Au sol, cent soixante mètres carrés. Enfin le rez-de-chaussée car ici, au premier, la surface n'est que de cent cinquante-cinq. Une épaisseur des murs supérieure, une erreur sur les plans. Pas très clair, j'ai acheté en l'état.

— Cinq mètres carrés de différence, énorme et étrange. Et les combles, cent cinquante-cinq ou cent soixante mètres carrés ?

— Je ne sais plus. Il faudrait que je retrouve l'acte notarié.

— Une pièce secrète à cet étage, y avais-tu songé ?

— Ma grand-mère m'en aurait parlé, c'est la maison de son enfance.

— La charmante Martine m'a tout l'air d'être une cachottière. Je suis d'avis de chercher. On passe au crible les murs, on les sonde à l'oreille en les frappant.

— OK. Je poursuis la fouille du salon et m'attaque ensuite aux murs de ma chambre. La cuisine, les deux salles de bains, les trois autres chambres, je te les laisse.

— Pas question. La chambre jaune, c'est par elle que je vais commencer et tu vas m'accompagner. Depuis que nous sommes de retour chez toi, nous

nous voilons la face et moi je me voile même le nez. Lorsqu'en début de soirée, j'ai passé la porte de cette pièce et trouvé dans un placard le miroir à main, j'avais ressenti une odeur plus prenante. J'ai pensé que le fait qu'il n'y avait pas de bougies odorantes dans cette chambre, a contrario du salon d'où je venais, avait altéré mon odorat. Un déni.

— Moi aussi, j'ai peur de ce que nous pourrions y trouver.

— La seule solution pour en avoir le cœur net, fouiller cette pièce et sonder ses murs.

Ils étaient sur le pas de la porte de la chambre jaune. En deux mois, Audrey n'avait pas réussi à franchir le seuil. Aucune tentation, aucune tentative même en présence de l'agent immobilier. Uniquement de la répulsion qu'elle justifiait par son aversion pour le jaune.

Pas le moindre carton ou effet personnel déposé par Audrey ; tout ce qui caractérisait cette pièce était là avant son emménagement.

La tapisserie murale, enchevêtrement de tiges et de roses jaunes formant des médaillons ; le parquet couleur miel ; les tentures au drapé doré entourant de part et d'autre les montants de la haute fenêtre ; le lustre à pampilles en cristal au plafond. Aucun mobilier.

— L'odeur, elle provient bien de cette pièce. C'est indéniable, indiqua Albert.

Il entra, paume plaquée sur son nez. Au milieu de la pièce, il se retourna.

— Viens, suis-moi, toi au moins tu n'as pas l'odeur dans les narines.

Stoïque, Audrey attendit qu'Albert fasse demi-tour pour venir la chercher. Main dans la main, ils se dirigèrent vers le placard mural, qui se fondait parfaitement dans le décor. La tapisserie enveloppait non seulement les murs mais aussi ces deux battants de la penderie. Albert actionna la poignée en porcelaine blanche. Lui apparut un carton posé sur l'étagère du bas. Il l'attrapa et le sortit du placard pour le déposer au milieu de la chambre.

— Un placard vide, hormis ce carton hors d'âge dans lequel j'ai trouvé le miroir que je t'ai remis, rien de plus.

— Mais ce n'est pas un carton quelconque, c'est une boîte à chapeau ronde.

— Quelle importance ? Carré, rond, c'est du carton bouilli et de belle taille. Ce n'est pas de l'horlogerie de précision, juste un contenant.

— D'accord, un vieux carton bouilli rond. Et l'odeur, est-elle plus prégnante lorsque tu te places devant cette penderie ?

Il hésita.

— Des relents diffus dans toute la chambre. En tout cas, cette puanteur ne provient pas de la boîte.

Audrey s'accroupit. Alors qu'elle avait ouvert le carton, elle recula et faillit tomber à la renverse sur le dos. Paumes plaquées contre le sol, elle réussit à se relever. La découverte de l'étiquette au liseré jaune apposée sur le couvercle l'avait déstabilisée. Deux prénoms calligraphiés à la plume : Martine et Lilas. Plissant les yeux, Albert aperçut à son tour les deux prénoms. Il attrapa la boîte d'une main et le bras d'Audrey de l'autre.

— Maintenant, tu me suis au salon. Il est grand temps que tu aies une petite conversation avec ta grand-mère. Tu vas lui téléphoner et elle va retirer sa robe de chambre, s'habiller et venir nous rejoindre ici, ce soir. Parce que l'odeur, elle pourrait bien provenir de ce placard et plus précisément de derrière ce placard et moi, avant de m'attaquer à la masse à un mur, j'aimerais avoir quelques explications, et ce de la bouche de Martine, autrement prénommée Lilas !

XXXIII

L'OMBRE

Tremblante, Audrey avait transmis trois photos à sa grand-mère, la première de tous les petits objets que contenait la boîte à chapeau, la deuxième du couvercle avec, bien en vue, l'étiquette avec les deux prénoms, et la troisième du miroir à main. Albert lui avait intimé l'ordre de convoquer sa grand-mère mais elle hésitait encore à lui téléphoner, voire repoussait délibérément le moment de passer l'appel problématique. Elle se comportait comme une “retardataire chronique”, prise d'une véritable frénésie d'activités. Elle ouvrit la fenêtre du salon en grand, alluma une à une les bougies odorantes, et épousseta les feuilles de son howea. Plus elle s'activait et plus Albert sentait la colère monter en lui. Installé dans un fauteuil, il la regardait aller et venir. Soudain, il explosa.

— Tu entames un grand ménage de printemps en pleine nuit. Comptes-tu retirer la poussière de toutes les feuilles de ton volumineux palmier ?

— Un howea qui pousse à l'état naturel sur l'île Howe, en Australie. Une plante dépolluante qui a besoin de mille attentions.

— Procrastination, dirait Proust.

— Je ne saisis pas.

— Une référence à Robert de Saint-Loup dans *À la recherche du temps perdu*. Ce personnage de Proust agissait tout comme toi, ma petite. Son indécision, sa procrastination lui faisait réaliser n'importe quoi pourvu qu'il remette de jour en jour, de mois en mois, d'année en année, l'accomplissement de ses désirs les plus profonds. Il angoissait et reportait au lendemain l'urgence, écouter ses sentiments en émoi. Le voile étant levé, appelle sur-le-champ ta grand-mère !

Éclairée sur sa façon de se comporter mais pas totalement convaincue, Audrey tenta de justifier sa réticence à agir. Mais ni l'heure tardive ni la fragilité de la vieille dame, annoncées, ne firent plier Albert. Tout disposé à se rendre à Conleau pour sortir manu militari Martine de son lit, il campait sur sa position. Martine était le nœud de toute cette machination diabolique, elle et la maison qu'elle avait habitée enfant.

Alors que l'ambiance était électrique, ce fut un SMS transmis par Martine à sa petite-fille qui apaisa les tensions. Les trois photos transmises par Audrey avaient déclenché une réponse écrite laconique, un « *j'arrive* » explicite.

— Dans une demi-heure, ta grand-mère sera là. Proactive pour une dame d'âge respectable. Son implication ne fait plus aucun doute, tu n'es pas de mon avis ?

— Bien sûr et cela me chagrine énormément. Hier, elle était assise dans le fauteuil sur lequel tu t'es installé ce soir, son petit sac en croco sur les genoux. Elle m'a asséné que j'avais inventé toute cette histoire pour lui faire du mal et que j'avais réussi mon coup. Comment pouvait-elle imaginer que je veuille lui nuire ? Selon elle, j'aurais monté un odieux stratagème pour déterrer des événements enfouis dans sa mémoire et en lien avec son passé amoureux.

— OK, pas une blanche colombe et alors ? À son époque, il n'y avait pas de *sex-tape*, que je sache !

— Tu prends cela à la légère. Autre temps, autres mœurs. Elle m'a avoué avoir épousé en premières noces un certain Claude, avoir pour second prénom Lilas et avoir connu un certain Markus, il y a bien longtemps, et que ce dernier serait encore en vie et résiderait loin de Vannes.

— En Suisse !

— J'ai eu la même réaction que toi, en songeant bien évidemment à Markus Jarvis.

— Comment a-t-elle réagi lorsque tu as voulu en savoir un peu plus ?

— Mal. Elle s'est levée, son petit sac à main pressé, voire enfoncé, sur sa poitrine et s'est mise à me hurler au visage que cette comédie avait suffisamment duré. Elle n'a ni confirmé ni infirmé que le Markus qu'elle avait fréquenté autrefois vivait en Suisse.

— Énormissime ! Jarvis et Martine auraient eu une aventure. Improbable !

Albert s'empara du bol attribué à Lilas, posé sur la table basse.

— Au fond de ce bol, une femme et deux hommes. Peut-être Claude, Markus et Martine, autrement prénommée Lilas ? Il faut absolument que je sache si Jarvis connaissait ta grand-mère.

— Dans trente minutes, tu auras la réponse de sa bouche.

— D'ici là, je l'aurai eue de la bouche de Markus. Je rentre chez moi. Saint-Patern est à deux pas. Toi, tu attends ici bien sagement que Martine passe la porte. Elle se confiera plus facilement à toi en mon absence. Tu tiendras le coup si je t'abandonne ?

Perturbée par ce changement de programme, Audrey tenta de faire bonne figure.

— Oui, ce cadavre derrière le mur du placard, c'est probablement celui d'un gros rat qui s'est retrouvé coincé entre deux canalisations.

— Tous les deux, on se monte la tête depuis le début de la soirée. Dire que j'étais prêt à défoncer un mur à coups de masse ! Une odeur nauséabonde, un canular avec des bols pour qu'un secret de famille soit mis au jour, c'est uniquement cela.

— Une histoire d'ex.

— Ex-petit ami, ex-mari de ta grand-mère. Franchement, on a déjà nos propres soucis avec nos ex-compagnons, moi Camille et toi Shepard, il fallait qu'un dingue vienne rajouter une couche. Après tout, cela ne nous regarde en rien, la vie privée d'une vieille dame.

— Quand bien même, apprendre qu'un certain Eliott a été son amant d'un jour, je m'en contrefiche ! Je souhaite juste savoir pourquoi ce dingue qui m'a expédié les bols me force à fouiller dans la vie de ma mamie et à déterrer de vieux secrets ?

— Ce manège doit cesser. Martine ne peut plus dissimuler ce qu'elle sait. Si elle t'aime, elle parlera. Ensuite, de ce qu'elle t'aura confessé, tu feras ce que tu jugeras bon de faire. Elle est Lilas et elle doit te dire qui sont Eliott, Sophie et Ester. Car elle le sait. Crois-moi, j'en ai l'intuition. Demain sera un autre jour, tu oublieras toute cette pénible histoire. Plus tard, nous en rirons.

Albert se leva puis sortit de l'appartement, laissant Audrey dans un état d'angoisse extrême, qu'elle avait réussi à dissimuler. Lorsqu'il fut dans la rue, il ressentit un sentiment de culpabilité. N'avait-il pas agi de manière trop impulsive ? Il regarda la maison, imposante bâtisse. Le premier étage était éclairé, les deux hautes fenêtres du salon grandes ouvertes. Une ombre apparut derrière la vitre de la fenêtre d'une des chambres. Cela le rassura. Il fit un signe de la main, pensant qu'Audrey s'était réfugiée dans cette chambre, probablement s'y était enfermée, bombe anti-agression pressée dans sa paume. L'ombre s'évanouit, Albert se mit à courir en direction du quartier Saint-Patern. La pente de la colline de Boismoreau était raide, les ruelles étroites ; il aimait son quartier animé de jour mais aussi de nuit. Sous les pavés, des vestiges gallo-romains sommeillaient, forum, thermes et villas. L'antique cité, Darioritum, n'était plus qu'un souvenir enfoui sous ses pieds. Il pensait avoir pris la bonne décision en allant retrouver Jarvis, son maître, cet horloger de renom. Si la grand-mère d'Audrey avait des confidences à faire à sa petite-fille, Jarvis pouvait très bien lui aussi avoir à confier à Albert quelques secrets. Qu'était-il venu faire à Vannes et pourquoi précisément aujourd'hui ? Depuis dix ans, au 1er janvier, Albert, en lui adressant ses meilleurs vœux de bonne et heureuse santé, lui proposait avec une régularité de métronome de venir à Vannes. Le maître avait toujours décliné l'invitation, avec politesse. Prétextant qu'un voyage serait trop éreintant pour un vieil homme trop attaché à ses Alpes suisses, il refusait de quitter son nid. Dix propositions en dix ans, dix refus et une apparition surprise. Qu'est-ce qui avait bien pu motiver Jarvis à entreprendre une telle expédition ? Alors qu'Albert s'interrogeait, il croisa un couple qui admirait la tour-clocher de l'église Saint-Patern. Il surprit leur conversation ; la femme était énervée et s'en prenait à l'édifice religieux, au style qu'elle qualifia de trop sévère. L'homme haussa la voix et se mit à déclamer avec emphase une longue tirade. Il s'enflammait sur le fait qu'au Moyen Âge, ce lieu était une étape du Tro-Breiz, le pèlerinage aux sept saints fondateurs de Bretagne, dont saint Patern. Albert s'en émut et faillit s'arrêter pour leur expliquer que la tradition perdurait encore, mais le temps lui était compté et l'orage grondait déjà dans le couple. La femme s'exclama : « Tu n'es qu'un monstre d'égoïsme, il faudrait que je devienne une sainte martyre pour que tu t'intéresses enfin à moi ! » Albert se retourna et ne vit que l'ombre de cette femme, qui se projetait sur un mur de l'église. Il frissonna.

XXXIV

LE MEURTRE

Depuis le départ d'Albert, Audrey n'avait pas quitté le salon. Peu rassurée de se retrouver seule, elle prit soudainement conscience en apercevant le pot de peinture que son ami ne pouvait pas la joindre. Son portable macérait dans un bain de peinture jaune. Assise à même le parquet, bombe anti-agression collée contre sa cuisse, elle attendait, angoissée, que sa grand-mère annonce sa venue à l'interphone. Quelle ne serait la surprise de la vieille dame de découvrir la porte d'entrée de la maison de son enfance repeinte dans une couleur excessivement tonique. En deux cents ans, jamais un tel sacrilège n'avait été commis.

Lorsque Audrey avait pris la décision d'acheter la maison, elle n'en avait parlé à personne, agissant de son propre chef et sans consulter quiconque. Mise devant le fait accompli, sa grand-mère avait été d'abord contrariée puis touchée que sa petite-fille, par cet acte, répare une terrible injustice. Selon Martine, sans la faillite de l'entreprise de son père, cette demeure n'aurait jamais quitté le giron familial. Cette vente avait été un crève-cœur pour toute la famille. Qu'une fortunée arrière-petite-fille d'un ancien propriétaire, un marchand ruiné, en fasse l'acquisition n'avait été qu'un juste retour des choses, d'un ordre momentanément perturbé.

Audrey détaillait la boîte à chapeau posée près d'elle. Sur le couvercle, l'étiquette d'écolier au liseré jaune l'interpellait. Deux prénoms inscrits. Une écriture appliquée, sans bavure, pleins et déliés plus ou moins appuyés en fonction de la pression exercée sur la plume. Elle plongea sa main dans la boîte et en sortit deux porte-plumes ainsi qu'un coffret à bijoux contenant plusieurs plumes Sergent-Major, typiques des années 1950 et 1960. Audrey se demanda si sa grand-mère n'avait pas trempé une de ces plumes dans l'encrier d'un pupitre et inscrit ses prénoms, ceux de Martine et de Lilas, sur l'étiquette. Le fait qu'il y ait un liseré jaune, tout comme sur la carte reçue en début de semaine avec le premier colis, ne pouvait être dû au hasard. La similitude ne s'arrêtait pas là, la calligraphie du texte « *Vous sera-t-il plus facile d'être un monstre qu'une sainte ?* » ressemblait à celle de l'étiquette apposée sur le carton à chapeau. Dans les deux cas, l'utilisation d'une encre bleue, voire d'un porte-plume, semblait plus que certaine. Désormais, persuadée que celui qui avait transmis les bols faisait référence à un événement passé en lien avec sa grand-mère, Audrey se sentit soulagée mais aussi égoïste de l'être. Cette nouvelle piste écartait définitivement celle d'une vengeance en rapport avec l'attentat de l'aéroport. Audrey comprit que le phénomène déclencheur avait été l'acquisition de cette maison, suivie de son emménagement deux mois auparavant. Dans peu de temps, la vérité éclaterait parce que Martine la lui révélerait. D'ici là, les pièces à conviction se dévoilaient à elle, sortant une à une d'un carton à chapeau.

Deux flacons de parfum se retrouvèrent sur le parquet. Audrey ne retira pas les bouchons. À quoi bon ? Elle n'aurait pu apprécier les fragrances d'antan. Au vu des étiquettes, l'un des flacons devait contenir un parfum à base de jasmin de Madagascar, l'autre de rose de Damas. Des fleurs odorantes pour des demoiselles de bonne famille. Alors qu'elle s'apprêtait à poursuivre ses investigations, sa grand-mère s'annonça à la porte d'entrée en poussant un cri d'effroi dans l'interphone.

— Audrey, mais qu'est-ce qui t'es passé par la tête ! C'est une horreur, ce jaune criard ! Ouvre-moi !

Cinq minutes plus tard, Martine, installée dans un fauteuil du salon, fixait le pot de peinture, un mouchoir en dentelle appliqué sur son nez.

— Un artisan-peintre mais quel artisan ? Je suppose que tu n'as pas déposé une déclaration préalable de travaux au service de l'urbanisme de la mairie de Vannes.

— Mais puisque je te répète que ce n'est pas moi qui ai demandé que la porte soit repeinte. D'ailleurs, c'est le moindre de mes soucis en ce moment. Donc, tu as reçu mes trois photos et tu as décidé de venir me rendre visite en pleine nuit.

Sous le manteau de laine boutonné en jaloux de sa grand-mère, Audrey crut discerner le tissu fleuri d'une chemise de nuit.

— Mon enfant, j'ai eu un tel choc, il fallait absolument que je voie cette boîte à chapeau.

— C'est la tienne ?

— Disons la nôtre, elle m'appartenait, mais Ester aimait y déposer des objets insolites pour me taquiner.

Audrey fronça les sourcils, inquiète et très intriguée. Martine prit son inspiration et, à l'aide de son mouchoir, tamponna légèrement les gouttes de sueur qui perlaient sur son front.

— Je me prénomme Martine, Lilas. Ma sœur se prénommait Ester, Sophie. Une enfant puis une adolescente lumineuse, une véritable luciole. La chambre jaune était la sienne. Comment aurait-il pu en être autrement ? Un tel rayon de soleil se devait de vivre dans un écrin à sa mesure. La tapisserie s'accordait parfaitement avec sa chevelure couleur blé.

— Je ne savais pas que tu avais une sœur.

— J'ai grandi dans le mensonge, j'ai vécu dans la dissimulation, j'ai vieilli avec le poids d'un lourd secret sur mes épaules. Et tu as reçu les bols. Pourquoi ?

Songeant que l'écriture du texte inscrit sur le carton reçu lundi ressemblait à celle de l'étiquette sur la boîte à chapeau, Audrey eut un affreux soupçon concernant sa grand-mère.

— C'est toi qui me les as fait livrer ?

— Bien sûr que non, que vas-tu imaginer ?

— Alors pourquoi ce colis ?

— Pour que la vérité éclate au grand jour. Je me doutais que ce jour arriverait, mais je pensais que ce serait bien après ma mort. Et tu as acheté la maison sans même m'en avertir. Cette demeure t'a attirée tel un aimant. Enfant, tu le savais tout au fond de toi, qu'un jour tu en ferais l'acquisition. J'ai contribué modestement à ce que tu réussisses dans ton commerce improbable de vieux chiffons sur le Net ; j'ai investi mes économies par amour ; tu as su faire fructifier mon capital à ma grande surprise. Lorsque tu as pu financièrement t'offrir cette maison, l'occasion s'est présentée à toi. Elle était en vente. Cette bâtisse t'a attirée à elle pour te prendre dans ses filets.

— Quels filets ? s'insurgea Audrey, quelque peu piquée au vif que sa grand-mère dénigre ouvertement son business et même avoue avoir été au début sceptique quant à la réussite de son entreprise.

— Audrey, cette maison est maudite parce qu'un crime y a été commis. Ce soir, je dois expier mes fautes devant toi. Ma petite, nous étions si jeunes. Nous avons trucidé un homme, il y a plus de soixante ans de cela.

Audrey devint blême, totalement abasourdie. Elle murmura :

— Mamie, tu as tué un homme ?

— Non, pas moi, nous. Nous l'avons fait ensemble. Claude, Markus, Ester et moi. Six bols et désormais je viens de te citer quatre prénoms. Depuis le début de la semaine, tu ne cesses de te ronger les sangs en te demandant quelles sont ces six personnes ? Quatre d'entre elles sont des assassins.

Audrey, regard hagard, fixait le mur du salon. Les trois coiffes bamilékées flottaient au milieu d'un brouillard qui venait tout juste d'envahir la pièce, sa vue se troublait. Les Juju Hats cherchaient les têtes des chefs de tribu pour qu'enfin la cérémonie funéraire puisse se tenir. Elle devenait folle. Quant à sa grand-mère, elle délirait, atteinte de démence sénile. Elle évoquait une sœur alors qu'elle était fille unique ; elle s'accusait d'un meurtre ; elle reprenait les prénoms inscrits sur les bols pour les associer à son délire. Elle inventait un homicide ; elle donnait vie à des assassins qui n'avaient jamais existé.

— Mon enfant, tu es la première personne, en soixante ans, à laquelle je parle de cette sombre histoire. Je pensais ne pas avoir à le faire, jamais. Mais il le faut, car quelqu'un s'en prend à toi alors que c'est à moi qu'il devrait s'en prendre. Et moi, jusqu'ici, je n'ai rien fait, hormis t'offrir une bombe lacrymogène et me taire. Pire, j'ai eu l'outrecuidance de te traiter de menteuse alors que je savais fort bien que tu n'aurais pu inventer une telle histoire, toi qui n'étais au courant de rien. Matriarche égoïste que je suis, une lâche, une vieille folle enfermée dans sa peur.

Des larmes coulèrent sur le visage de Martine, se frayant un chemin sinueux entre ses rides et ses ridules. Reniflant, pressant son mouchoir entre ses doigts tordus, elle bougonna.

— Quelqu'un a eu connaissance de l'affreux drame qui s'est produit ici et maintenant il veut que la vérité explose, il veut me faire payer. Le sort s'acharne sur ta pauvre grand-mère. Je voudrais être morte.

Audrey se leva et vint serrer sa mamie dans ses bras.

— Je ne dirai rien. Même si tu me relates les faits dans les moindres détails, je suis capable de me taire à jamais.

Martine repoussa Audrey.

— Toi, tu ne diras rien mais celui qui joue avec nous, celui qui t'a transmis les messages, envoyé les bols, il ne compte pas s'arrêter là. Évidemment, des bols bretons, il sait tout, je te dis tout ! Même s'il y a prescription, il aura ma peau.

— Après tant d'années, si le meurtre a bien été commis, il lui sera impossible d'en apporter les preuves.

— Détrompe-toi. La preuve est ici, dans cette maison, dans la chambre jaune.

XXXV

LE JOUR DE L'ASSASSINAT

C'est dans l'adversité que se révèle l'amour véritable. Cet amour d'une petite-fille pour sa grand-mère, sur laquelle le sort n'avait cessé de s'acharner à l'entendre, était-il suffisamment fort pour que le pardon soit au rendez-vous ? Six décennies qu'un lourd secret hantait les jours et les nuits de la vieille femme. Elle avait été un monstre, en assassinant un homme et, sur ses vieux jours, elle ne se comportait pas vraiment comme une sainte, laissant sciemment Audrey sombrer dans la folie. Cinq jours qu'Audrey vivait dans l'angoisse, et sa grand-mère n'avait même pas daigné lui tendre la main. Si Albert n'avait pas découvert le carton à chapeau, sa grand-mère lui aurait-elle avoué son crime ? Peut-être qu'elle aurait préféré se taire et sacrifier Audrey. Une jeune femme si fragile, instable depuis l'attentat, paranoïaque et prompte à inventer une histoire de persécution, était-ce cette image que Martine aurait délibérément laissée se propager ? Cette version totalement erronée, elle l'aurait servie à sa fille, Élisabeth. La tante d'Audrey n'aurait pas sourcillé. Désormais, la vérité venait d'exploser ; Audrey n'était ni démente ni instable psychologiquement. Sa grand-mère avait tué un homme, et les bols ainsi que les messages la concernaient, elle et pas une autre. Son amour pour sa grand-mère se fissurait lentement, tel un bol non pas ébréché mais sur le point de se briser, d'exploser en mille morceaux.

— Mamie, tu me dois des explications. Je veux comprendre comment et pourquoi vous en êtes arrivés à commettre un meurtre ? Ensuite, je jugerai s'il faut ou non effacer toutes les preuves qui se trouvent dans la chambre jaune. Ici, tu n'es plus chez toi mais chez moi. Dans ma maison, celle qui m'a attirée dans ses griffes.

Bien que décontenancée par la fermeté des propos, Martine ne sourcilla pas. Le buste droit, elle soutenait le regard de sa petite-fille. Ses pupilles se dilatèrent. Elle bouillait intérieurement. Probablement avait-elle cru qu'Audrey ferait preuve de compassion compte tenu de son âge mais il n'en était rien.

— Soit, je suis ainsi à la merci de ton bon vouloir. Coupable, je le suis, mais j'ai des circonstances atténuantes, lesquelles je l'espère plaideront en ma faveur. Oui, nous avons commis un crime, il y a plus de soixante ans et je l'ai payé cher, crois-moi. J'ai perdu l'homme que j'aimais et aimerai jusqu'à mon dernier souffle de vie. J'avais dix-sept ans et Claude était de deux ans mon aîné. Nous formions un couple d'exception parce que nous avions conscience que nous étions faits l'un pour l'autre, comme deux pièces d'un puzzle qui s'emboîtent parfaitement. Après la tragédie, je l'ai épousé, simplement parce que c'était dans l'ordre des choses. Nos familles applaudirent, ne sachant pas qu'ils acclamaient des monstres. Comment des amants maudits auraient-ils pu mener ensemble une longue vie paisible et insouciante ? Il y avait ce crime entre nous, ce terrible secret qui nous rongeait de l'intérieur. Très vite, nous avons su que nous ne pourrions jamais vieillir ensemble, un déchirement pour nous deux. Comme amputés d'un membre, nous allions devoir vivre sans l'autre et loin de l'autre. Nos chemins devaient se séparer, si nous voulions oublier. Ensuite, j'ai rencontré ton grand-père ; grâce à lui, je me suis reconstruite. Ce ne fut pas un coup de foudre mais j'ai vécu une existence paisible à ses côtés et ce jusqu'à sa mort.

— Tu éludes. Ravie d'apprendre que Claude était ton amant et complice. L'avoir perdu, est-ce là ta punition, ta circonstance atténuante ? Je ne m'en satisfais pas, je veux savoir quand et comment.

— Quand avons-nous commis cet assassinat ? À la fin de l'été, un mercredi. La chaleur avait été étouffante durant toute la journée et nous espérions que la soirée nous apporterait son lot de fraîcheur. Nos parents étaient absents pour quelques jours. Ester et moi disposions de toute la maison rien que pour nous. J'avais dix-sept ans, Ester ma jeune sœur presque seize. Elle s'était éprise de Markus et moi je ne jurais que par Claude. Les parents de

Claude habitaient dans le vieux Vannes, près de la tour du Connétable. Claude avait invité Markus à venir passer un mois chez lui. Ils s'étaient connus lors d'un séjour au bord du lac de Neuchâtel, l'été précédent. Markus était arrivé début août et devait repartir les premiers jours de septembre.

Audrey restait impassible. Elle pensait à Albert. À cet instant précis, entendait-il une tout autre version de la bouche de Markus Jarvis ? D'ailleurs Markus allait-il avouer quoi que ce soit ? Peut-être conviendrait-il uniquement d'avoir connu à Vannes une certaine Martine, il y a fort longtemps. Audrey préféra ne pas sortir cette carte maîtresse de sa manche.

Sa grand-mère ne savait pas qu'Albert était en compagnie de Markus Jarvis et Audrey ne le lui dirait que le moment venu. Elle espérait uniquement qu'Albert ne revienne pas trop vite. Ce qui l'inquiétait bien plus, c'était l'apparition inattendue d'une prétendue sœur.

— Je te pensais fille unique.

— Ester a bien existé. Mais elle a fauté et c'est ainsi qu'elle fut bannie à jamais de notre famille. Plus question de prononcer son nom ni même de l'évoquer. Mon père a brûlé la plupart des photos où elle apparaissait, a consenti à découper consciencieusement la tête d'Ester sur les quelques clichés qu'il a daigné conserver et ce sous la pression de ma mère. C'est si simple d'effacer les traces. Une paire de ciseaux suffit. Encore faut-il avoir le loisir de pouvoir le faire, en avoir le temps. Dans le cas qui nous intéresse, nous n'avons pas eu le temps d'effacer la preuve de notre forfait. Nos parents ont fait irruption dans la maison à l'improviste. Un séjour écourté à notre plus grand dam. Heureusement, il y a eu les parfums. Moi, c'était et cela reste encore le jasmin. D'ailleurs, mon mouchoir est parfumé au jasmin de Madagascar. Les années passent et les habitudes s'ancrent. Une ancre bien agrippée à mes jeunes années, à ma beauté disparue. Ester se parfumait à la rose de Damas. Jusqu'au début de l'automne, nous avons vaporisé, vaporisé encore et encore. La chambre jaune embaumait un mélange subtil et écœurant, senteurs fleuries et odeur de la mort. À l'automne, mon père nous a annoncé la vente de notre maison et notre déménagement imminent. Le ventre d'Ester s'arrondissait, l'air frais rentrait par les fenêtres de sa chambre grandes ouvertes. Nous n'avions de cesse de vaporiser. Jasmin, rose.

— Elle était enceinte.

— À l'époque, un drame. Markus était reparti en Suisse. Je pense qu'il n'a pas su qu'elle attendait un enfant. Quoi qu'il en soit, pas de père pour ce nourrisson qui s'annonçait. Ester a été expédiée chez une cousine dans le Périgord. Jamais, elle n'a fait le voyage retour. Morte en couches, là-bas, seule. Mon père et ma mère se sont rendus aux obsèques. Indécision et tergiversation. Ils sont arrivés en Dordogne juste à temps pour bénir le cercueil. Moi, j'ai attendu cinq longues et effroyables années pour aller me recueillir sur la tombe d'Ester. Là encore, Dieu m'a punie.

— Rien à voir avec le crime que vous avez commis à huit mains !

— Erreur, au contraire.

Plongée dans ses souvenirs, Martine cessa de parler, un arrêt sur image. Elle ne pleurait pas, elle se taisait simplement. Audrey la relança en posant la question qui lui brûlait les lèvres.

— La victime ?

— Qui avons-nous tué en cette belle fin d'après-midi, ici même dans ce salon ?

Audrey appliqua sa main sur sa bouche pour enfoncer son cri au plus profond de sa gorge. Martine lui sourit, curieusement. Un sourire terrifiant.

— Un jeune homme d'une beauté incroyable, ce qui a d'ailleurs causé sa perte.

Dans un murmure, Audrey osa demander :

— Les preuves qui sont dans la chambre jaune, quelles sont-elles ?

— Une preuve unique. Il est temps pour nous de la faire disparaître. Ainsi l'affaire sera définitivement close. Des décennies que j'aurais dû prendre cette décision. Mais tout est allé si vite, mon père avait vendu la maison si précipitamment.

Horrifiée, Audrey prenait conscience que sa grand-mère ne lui avait pas expliqué qui avait tué qui. Et pourquoi affirmait-elle qu'ils étaient quatre à avoir commis le crime ? La seule chose qui importait à Martine, c'était de faire disparaître la preuve au plus vite. Soixante années de dissimulation et une urgence subite de faire table rase du passé. Martine suivait le fil de sa pensée obsédante, oubliant même la présence de sa petite-fille. Elle s'écoutait parler.

— Fort heureusement, l'ancien propriétaire n'a pas eu l'audace de faire des travaux au premier étage. Année après année, je l'ai vu grignoter du terrain, tel un insecte ravageur, abattant les cloisons du rez-de-chaussée. Fort heureusement, son décès a mis à bas son irrépressible besoin de grignoter. Ses enfants n'ont pas poursuivi l'œuvre destructrice de leur père et se sont finalement décidés à se séparer de cette bâtisse. Un prix très important, voire surévalué.

Soudain Martine s'adressa à Audrey.

— Récemment, j'étais toute disposée à racheter la maison mais tu as été bien plus vive que moi. Coiffée sur le poteau par ma propre petite-fille. Une bonne chose après tout, que ce soit toi et non une autre qui s'en soit portée acquéreuse. Maintenant, nous allons faire le ménage et effacer toutes les traces.

— Non, pas si vite. Six bols, six noms. Tu es Lilas, ta sœur était Ester, Markus et Claude, vos complices. Mais qui sont Sophie et Eliott ?

— Tes fichus bols, encore. N'as-tu pas compris que l'urgence était ailleurs !

— Pour toi, pas pour moi. Alors qui sont Sophie et Eliott ?

— Qui est Sophie ? Ta tante, j'imagine. C'est aussi son second prénom, elle l'utilise d'ailleurs comme pseudonyme sur la Toile.

— Pourquoi celui qui m'a expédié ces fichus bols, comme tu les qualifies, n'a pas inscrit sur la faïence Martine ou encore Élisabeth ?

— Plus direct, je te l'accorde. Mais inscrire ainsi nos deuxièmes prénoms a permis que tu n'identifies pas que nous étions visées. Pour que tu ne fasses pas le rapprochement. Mais moi, j'ai aussitôt su et ta tante a eu des soupçons. N'ayant pas connaissance de ce que je viens de te rapporter, elle a eu néanmoins un doute. Un bol m'était attribué, celui de Lilas, un autre pour elle, celui de Sophie, un troisième, celui de Claude. Quant à Élisabeth, elle n'a jamais su qu'elle avait une tante. Elle m'a téléphoné dès que tu lui as parlé de ce déplorable colis, inquiète pour toi, en quête d'informations pour élucider cette affaire qui te perturbait. Pénible conversation. Elle était irritée, centrée sur sa petite personne, pressentant que j'étais visée, tout comme elle. Je n'ai pu que lui raccrocher au nez.

— Elle ne m'a rien dit.

— Qu'aurait-elle pu te dire puisqu'elle ne sait rien ? Hormis que j'avais eu un premier mari prénommé Claude. Ta tante est une collectionneuse ou, mieux, une mante religieuse. Elle digère les mâles et, avec le temps, elle en a fait une indigestion. J'ai trois enfants, tous différents. Ton père était un adepte de la fidélité conjugale. Paix à son âme. Ton oncle, un éternel colleur d'affiches, un perpétuel défenseur des droits du petit peuple qui a épousé une syndicaliste tout comme lui. Quant à ma fille, tant qu'elle n'aura pas trouvé l'homme à qui elle pourra enfin dire « dans tes bras, je veux vieillir, mieux, j'accepte de vieillir », eh bien, elle me gâchera ce qui me reste d'existence.

— Tout le monde n'a pas le bonheur de croiser la route d'un Claude !

— Justement, je l'ai croisé et j'en ai fait mon deuil. J'ai épousé ton grand-père et je m'en suis satisfaite. Un seul divorce et pas deux, comme ma fille éternellement insatisfaite.

Consternée et médusée, Audrey écoutait sa grand-mère déverser sa bile, hier encore une adorable vieille dame à ses yeux et ce soir, une mauvaise femme centrée sur sa personne et peu aimante. Elle s'énerva.

— Bon, si Sophie est ta fille, qui est Eliott ?

— Peu importe, ce qui a son importance, c'est bien où est Eliott ?

— Alors où réside-t-il ?

— Derrière un mur, ma chérie. Il pourrit depuis soixante ans derrière le mur d'un placard, celui de la chambre jaune.

XXXVI

LA LOI DU TALION

Soubresaut magmatique d'un jaune profond, provoqué par la peinture en mouvement dans le pot. Son smartphone vibrait. Audrey hésitait. Devait-elle se rendre à la cuisine, à la recherche de ses gants de ménage ? Était-ce peine perdue ? L'ultime râle d'un portable moribond s'était fait entendre mais, au-delà de ce soupir, un appel désespéré d'Albert se cachait certainement.

— Mamie, aurais-tu ton portable sur toi ?

— Bien sûr, dans mon sac.

Installation high-tech, ligne téléphonique mais pas de fixe, Audrey se maudissait. Elle fixait le sac en crocodile marron. Vintage, reptilien et marqué années 1960, l'accessoire aurait trouvé rapidement preneur sur son site en ligne mais sa qualité première résidait dans le fait qu'il renfermait un bien extrêmement précieux.

— Mon enfant, je compte ne contacter personne. Et surtout pas ta tante. Préférable de la tenir en dehors de cette sombre histoire. Nous sommes deux adultes capables de gérer seules cette situation, disons, embarrassante.

— Pas si sûr, il nous faudrait une masse pour nous attaquer au mur, et aussi des bras musclés.

— Nul besoin d'une masse ni de ton Albert, car c'est bien à lui que tu penses.

Martine dodelina de la tête, renifla, ferma les yeux et se moucha bruyamment. Profitant de cet intermède sonore, avec la vivacité de l'éclair, Audrey récupéra le sac de sa grand-mère posé sur la table basse.

— Je ne le vole pas, je l'emprunte uniquement. Je descends dans la rue, murs épais et antique portable ne font pas bon ménage !

Outrée, Martine n'eut pas le temps de réagir. Audrey était déjà sortie, sac sous le bras. La porte claqua. Désappointée, la vieille femme pesta sur la personnalité ingérable de sa petite-fille puis analysa qu'elle pouvait retourner la situation à son avantage. Enfin l'occasion lui était offerte de se rendre seule dans la chambre jaune, d'ouvrir la porte du placard mural, de retirer les étagères et d'actionner la trappe secrète. C'est dans le calme qu'elle inséra la chaînette dans le loquet de la porte de l'appartement. Lorsque Audrey reviendrait accompagnée de son chevalier servant, entrebâillement et improvisation seraient ses armes de contre-attaque. Son excitation était à son comble. Le corps d'Eliott ressemblait-il à une momie desséchée ? Quelques coups de pied suffiraient-ils à le rendre à l'état de poussière ? Elle en doutait mais espérait pouvoir effacer promptement les traces de son crime, voire mettre les traces résiduelles et osseuses dans un sac.

Audrey se retrouva dans la rue, sortit le portable

de sa grand-mère du sac et se mit à marcher à grands pas. Près de la porte Prison, elle s'arrêta net pour passer un appel pressant. Albert décrocha aussitôt.

— C'est Audrey, j'ai emprunté le portable de ma grand-mère.

— Je comprends. Pitoyable de ma part, j'avais oublié qu'il était impossible de te joindre. Bonne nouvelle, Jarvis est passé à table, un bon gros buffet de confidences qu'il m'a servi sur un plateau. Figure-toi qu'il a passé un été ici à Vannes, en compagnie de ta grand-mère, lorsqu'il était un tout jeune homme.

Reprenant sa déambulation, elle cherchait les mots pour expliquer à Albert son abominable découverte.

— Je viens de l'apprendre pour Markus. Alberto, c'est effroyable ! Ils ont commis un meurtre ensemble, assassiné un certain Eliott dans le salon de la maison que j'habite, planqué le corps derrière le mur du placard de la chambre jaune et jamais ils ne sont venus le rechercher. Personne n'a même trouvé le corps de ce type. Monstrueux ! Tu m'écoutes ?

— Oui, excuse-moi, je suis sidéré. Où es-tu ?

— À l'extérieur, rue des Chanoines, je me dirige vers le musée de la Cohue. Un grand besoin d'air frais et pur. J'étais incapable de rester avec elle, j'étouffais littéralement. Ma grand-mère projette de faire disparaître le corps ou du moins ce qu'il en reste. C'est une obsession, il faut qu'elle agisse cette nuit et insiste pour que je lui prête main-forte. Deux mois que je cohabite avec le cadavre d'un pauvre type emmuré dans l'appartement, et c'est uniquement ce soir qu'elle réagit. Imagine, si j'avais fait des travaux !

— Déjà que tu n'es pas pressée de défaire tes cartons, alors les travaux, elle devait bien se douter que ce ne serait pas ta priorité. En tout cas, normal que cela pue la mort chez toi !

— Quoi ?

— Rien. De l'humour de mauvais goût.

— Ce n'est pas tout. J'ai eu droit au grand déballage. Ils n'étaient pas deux mais quatre à être impliqués dans cet assassinat. Martine, Markus, Ester et Claude. Ester était la jeune sœur de ma grand-mère. Elle aurait eu une histoire d'amour avec Markus et même un enfant de lui. Quant à Claude, l'amant et par la suite le premier époux de ma grand-mère, c'est grâce à lui que Markus a rencontré Martine et Ester. Deux couples maudits, des criminels !

— C'est quoi, ce bazar ? J'ai du mal à te croire. Markus aurait eu un enfant avec cette Ester ? Ta grand-mère n'est pas fille unique ?

— Une pyramide de secrets de famille qui vient de s'écrouler. Enceinte, Ester a été reniée par ses parents, puis elle est morte en couches et Markus n'en a jamais rien su. Du vaudeville teinté de dramaturgie !

— Markus est un type qui ne ferait pas de mal à une mouche.

— Tout comme ma charmante mamie ; enfin, c'est ce que j'aurais juré il y a moins d'une heure. Qu'a pu t'apprendre d'autre Markus ?

— Sur son premier séjour à Vannes. Invité par un ami qu'il avait connu à Neuchâtel, il avait séjourné un mois dans la maison des parents de cet ami, dans le vieux Vannes.

— Tu lui as parlé des bols, cité les prénoms ?

— Oui, il m'a confirmé qu'ils les avaient tous connus ici.

— Comment cela tous ?

— Tous les quatre. Martine, à cette époque, détestait son prénom et se faisait appeler Lilas. Quatre prénoms lui évoquaient des amis perdus de vue, rencontrés ici à Vannes, enfin des souvenirs de sa jeunesse. Il m'a dit qu'il serait heureux de revoir Martine, qu'elle avait dû bien changer, tout comme lui. Jamais il n'a évoqué un meurtre.

— Évidemment, tu penses que ma grand-mère l'aurait fait si elle n'avait pas été acculée ?

— Markus a juste été très surpris que tu aies reçu ces bols parce que Eliott, un jeune de leur bande d'amis, était un artiste. Un créateur épris de culture bretonne, qui concevait des décors pour un atelier de céramique situé en Cornouaille. Vaisselle, faïence et porcelaine inspiraient ce jeune homme. Cette révélation m'a déconcerté.

— Eliott, un créateur de décors traditionnels ! Un lien évident avec la victime. De vieux bols bretons pour une vieille histoire dantesque impliquant des gens d'âge respectable, enfin pour ceux qui sont encore de ce monde.

— Si la vengeance est un plat qui se mange froid, nous sommes face à un gourmet qui apprécie la nourriture congelée. Attendre soixante ans, s'en prendre à la petite-fille et pas à la grand-mère. Ruminer toutes ces années et finir par t'envoyer, à toi, ces huit bols et ces trois messages.

— Tout cela parce que j'ai acheté la maison et son contenu, ce qu'il y avait derrière un mur, le squelette d'Eliott.

— Audrey, les messages ne t'étaient peut-être pas adressés. Et s'ils étaient à l'intention de ta grand-mère ?

— Non, j'ai bien réfléchi. Il sait tout de moi et aussi du meurtre. Il veut que j'agisse. Comme je suis désormais au courant de l'homicide, je vais devoir répondre à sa première question. Me sera-t-il plus aisé de me comporter comme un monstre ou bien comme une sainte ? Je ne sais pas si je suis prête à pardonner, à aider ma grand-mère à faire disparaître ce cadavre, à devenir ainsi sa complice ou bien à la dénoncer pour que justice soit rendue.

— La seconde question prend aussi tout son sens. Tu as connaissance des identités de cinq personnes, quatre sont venues à toi, physiquement pour certaines et pour d'autres tu as entendu ce qu'elles ont fait. Ton messager te somme de choisir, de sacrifier l'une d'elles. Une seule pour que les autres ne se brisent pas, si je reprends la métaphore des bols.

— Sacrifier comment ? En dénonçant un seul individu à la police. Quant à Eliott, la victime, probablement que sa disparition bien que troublante à l'époque est désormais une affaire classée, une bonne vieille cold case. Qui se souvient encore de lui ? Qui même a eu connaissance de l'assassinat ?

— Ton messager ne l'a pas oublié.

— Effectivement. Que dois-je faire ? Accuser pour résoudre une affaire criminelle dont personne ne soupçonne l'existence. Dénoncer ma grand-mère, Markus ou même ce Claude. Pointer du doigt un seul coupable pour qu'il finisse ses jours sous les verrous. De toute façon, inutile que je fasse un choix, mon messager me l'a écrit : « *Vous ne vous décidiez pas, j'ai choisi pour vous*. »

— Il n'a dénoncé personne, en tout cas. Je pencherais pour la loi du Talion.

— Il aurait tué Claude ? Parce que Markus et Martine sont bien en vie.

— Tout comme ta tante, Élisabeth ou plutôt Sophie. D'ailleurs, elle ne peut pas être impliquée dans ce meurtre. Elle n'était pas née au moment des faits !

— Le grain de sable, ma tante Lisbeth. Pourquoi un bol à son nom ? Enfin, un dernier mystère qu'il nous faudra élucider plus tard. Tu évoquais la loi du Talion. Si un homme frappe à mort un être humain, quel qu'il soit, il sera mis à mort. Œil pour œil, dent pour dent. J'ai laissé ma grand-mère seule dans la maison, j'ai comme un mauvais pressentiment. Je cours la rejoindre. Cette meurtrière, je n'ai pas envie que quelqu'un s'en prenne à elle.

— Et pas plus disposée à la dénoncer. Bon, je demande à Markus de s'enfermer à double tour et je te rejoins chez toi.

— Surtout, ne parle pas de notre conversation à Markus Jarvis. Je ne lui fais pas plus confiance qu'à ma grand-mère. À l'âge de vingt ans, ils ont tué un homme. Durant soixante années, ils ont gardé ce lourd secret enfoncé bien profondément dans leur gorge. Alors, à quatre-vingts ans, que seraient-ils capables d'accomplir pour que la chape de plomb ne soit jamais soulevée ?

— Je te rappelle que Jarvis n'a jamais suggéré qu'un meurtre avait été commis. Crois-moi, il semblait sincère.

— Ne lui fais pas confiance. Tu ne sais rien de lui.

— Rien ou si peu, il est vrai. Mais j'ai encore moins de relations avec ta douce grand-mère, qui ne m'a pas l'air d'être une sainte, tout au contraire.

— Je devrais peut-être aller mettre un cierge à la cathédrale Saint-Pierre, qui est à deux pas. Priez saint Vincent Ferrier de nous protéger.

— Pas de temps à perdre, ma cocotte. Inutile de te recueillir devant le crâne du saint conservé dans un buste-reliquaire. Un autre crâne t'attend derrière un mur !

XXXVII

L'HERMINE

Centre-ville de Vannes

À coups répétés, Audrey frappait sur le bois de la porte. Elle tambourinait. Soudain, elle s'interrogea sur son déchaînement frénétique, probablement contre-productif si la porte n'était pas fermée à clé. Elle actionna la poignée, et la chaîne de sécurité mise de l'intérieur lui offrit une lueur d'espoir, une petite vue sur l'entrée de son appartement. Le nez et la bouche dans l'entrebâillement, elle hurla :

— Mamie, c'est Audrey, viens m'ouvrir !

Une main posée sur son épaule la fit sursauter.

— Merci d'avoir laissé la porte du bas entrouverte. Tu fais quoi, là ?

— Alberto, cinq minutes que je donne des coups dans cette fichue porte et que je m'égosille. Ma grand-mère a mis la chaîne.

— Donc, elle est obligatoirement à l'intérieur. Si elle traficote dans la chambre jaune, elle ne t'entend pas. Passe-lui un coup de fil.

— Impossible, j'ai piqué son portable et son sac en prime.

— À mon avis, elle a commencé le chantier de démolition sans t'attendre. Qu'elle ait même glissé dans un sac-poubelle le crâne et les fémurs de ce pauvre type, cet Eliott, ne serait pas inenvisageable. J'ai mon opinel dans ma poche ; il pourrait nous être utile pour faire sauter la chaîne. À toi de voir. On entre ou on attend qu'elle ait fini de faire son petit ménage macabre.

— Ce n'est pas comique. Vas-y, sors ton canif.

Habile de ses mains, Albert aurait été un parfait cambrioleur mais, de cambriolage, il n'était pas question, même si Audrey se comportait comme une voleuse, avançant à pas de loup. Albert, plus bruyant, hurlait le prénom de Martine. En quelques minutes, ils avaient fait le tour du propriétaire et tous deux se retrouvèrent sur le seuil de la chambre jaune.

— Bon, ta grand-mère ne peut être que là-dedans.

— Dans le placard, tout au fond de la pièce.

Albert attrapa Audrey par la manche de son pull et la força à entrer. Il ouvrit la porte du placard, découvrit les étagères à terre et une seconde porte entrebâillée. Sans poignée, son ouverture devait avoir été déclenchée par un système qu'il entrevit sur sa droite, une trappe et un levier pour passer la main. Il donna un coup de pied dans le chambranle et apparut un réduit plongé dans l'obscurité. Albert actionna la lampe torche de son smartphone puis se retourna.

— Audrey, viens voir. J'ai débusqué la mystérieuse bête. Une véritable puanteur. Beau spécimen de *Mustela erminea* en décomposition. Donc une hermine crevée de belle taille, qui a fini sa vie sur un tas de vieux chiffons. Tu peux entrer, n'aie pas peur. Pas de cadavre d'hominidé, pas plus que de grand-mère. Bon sang, je ne l'imagine pas avoir sauté du premier étage avec un sac plein d'ossements. Sacrée petite bonne femme, dynamique mais avec ses limites. À moins qu'elle ne se planque sous un lit ?

— Je vais aller voir dans ma chambre.

— Non, tu restes là. Il faut que l'on inspecte ensemble cette pièce secrète. Je savais bien que c'était un animal qui te pourrissait l'existence depuis le début de semaine. J'aurais penché pour un rat. Mais non, c'est une improbable découverte, quoique bien plus réjouissante que celle à laquelle nous nous attendions.

— Comment cet animal a-t-il bien pu atterrir derrière cette penderie ?

— Effectivement, un lieu complètement clos. Cinq mètres carrés, cloisons impeccables, canalisations inexistantes. Une souricière. Pour couronner le tout, ta grand-mère a pris la poudre d'escampette.

— Comment aurait-elle pu s'évaporer ?

— Curieux, elle avait mis la chaînette de sécurité et bien évidemment de l'intérieur. Le mystère de la chambre jaune s'épaissit…

— Tu as le cœur d'en rire.

— Bien sûr, pas de meurtre ou, si meurtre, plus de cadavre. Fin de cette rocambolesque et macabre mésaventure. Va chercher un sac-poubelle, il faut absolument que je nous débarrasse de cette puanteur. Toi, tu ne sens rien mais, moi, j'ai le cœur au bord des lèvres. Impossible de réfléchir avec cette odeur dans le nez.

— C'est le début de la vengeance. Il a déposé cet animal crevé à mon domicile. Depuis le début, je te le répète, il est venu chez moi à plusieurs reprises. Il a commencé par déposer la dépouille de l'hermine dans la pièce secrète parce que, s'il connaît ma vie personnelle et professionnelle dans les moindres détails, il connaît aussi parfaitement les moindres recoins de cette maison. Il a fini par placer le pot de peinture jaune et même un pack de bières dans mon salon.

— Ton persécuteur ?

Albert sortit de la pièce secrète, il ouvrit la fenêtre de la chambre en grand et Audrey vint le rejoindre.

— Ce n'est pas moi qui suis la cible. Il se sert de ma petite personne pour persécuter les assassins d'un jeune homme d'une rare beauté. Ma grand-mère m'a même précisé que c'est ce qui avait causé sa perte.

— Être trop beau, ce n'est pas un crime mais cela peut le provoquer. Deux couples et un jeune esthète. Trois hommes, Markus, Claude et Eliott. Deux femmes, ta grand-mère et sa sœur. Jalousie, cœurs brisés et un épilogue terrible, un petit meurtre entre amis. Cherchons l'amant.

— Mais l'amant de qui ?

— D'un homme, d'une femme ? Mystère de l'amour.

Une imperceptible saute de vent décoiffa Albert, seule Audrey la perçut. Avait-il conscience que son look capillaire était une véritable identité ? Coupe peu contrôlée, floue, sauvage, un esprit marin avec des cheveux un peu salés et ondulés. Ce bel Italien né en Bretagne faisait chavirer son cœur. Chavirement à sens unique et vains espoirs. Elle lui demanda :

— Markus est-il gay ?

Albert posa son coude sur le rebord de la fenêtre. La question était directe et pertinente.

— Un peu. Sache que je ne l'ai pas choisi comme maître parce qu'il a les mêmes orientations sexuelles que moi, et lui n'a pas privilégié ma candidature parce que nous avions ce point commun. D'ailleurs, s'il l'a su uniquement lorsque j'ai intégré son atelier d'horlogerie, pour ma part, je n'ai eu des soupçons le concernant que tardivement. Nous sommes différents. Moi, je ne suis pas un peu gay, je le suis en totalité, pleinement et entièrement. Lui, c'est un non-sens, il a joué toute sa vie sur les deux tableaux.

— Ce qui peut se concevoir pour un type de sa génération, pas d'autres solutions pour survivre, faire croire à son hétérosexualité.

— Exactement, épouser une femme et ronger son frein. Quand je pense qu'il y a bien longtemps il aurait eu un enfant avec Ester. Mon rêve, être père.

Levant la tête en direction du ciel étoilé, il poursuivit.

— Avec Camille, on avait un chien, comme tu le sais. Je lui en ai laissé la garde, je ne me voyais pas me battre avec lui pour finir par une garde alternée qui n'aurait surtout pas satisfait Plexus. En plus, Camille est reparti vivre en région parisienne et il a un coquet petit jardin. À défaut de gérer les rendez-vous chez le pédiatre, nous gérions ceux chez le véto. Disons que je prenais ces rendez-vous. Camille a toujours été de bonne volonté quand une tâche lui était confiée mais n'était jamais à l'initiative de quoi que ce soit.

— Je saisis, hétéro ou gay, même combat. Shepard acceptait de faire les courses mais en prenant soin de saisir la liste que je lui présentais. S'il vidait la machine à laver, il était incapable de la remplir. Pourtant il s'est toujours considéré comme un mari modèle, qui assurait dans notre couple. Il se sentait tout aussi responsable que moi des corvées mais les évitait, considérant ne pas avoir les mêmes priorités que moi. Détail qui ne l'a jamais gêné, je gagnais dix fois plus que lui. Régler les factures en temps et en heure, mon quotidien.

— Schéma de couple des plus communs, hormis pour le côté financier. Bon, nous avons vidé nos sacs en décrivant les situations catastrophiques vécues par deux vieux couples mal assortis. Mais notre problème reste entier, celui de deux autres couples, ceux d'adolescents ayant passé une journée particulière ensemble dans les années 1950-1960 en compagnie d'un artiste d'une beauté dérangeante.

— À la fin de cet effroyable après-midi, ils l'ont tué. Et ma grand-mère vient de faire le ménage avant que l'on n'arrive, effaçant les traces de ce meurtre. Tout ce qu'elle m'a dit est vrai et je la crois capable, avec une énergie débordante, d'avoir mis dans un sac le crâne, le bassin et toutes les côtes de cet Eliott. Elle savait pertinemment que l'examen par un médecin légiste d'un corps momifié, voire à l'état de squelette, pouvait encore parler. Traces de traumatisme, lésions osseuses, plaies causées par une arme à feu ou une arme blanche. L'analyse ADN aurait pu confirmer l'identité de la victime. Une dent peut suffire, au cas où les tests sur les ossements trop dégradés ne seraient pas probants.

— Glauque. Préférable de contempler la vue, Vannes de nuit, le bleuté des ardoises des toits de la vieille ville éclairés par la lune. Magique.

— OK, bucolique. Je vais chercher un sac-poubelle pour notre blanche hermine. Ne disais-tu pas que c'était le symbole de notre belle cité ? Les armoiries de Vannes.

Audrey sortit de la chambre ; Albert mit son coude devant son nez pour entrer dans la pièce secrète. Une fois à l'intérieur, il repoussa du pied l'animal posé sur le tas de chiffons et recula aussitôt de deux pas, tremblant sous le choc de sa découverte.

XXXVIII

LE CRÂNE

Après avoir inspecté par pure formalité sous le lit de sa chambre, Audrey s'était rendue à la cuisine. Pas question de s'attabler ni de s'asseoir dans cette vaste pièce dont l'utilisation était réservée à la conservation des produits frais et à la cuisson des plats. Dépourvue de chaises et de tables, elle disposait néanmoins d'un îlot central permettant de déposer des assiettes, de trancher du pain et de mitonner des mets sur une plaque de cuisson. Posséder un réfrigérateur, un four à micro-ondes et une machine à café expresso suffisait à Audrey. Elle ne cuisinait plus depuis qu'elle vivait seule. Elle réchauffait des plats livrés par un traiteur et emplissait sa poubelle de barquettes vides. Sa tante lui avait fait remarquer que, dans cette cuisine, elle cultivait l'art du vide, au sens physique du terme, par l'absence de toute matière. La présence de quelques œufs et de champignons frais aurait ce soir-là démenti les allégations de sa tante. Audrey s'empara d'un sac-poubelle plastique vide qui trônait sur l'îlot en marbre gris. Même ses sacs-poubelles étaient vides. Bientôt, elle comblerait ce vide sidéral en emplissant ce sac d'une hermine de belle taille en phase de décomposition. La disparition de sa grand-mère ne l'inquiétait que peu, persuadée que cette dernière se cachait non pas au premier mais au grenier ; une trappe permettait d'y accéder en passant par le plafond de sa chambre. Cela, sa grand-mère ne pouvait l'ignorer puisque même l'agent immobilier lui avait fait remarquer cette curiosité. Si Audrey avait cru bon de ne pas en parler à Albert, c'est que celui-ci aurait pu s'en prendre à la vieille femme manu militari. Audrey se laissait encore un peu de temps pour réfléchir, en proie à un sentiment ambivalent d'amour et de haine pour cette grand-mère indigne plongée dans la tourmente. Son passé venait de rattraper Martine et quelqu'un souhaitait lui faire payer son meurtre. Audrey sentait qu'elle n'avait été qu'une courroie de transmission entre celui qui lui avait envoyé les bols et sa grand-mère. Alors qu'Audrey s'apprêtait à sortir de la cuisine, sac et gants de ménage à la main, Albert la bouscula, déboulant dans la pièce, regardant en tous sens.

— Où se planque ta grand-mère ?

— Justement, aucune idée. J'ai même vérifié sous mon lit. En tout cas, pas dans cette cuisine.

— En prenant la fuite, elle a oublié quelque chose derrière le placard secret ! Sans doute trop écœurant de se débarrasser de la dépouille d'un animal en décomposition alors que mettre les ossements d'un pauvre type dans une valise, ça, elle a pu le faire, sans se salir les mains !

— Qu'est-ce que tu me racontes ?

— Elle a oublié de prendre son crâne, une omission de taille ! J'étais sceptique, pensant que ta grand-mère t'avait raconté une histoire à dormir debout. De la sénilité mentale. Mais non, une authentique boîte crânienne ! Horrible, j'en tremble encore.

— Mais où était ce crâne ?

— Sous le tas de chiffons, sous l'animal crevé.

Audrey cala son dos contre le réfrigérateur, s'appuyant aux montants pour ne pas s'effondrer.

— Impossible. Un cadavre caché dans un placard ne perd pas sa tête. Les années passent ; momifiée ou à l'état de squelette, la tête ne se désolidarise pas du reste du corps pour finir sous un tas de chiffons.

— Effectivement. La bête a été déposée morte derrière ce placard, sciemment sur le crâne. L'odeur était de plus en plus pestilentielle. Si tu ne souffrais pas d'anosmie, tu aurais pu et dû localiser l'origine de cette puanteur. C'était un indice de plus, comme les bols et les messages.

— Mais je suis passée à côté.

— À quoi sert une odeur ? À attirer ou à repousser. Principe botanique. Les plantes émettent des composés olfactifs subtils pour séduire les butineurs.

— J'aurais dû être attirée.

— Comme un insecte spécialisé dans les organismes en décomposition aurait été attiré par une plante à odeur fécale.

— Est-ce que tu aurais perçu l'odeur du jasmin dans la pièce secrète ? C'est le parfum de ma grand-mère.

— Après ce qu'elle t'a confié, tu doutes encore que ce soit elle qui a fait le grand ménage en oubliant le crâne !

— Non, je le crois. Mais elle a subitement disparu alors qu'elle voulait que je l'assiste dans cette basse besogne. Le jasmin officinal, une fleur blanche bénie des parfumeurs, émet son parfum à la tombée de la nuit pour séduire les butineurs nocturnes, comme le papillon de nuit. Une femme qui se parfume au jasmin ne peut pas être un monstre.

— Rappelle-toi ma petite histoire, celle de la vieille femme avec ses lourds cabas.

— Bourrés d'explosifs.

— Oui, elle aurait pu sentir le jasmin, fragrance envoûtante qui t'aurait mise de bonne humeur, te rappelant ta douce mamie, et tu l'aurais aidée à porter ses sacs. Disposée à assister une inconnue parfumée au jasmin…

— Je comprends, quand il s'agit non pas d'une inconnue mais d'une vieille dame que l'on aime, que ne ferait-on pas pour elle ?

— Reprends tes esprits, viens avec moi voir ce crâne, celui d'un homme qui fut d'une rare beauté autrefois. Ce crâne, je ne le mettrai pas dans un sac et je ne le déplacerai pas. J'attendrai que tu le voies, le détailles et alors ensemble nous téléphonerons à la police. Cet homme, ou du moins ce qu'il en reste, a droit à une sépulture et ses meurtriers à des chaînes.

Terrifiée, Audrey accepta contre son gré de suivre Albert. Il ne la soutenait pas, il la retenait pour la forcer à progresser, pour l'empêcher de fléchir, voire de s'enfuir. Il avait raison, elle devait voir cette boîte crânienne pour croire en son existence et mesurer l'horreur de l'acte odieux commis. La preuve tangible du crime devant ses yeux, accepterait-elle que l'assassinat reste à jamais impuni ? En entrant dans la chambre jaune, elle frémit. Pourrait-elle supporter la vue de cette preuve ?

Mais de preuve, il n'y en avait plus.

Lorsque le faisceau lumineux du smartphone d'Albert balaya le tas au centre de la pièce, il ne vit que l'hermine en décomposition posée sur les chiffons éparpillés sur le parquet. Plus aucune trace du crâne, mais la présence du miroir à main à manche de nacre qui l'avait remplacé. Albert, pétrifié, se sentait incapable d'agir, de bousculer de nouveau le tas. Il savait fort bien ce qu'il avait vu quelques minutes auparavant mais le tableau avait été modifié.

Avant qu'Audrey ne lui demande des explications, il se décida à affirmer sa position.

— Ta grand-mère a fini le travail en mon absence. Rapide et efficace. Pire que ce que je pouvais imaginer. Sortons de là, elle serait capable de surgir dans nos dos, de refermer la porte derrière nous et de nous laisser crever ici dans ce réduit.

— Ce ne peut pas être elle, cette mise en scène avec ce miroir, ce n'est pas son genre. Elle souhaitait juste faire disparaître les ossements.

— Une malade mentale. Le miroir était dans la boîte à chapeau qui lui appartenait. C'était le sien.

— Ou celui de sa sœur Ester. Elle m'a dit que sa cadette déposait des objets insolites dans son carton à chapeau pour la taquiner.

— Sa sœur est morte, Audrey. Alors, où est Martine ?

— Si je te le dis, tu ne lui feras pas de mal ?

— Voilà, tu sais où elle se cache et tu la couvres. Tu me prends pour un criminel !

Entre une grand-mère psychologiquement dérangée et un ami énervé à juste titre, Audrey comprenait que le choix était simple, celui de la raison.

— Je pense qu'elle s'est réfugiée au grenier. Pas la peine de prendre l'escalier principal pour y accéder. Il y a une trappe dans le plafond de ma chambre et un escalier escamotable. Le plafond est haut, la trappe est pratiquement invisible, elle se fond dans les moulures. Mais il y a un système de cordage dissimulé derrière la tenture. Une forte pression suffit. Ma grand-mère a de la force et elle est capable de l'avoir actionnée, elle est encore souple. Des combles, on peut refermer la trappe, ni vu ni connu. L'agent immobilier me l'a ouverte lors de ma première visite.

— Pièce secrète derrière un placard, et maintenant une trappe dissimulée dans un plafond. Eh bien, allons-y pour la trappe.

Le mécanisme était ingénieux. Une corde dissimulée derrière le double rideau de la chambre courait le long du mur et disparaissait par un trou percé dans le plafond. Albert tira de toutes ses forces sur la corde. Une trappe qui permettait le passage d'un homme se souleva.

— OK et maintenant, comment passe-t-on de ta chambre au grenier ?

— Regarde tout en haut, tu vois le barreau au-dessus de ta tête, il suffit de crocheter ce premier barreau de l'escalier escamotable à l'aide d'une perche puis de tirer.

Albert jugea que la hauteur sous plafond était au moins de trois mètres ; il inspecta les quatre coins de la chambre.

— Je ne vois aucune longue perche avec crochet.

— Deux parties qui s'emboîtent. Elles ne sont plus sur mon lit.

— Astucieuse, ta charmante mamie, et aussi athlétique. Un véritable exploit non seulement de monter au grenier mais encore d'y monter lourdement chargé. Espérons qu'elle est encore là-haut avec sa perche et ses ossements.

— L'accès à la porte du grenier est cadenassé et elle n'a pas la clé du cadenas, elle est coincée dans les combles. Pour la rejoindre, il va falloir sortir de l'appartement et monter au dernier étage en empruntant le grand escalier.

— Ainsi, il est très simple de rentrer dans ton appartement sans passer par la porte d'entrée. Se rendre jusqu'au grenier, actionner la trappe, descendre dans ta chambre. Voilà comment celui qui te persécute a procédé pour tout mettre en scène, déposer le pot de peinture, le pack de bières et le carnivore en décomposition. Toi qui n'as eu de cesse durant toute la soirée de m'affirmer que quelqu'un s'était introduit chez toi, tu as bien dû penser à cette trappe !

— Bien sûr. Son existence était la seule chose dont j'étais au courant en emménageant ici. Parce qu'en ce qui concerne le réduit derrière le placard de la chambre jaune, c'est ensemble que nous l'avons découvert ce soir. Quant au pot de peinture dans mon salon, en le voyant, j'ai aussitôt foncé dans ma chambre pour regarder sous le lit, la perche était bien là. J'ai pensé que celui qui s'était introduit chez moi avait le double de mes clés. C'était confus, l'agent immobilier aurait pu faire un double, laisser un jeu à un artisan, je ne sais pas. La perche avec le crochet était bien sous le lit !

— Probablement des semaines que celui qui t'a expédié le colis manigance tout cela. Usurper ton identité, expédier des bols à l'autre bout du monde, déposer un carnivore pourri dans un réduit, alors je ne pense pas que confectionner une ou plusieurs perches lui ait posé problème. Il est passé par cette trappe, t'a épié, t'a peut-être même regardé dormir. S'est introduit chez toi pendant ton absence.

— Arrête, c'est terrible !

— Il ne t'a fait aucun mal, Audrey.

— Me rendre folle, violer mon intimité, ce n'est pas me faire du mal ?

— À vomir, un tel procédé, mais bien moins mauvais que l'acte de liquider un homme !

XXXIX

LE GRENIER

Se glisser au grenier, dans la nuit. Ensemble, jouer à se faire peur. Ainsi dans ce grenier, des générations d'enfants l'avaient pratiqué, ce jeu, se recroquevillant derrière la semelle de poutre en chêne, tressaillant à la vue d'une ombre, poussant des cris d'effroi mais aussi de joie, se sauvant devant un fantôme de petite taille, soulevant le drap blanc pour découvrir un revenant ébouriffé et goguenard. Inventer et réinventer le monde de la peur qui amuse. Pour muscler les troupes, Martine et Ester avaient-elles autrefois convié à ce jeu des enfants du quartier Saint-Patern ou bien de celui du Port ? Jouer à plusieurs ou à deux, selon les occasions. Quand leurs parents recevaient des invités, ils repoussaient volontiers leurs filles vers leurs lits et leurs chambres. Faisant semblant d'obéir mais au lieu de dormir, elles actionnaient la trappe et se réfugiaient dans les combles. Alors, elles plaquaient un verre "Picardie" sur le parquet, à l'emplacement exact de là où se trouvait en dessous le petit salon de réception. Oreille collée,

Ester buvait chaque voix par ce verre retourné. Martine sursautait au tintement des coupes en cristal. Frissonner, épier et ne pas se faire prendre. Espérer qu'un jour ce serait leur tour d'inviter en soirée, songer aux princes charmants qui seraient ce jour-là à cette table à leurs côtés, entendre les convives se lever et remercier leurs hôtes, redescendre précipitamment par la trappe et regagner la chambre au premier étage. Les yeux clos, attendre que leur mère vienne les border, s'assoupir enfin et rêver au grenier et à sa porte cadenassée.

Audrey n'eut pas à introduire la clé dans le cadenas, ce dernier étant ouvert. Cette découverte ne la rassura pas, Albert haussa les épaules. Attitude qui signifiait « je m'en doutais, tu aurais dû vérifier avant, tu as fauté ». Mais il s'abstint de tout commentaire, poussa la porte du grenier et actionna l'interrupteur. Apparut un plateau quasiment vide. Une ampoule suspendue à une poutre éclairait faiblement le lieu de grande dimension. Par l'unique lucarne, un léger rai de lumière projetait sur le sol des ombres fantomatiques auréolées de poussière. Quelques toiles d'araignée s'étiraient entre les poutres du plafond. Tout au fond de la pièce, un amas d'objets et de meubles formait une masse compacte.

— Où est la trappe ?

— Complètement au fond, derrière le tas de meubles. Rien ne m'appartient. Le fils de l'ancien propriétaire m'a juré qu'il viendrait débarrasser ce fatras. Deux mois que j'attends. Je ne l'ai pas senti très pressé, je ne pense pas que ces meubles appartenaient à sa famille. D'ailleurs ce mobilier prend la poussière dans ces combles depuis combien de temps ? Des décennies probablement.

Albert se dirigea vers l'agrégat de meubles. Sans grande conviction, il parla du bout des lèvres.

— Martine, sortez de votre cachette. C'est Albert, je suis avec Audrey.

— Mamie, n'aie aucune crainte. J'ai vu que tu t'étais rendue dans la chambre jaune et aussi dans la pièce secrète. Je me doute que cela n'a pas été facile pour toi de faire ce que tu as fait.

Albert bougonnait. Une approche plus directe et sans aucune sollicitude l'aurait plus satisfait. Mais, il laissait Audrey agir avec une finesse toute relative pour tenter de débusquer cette étonnante vieille femme au comportement imprévisible. Selon lui, son amie se voilait la face. Peine perdue que d'aborder cette recherche sur la pointe des pieds, puisque Martine s'était vraisemblablement éclipsée. Bruyamment, il déplaça les meubles, enfin apparurent la trappe restée ouverte et une vue plongeante sur la chambre située à l'étage inférieur.

— Pas de vieille dame apeurée. On fait quoi maintenant ? Une virée à Conleau ?

— Non. Souhaitable de la laisser en paix, elle et sa mauvaise conscience. Ma grand-mère a récupéré ce que je préfère nommer les douloureuses pièces à conviction, c'est tout ce qu'elle souhaitait.

— Conclusion hâtive. Sacré poids qu'elle aurait réussi à rapporter chez elle. Poids sur sa conscience et charge sur ses épaules. Un sac empli d'ossements selon toi, un sac vide à mon humble avis. Parce que le squelette n'était plus dans cette pièce secrète. Quelqu'un d'autre avait déjà fait le ménage avant son arrivée, et même avait planqué sous le cadavre du rongeur un crâne, celui d'Eliott ou celui d'un autre. Elle ne l'a pas vu ; autrement, ta démoniaque grand-mère l'aurait embarqué sous son bras. Prise de panique, elle a eu peur de te croiser dans les escaliers. Comme tu lui aurais demandé des explications, elle a décidé de fuir, utilisant la trappe pour accéder au grenier. Elle a attendu bien sagement que nous entrions dans ton appartement et est sortie de sa cachette. Alors que nous fouillions partout, elle a quitté les combles. À l'heure qu'il est, je l'imagine chez elle à ruminer de sombres pensées. Soixante ans à espérer qu'un jour viendrait, le jour où elle pourrait effacer toutes les preuves de son crime et un autre avait agi avant elle et dans son dos. Comme je n'ai pas eu une hallucination, cet autre a en quelques minutes réussi à faire disparaître le crâne. Ton messager ne peut être que dans ton appartement, il a agi trop vite. Une autre pièce secrète, un passage dissimulé derrière un mur.

— Un fantôme ?

— Fait de chair et de sang. Agile et ayant une parfaite connaissance de la configuration des lieux et de leurs ressources exploitables. Il joue au jeu du chat et de la souris et a toujours un coup d'avance sur nous. Ce qui me rassure, c'est qu'il s'amuse à nous faire peur sans toutefois faire preuve d'agressivité. Il a jeté des petits cailloux blancs et souhaite que tu les suives pour trouver le chemin, celui de la vérité. Au bout de cette route, toi seule seras juge. Tu dénonceras ou pas ta grand-mère et ses complices. Quoique je doute que Markus en soit.

— Elle m'aurait menti.

— Partiellement. Ce meurtre, j'ai l'intime conviction qu'il a bien eu lieu. Eliott a trouvé la mort un bel après-midi d'été. Quant à Ester, elle a bien existé, tout comme Claude et bien évidemment Markus.

— Et le miroir à main au manche en nacre qui vient de réapparaître ? Ce serait un nouveau petit caillou, un indice ?

Audrey s'appuya contre un pupitre d'écolier, puis se retourna pour détailler le meuble en chêne clair. Un trou dans le bois accueillait un encrier en céramique blanche, elle y trempa son doigt et le ressortit bleui. L'encre n'était pas complètement sèche, elle avait servi récemment. Cela la stupéfia. De sa paume, elle caressa les rainures et suivit les motifs de feuilles d'acanthe gravés dans le bois.

— Des acanthes. Les mêmes motifs que ceux que j'ai vus sur la monture du miroir à main.

Albert s'approcha du pupitre.

— L'acanthe est le symbole du contrôle et du dépassement des épreuves de la vie, notamment en raison de ses épines et de la croissance importante de ses feuilles. Un signe de plus et pas l'unique. Un porte-plume a été récemment trempé dans cet encrier. Je parierais qu'il a été utilisé pour écrire les messages que tu as reçus.

Audrey souleva l'abattant avec délicatesse. Une ardoise, trois craies de couleur, un compas, une équerre, une paire de ciseaux, un buvard usagé et un cahier d'écolier. En apercevant ce cahier, Audrey le prit en main. Elle s'assit sur le parquet poussiéreux, Albert en fit de même. Tout naturellement, il éclaira avec le faisceau lumineux de son smartphone, non seulement la couverture d'un vert passé mais encore l'étiquette blanche au liseré jaune. Audrey lut à haute voix « *Journal d'Ester* » puis, fébrile, elle ouvrit le cahier à la première page. Ses doigts tremblaient, son index teinté d'encre bleue tacha le coin du feuillet. Elle venait de poser son empreinte, celle d'une jeune femme d'aujourd'hui sur ce qui avait été le présent d'une jeune fille d'antan. Elle s'apprêtait à revivre le passé et peut-être à lever le voile sur un lourd secret.

XL

LE JOURNAL

À haute voix, Audrey se mit à lire le texte que, d'une écriture appliquée, avait rédigé Ester, il y a six décennies.

— « *Une semaine que j'hésite à prendre la plume et à la plonger dans l'encrier. De quoi avais-je peur ? Que l'encre bleue ne se teinte en rouge sang ? Mes larmes et le sang d'Eliott doivent-ils se mêler pour que je puisse enfin noircir les lignes de ce cahier ? Écrire, expier. Trop facile de croire que cela suffira. Exutoire de ces mots que je m'apprête à écrire. Cette journée si particulière, arriverai-je à l'extirper de ma gorge et à la vomir sur le papier ? Il fait si sombre dans ce grenier. Je discerne à peine les lignes. Sang séché, rouge sombre. Tout est devenu si noir en l'espace d'un seul après-midi.*

Si le jaune a été ma couleur préférée, désormais je la hais. Hier, j'ai pris une paire de ciseaux dans la boîte à couture de maman et j'ai coupé. Mes boucles blondes sont tombées à terre, ma sœur a hurlé en découvrant le carnage, c'est le mot qu'elle a employé. Comment a-t-elle osé parler de carnage ? Mes cheveux, je ne les supportais plus. Leurs poids m'entraînaient dans un abîme sans fond. Chaque cheveu implanté dans mon cuir chevelu pesait des kilos, chaque mèche une tonne. Ma tête me faisait horriblement souffrir, j'avais mal du dedans. J'ai coupé et je souffre toujours de l'intérieur.

Quant à Martine, une semaine qu'elle vaporise. Son obsession, l'odeur, la seule chose qui l'obsède. Eliott n'est plus qu'une odeur nauséabonde à ses yeux, devrais-je écrire à son nez ? Elle vient dans ma chambre et renifle, ensuite elle appose sur ses narines son ridicule mouchoir en dentelle de Calais. Elle a pris soin de l'asperger de son parfum au jasmin. Je la regarde s'agiter, pulvériser avec son vaporisateur, repositionner les piles de coussins sur les étagères, bloquer l'accès au réduit derrière le placard. Elle a construit un mur de plumes pour dissimuler l'horreur. Une chape de plomb faite de duvet d'oie odorant. Depuis deux jours, elle ne m'adresse plus la parole, elle agit. Elle se tait et, lorsqu'elle sort de ma chambre, elle caquette, rit, minaude, flatte ma mère, complimente mon père. Une robe fleurie, une cravate en soie, pitoyable ! Mes parents s'inquiètent, mon père a des soucis financiers, ma mère des soucis avec sa merveilleuse progéniture. Son aînée, de façon suspecte a un comportement excessivement enjoué. Sa cadette, brusquement, déprime et affiche d'horribles cernes sous les yeux, que la poudre ne parvient pas à dissimuler. Le foyer de ma mère bat de l'aile. Si elle savait à quel point ? Si elle savait ? Huit jours qu'elle ne sort pratiquement pas de la maison, laissant le soin à Germaine de faire les courses en suivant scrupuleusement la liste qu'elle lui a remise. C'est un chassé-croisé perpétuel qui ne nous laisse aucune marge de manœuvre à ma sœur et à moi. Mon père part tôt le matin et rentre tard le soir, Germaine attrape son cabas pour s'éclipser une heure dans la matinée puis réintègre le logis pour s'affairer en cuisine, ma mère fait sa promenade en début d'après-midi dans les jardins des Remparts, ensuite reçoit ses amies à domicile pour le thé. Martine, ou devrais-je écrire Lilas pour effacer l'existence de son premier prénom trop commun à ses yeux, enfin, Martine ronge son frein. Impossible selon elle de déplacer le corps. Elle se félicite d'avoir eu la présence d'esprit de trouver une cachette adéquate. Sans son agilité d'esprit, mes parents, à leur retour précipité, auraient eu la désagréable surprise de retrouver un corps dans leur salon. Monstrueux !

Claude n'a pas donné signe de vie depuis la tragédie mais il a agi comme il l'avait juré à Martine. Désormais, il se retrouve seul à Vannes ; Markus a dû rejoindre ses montagnes suisses. Nous faisons comme si rien ne s'était passé parce que nous ne savons comment nous comporter. Dorénavant, gérer la situation embarrassante – ainsi la nomme ma sœur – nous incombe à nous, les sœurs maudites. Eliott, comment aurais-tu pu imaginer devenir un jour une situation embarrassante ? De ton vivant, tu gênais et mort, tu embarrasses. Ton corps, qui jour après jour se décompose, embarrasse ma sœur. Moi, je le considère autrement. Ton cadavre est l'unique preuve de notre crime. Huit jours que tu as disparu. Jusqu'à hier, j'espérais lire ne serait-ce qu'un entrefilet dans la presse locale du style « Disparition inquiétante d'un jeune homme à Vannes ». Il n'en a rien été et il n'en sera rien. Claude a pris les choses en main, nous laissant néanmoins le cadavre sur les bras. C'est horrible d'écrire le cadavre. Eliott, c'est affreux.

Je me suis réfugiée au grenier pour écrire, te savoir derrière le placard de ma chambre... Je ne dors plus, je reste allongée sur mon lit, les yeux fixes grands ouverts. Je n'ose bouger ; au moindre craquement d'une latte de parquet, je sursaute. Eliott, et si tu n'étais pas mort ?

Claude a certainement mis les effets d'Eliott dans une valise. Il avait récupéré les clés de la chambre de bonne d'Eliott dans la poche de son pantalon. Quelle présence d'esprit alors que moi, j'étais effondrée, prostrée près de la cheminée, recroquevillée en boule, les mains devant les yeux. Je crois que Claude a dit à Martine « je vais me faire passer pour lui et prendre le train pour Paris ». Un aller-retour. Martine lui a répondu « fais en sorte que des personnes puissent témoigner, au cas où. Le contrôleur, par exemple ». J'étais ahurie par un tel sang-froid. Ma sœur m'a hurlé de venir les aider à transporter le corps, il fallait le traîner jusqu'à la porte d'entrée. Ensuite tout devait s'enchaîner avec une fluidité déconcertante. La nuit venue, nous serions descendus, portant le corps enveloppé dans le tapis du salon, nous serions sortis dans la rue et aurions déposé notre paquet dans le coffre de la voiture de Claude. Nous, parce que je devais participer, sous la contrainte et dans le respect des consignes et des ordres lancés. Mais moi, je me sentais incapable de suivre ce macabre plan parfaitement huilé. Huilé, il l'était et aurait été réalisé s'il n'y avait pas eu ces éclats de voix dans le hall, ces pas dans l'escalier, cette dispute sur le pas de notre porte. Sans le retour intempestif et tonitruant de mes parents, Eliott n'aurait pas fini derrière le mur du placard de ma chambre. J'aurai bientôt seize ans, mon innocence est derrière moi. Après ce que j'ai vu, ressenti dans ma chair, entendu, ai-je le droit de vivre ? Je voudrais mourir. »

Audrey se tut, arrêtant sa lecture à haute voix puis posément referma le cahier.

— Alberto, j'ai besoin de ton portable, je dois appeler un jeune garçon de seize ans qui lui aussi a tout perdu, son innocence, son insouciance et ce en un jour, en une minute, en une fraction de seconde.

— Théo, le gamin de l'aéroport. Tu as son numéro ?

— Je le connais par cœur. Cent fois, j'ai voulu le contacter. Je voulais mais je ne pouvais pas. Je crois que, lui comme moi, nous avons vécu notre terrifiante journée particulière. J'ai besoin d'entendre le son de sa voix pour oublier la sonorité de son cri.

Aussitôt Alberto offrit son smartphone à Audrey, le présentant comme une offrande. Modeste don déposé dans sa paume. Audrey le reçut et passa son appel. Son cœur palpitait lorsque la question du jeune homme à l'autre bout du fil la fit sursauter.

— C'est qui ?

— Audrey Doubriac.

Un silence pesant puis un raclement de gorge se firent entendre. L'adolescent éprouvait des difficultés à maîtriser la hauteur de sa voix.

— Je ne suis pas seul, j'ai une copine avec moi. Vous me donnez quelques minutes, je vais m'isoler.

Audrey attendit, retenant sa respiration. Théo ne lui avait pas raccroché au nez ou même paru surpris qu'elle l'appelle en pleine nuit.

— Voilà, je vais tirer la chausse d'eau.

Il rit et renchérit « cela fera bruitage ». Ensuite il continua à s'exprimer.

— Bon, je suis bien installé sur la cuvette des toilettes, je vous écoute. Parce que vous en avez mis du temps à réagir et vous n'avez pas choisi le meilleur moment. Alors, je l'attends ce merci.

— Merci ?

— Pour la rose jaune, j'ai cru que vous aimiez le jaune, oui, la valise. Et puis, débouler dans votre chambre d'hôpital avec des chocolats ou un paquet de "Têtes Brûlées", le bonbon qui arrache la tête, cela n'aurait pas été vraiment cool.

— Pourquoi m'as-tu offert cette rose ?

— Sans vous, je serais peut-être mort. Au fait, je n'ai pas eu besoin d'aller à New York pour voir mon frère. C'est lui qui a pris l'avion dans l'autre sens et à la vitesse de l'éclair. Maintenant je vis à Pau avec mes parents, j'ai une petite copine, Sarah, une fille de mon lycée. Et vous, ça va ? Je veux dire, enfin, vous parlez donc vous avez encore votre bouche. C'est le plus important.

— Une cicatrice à peine visible. Les miracles de la chirurgie reconstructrice.

— Super. Je vais vous laisser. C'est bien que vous m'ayez téléphoné. Je pensais que vous m'aviez oublié.

— Je t'ai sauvé la vie ?

— Vous ne vous en souvenez plus ? Trauma crânien ? Amnésie ?

— Un arrêt sur image. Raconte-moi.

— Je comprends, mes parents m'ont bien envoyé chez un psy pour gosse. Ce psy a compris que cela m'aurait fait du bien de reprendre contact avec vous. Mes parents n'ont pas eu besoin de ce gars pour le sentir. Interdiction formelle. Pourtant, vous seule pouviez m'aider. Maintenant, c'est un peu tard. J'ai Sarah.

— Qu'as-tu raconté à Sarah ?

— Tout. Que j'étais bien tranquille dans la file d'attente avec les autres. Vous regardiez les deux femmes devant nous, vous étiez en train de les étudier à la loupe. Moi, je me suis retourné. J'ai vu le gars, Antoine Ferrero, un cuisinier ; cela, je l'ai appris plus tard. Enfin, il lorgnait votre valise. Mille idées me sont passées par la tête, qu'il voulait vous la voler, qu'il la surveillait, que c'était votre mari et puis je me suis dit que ce ne devait pas être votre genre. Un type rougeaud, bedonnant, transpirant à grosses gouttes. Vous étiez trop belle pour lui mais, à le voir s'intéresser à votre valise de cette façon, je pensais qu'il avait eu un gros coup de bol de tomber sur une fille comme vous. Plus je le matais, plus il s'agitait et soudain il a chancelé, ses bras et son corps dodu se balançaient. Il s'est rattrapé à un présentoir bourré de caisses de vin. Un jeu de dominos, en une fraction de seconde, tout allait s'écraser au sol sur votre valise. J'ai tourné la tête pour vous prévenir, je me suis collé à vous. Vous avez tout pris à ma place. J'ai grandi depuis et pris des muscles. Aujourd'hui pour me protéger, il me faudrait bien plus que le corps d'une ravissante femme – il se mit à rire – de l'âge de ma mère. Donc, j'étais fluet et je me suis écroulé. Je hurlais comme un dingue, il faut dire que j'étais pas mal amoché. Ensuite, je me suis relevé, incroyable courage ou plutôt… un réflexe de grenouille écartelée en phase de dissection. Je pourrais lancer un hashtag « RéflexeBatracien » ! Et de nouveau, je me suis retrouvé à terre. Là, je vous l'ai dit à l'oreille ce que j'avais vu. J'ai murmuré…

— Votre mari ?

— Exactement, vous n'avez pas complètement perdu la mémoire. À ce moment-là, je le pensais sincèrement que c'était votre mari qui avait déclenché l'explosion. Mais j'ai appris sur mon lit d'hôpital que vous étiez mariée à un type qui se prénomme Shepard. Un Américain ; normal, le voyage à New York.

— Déplacement professionnel mais je vois que tu es bien renseigné.

— Pas trop compliqué de prendre des renseignements, vous étiez mon héroïne. Je pense que vous avez toujours été clean. Rien à cacher et tout ce bazar parce qu'il fallait une coupable, trop facile de vous coller tout sur le dos parce que c'était votre valise ! Ce gars, Antoine Ferrero, lui par contre, je suis sûr qu'il était dans le coup. Je l'ai dit au psy et aussi à mes parents. Et j'ai eu droit à « n'en parle à personne » et au train de l'enfer, des wagons de mots explosifs : terrorisme, représailles, vengeance, bombe, déflagration, groupuscule. Ce petit gros rougeaud n'était peut-être pas votre mari mais certainement le gros con qui nous a fait tous exploser. Voilà ma conclusion et personne ne m'a jamais demandé si j'avais un avis. Même pas la police, j'étais la petite victime que l'on a interrogée deux fois par obligation et en présence de ses parents terrifiés. Autant vous dire que j'ai tenu ma langue. En plus, je n'avais aucune idée de la façon dont ce cuisinier avait procédé pour coller des explosifs dans votre valise. Je m'excuse.

— Non, tu n'as pas à t'excuser. C'est moi qui dois te dire merci, Théo. Merci pour tout, ta rose jaune, ton murmure à mon oreille, tes explications de ce soir. Va rejoindre Sarah et oublie-moi.

— Jamais et vous le savez fort bien. Je ne vous oublierai jamais et vous non plus d'ailleurs. Nous avons en commun une méga fraction de seconde, nous la partagerons toujours. Le psy, il peut aller se rhabiller. Bon, je vais devoir quitter les toilettes pour aller retrouver Sarah.

Sur un bruit de chasse d'eau, cette conversation s'acheva. Audrey pleurait et Albert l'enlaça.

XLI

LA PLAGE

Deux événements terribles se télescopaient. Un attentat et un meurtre. Quand on commence à douter de tout et de tous, à sentir vaciller ses certitudes, au point que l'environnement s'en trouve effacé, qu'un grenier disparaisse, alors il faut s'interroger avant de foncer tête baissée dans l'inconnu.

Audrey, encore sous le choc de ce qu'elle venait d'apprendre du jeune Théo, restait prostrée, jambes en tailleur. En équilibre sur l'un de ses genoux, le vieux cahier ne l'intéressait plus. Seul se remémorer l'attentat lui importait, elle se revoyait dans la file d'attente à l'aéroport. Pourquoi avait-elle laissé sa valise sans surveillance ? Quand et comment Antoine Ferrero avait-il pu y mettre des explosifs ? Pourquoi la police n'avait jamais soupçonné cet homme d'appartenir à un groupuscule terroriste ?

Jambes croisées, coudes reposant sur les genoux et mains sous son menton, Albert, plongé dans ses pensées, réfléchissait quant à lui au meurtre d'Eliott et aux quatre protagonistes, Markus, Ester, Claude et Martine. Il s'interrogeait sur chacun d'eux. Markus

Jarvis était son ami, son maître, celui auquel il accordait sa pleine et entière confiance. S'il avait été présent à Vannes, soixante ans auparavant, le jour du meurtre d'Eliott, rien ne permettait d'affirmer qu'il avait participé à la mise à mort. Avait-il même été l'amant d'Ester, voire le père de son enfant ? Dans la soirée, il avait simplement indiqué à Albert avoir fréquenté, l'espace d'un été, Eliott, Martine, Claude et Ester, sans évoquer de relations amoureuses. Dans le journal intime d'Ester, les premières pages ne révélaient pas sa présence sur le lieu du crime. Albert croyait en son innocence mais s'interrogeait sur le fait que le vieil homme ait subitement souhaité entreprendre un voyage pour venir lui rendre visite à Vannes. Précisément au moment où Audrey venait de découvrir le meurtre d'Eliott, précisément la semaine où colis, messages et indices troublants s'accumulaient. Fallait-il l'interroger ?

Quant à Ester, bien que décédée, elle se révélait être la meilleure source d'information. Encore fallait-il continuer la lecture de son journal. Au travers de sa narration, la jeune fille avait expliqué être présente dans le salon au moment où avait eu lieu l'assassinat, sans toutefois indiquer qu'elle avait attenté à la vie d'Eliott. Peut-être n'avait-elle été qu'un témoin puis s'était retrouvée prise dans une spirale infernale, essayant de couvrir les agissements coupables de sa sœur ? Martine, la grand-mère d'Audrey, avait tout tenté pour faire disparaître le corps, la preuve de son crime. Ester l'accusait formellement au travers de ses écrits, tout comme Claude, son complice. Albert abandonna sa posture propice à la concentration intellectuelle, ses muscles se relâchèrent et il donna un léger coup de coude à Audrey.

— Nous avons le cahier d'Ester, la poursuite de sa lecture nous offrira si ce n'est la vérité tout au moins un début de solution.

— Sans doute.

— Il y a aussi Markus. Je pourrais aller reprendre notre conversation et le questionner en lui révélant que je suis au courant pour le meurtre d'Eliott. Je verrais ainsi sa réaction. Et Martine ? De ton côté, un saut à Conleau s'impose.

— Plus tard. Je suis sonnée. Théo avait l'air si sûr de lui. Tu disais que je devrais aller à Conleau ?

— Audrey, tu dois te concentrer. Il y a un type qui s'est glissé dans ton appartement et qui certainement est encore là, un étage en dessous de nous.

— Chez moi, pas à l'aéroport. Chez moi.

— Et puis ce Claude, il est toujours en vie.

Se frottant le visage, Audrey tentait de se raccrocher au présent.

— Mais je n'ai pas son nom de famille. Ma grand-mère ne me le donnera pas, ma tante Lisbeth peut-être ?

— Le dernier levier à actionner.

— Tu oublies le fantôme qui hante mon appartement ; j'en frissonne.

— Un dur retour à la réalité, pas plus mal que tu trembles, le signe de ta prise de conscience. Il erre dans ton appartement, ce passe-muraille qui a réussi à t'entraîner là où il l'espérait. Désormais, tu es au courant du meurtre. Stratagème complexe de sa part, sorti directement de son esprit torturé. Un adepte des jeux de pistes. Un manipulateur qui te prend, et moi par la même occasion, pour une marionnette. Il tire les ficelles et nous agissons à sa place. Qui est-il ? Un individu au courant du crime et qui souhaite infliger un châtiment au coupable, sans avoir à dévoiler son identité. Soixante années de silence et il clame justice sans qu'aucun son ait à sortir de sa gorge.

— Il veut que ce soit moi qui explose et m'égosille : ma grand-mère est une criminelle !

— Pas si fort. Alors quel est ton choix : lecture du cahier, virée à Conleau ou bien Saint-Patern ? On se sépare, on reste ensemble, tu me fais la lecture ?

Audrey lui tendit le cahier.

— OK. Cette jeune fille, Ester, je vais la faire revivre. D'ailleurs, je la trouve bien plus attachante que ne l'est sa sœur. Désolé, c'est ainsi, je le pense sincèrement et tu ne peux me contredire.

— Lis !

Alberto accepta sa mission et se mit à lire.

— « *Après ce que j'ai vu, ressenti dans ma chair, entendu, ai-je le droit de vivre ? Je voudrais mourir.*

Mais avant de me donner la mort, je dois écrire ce que j'ai vu de mes yeux et ressenti.

Me replonger dans ce chaud après-midi d'été, je le dois. Sentir de nouveau le soleil réchauffer la peau de mes jambes nues, je le veux.

Brûlure de son regard, fraîcheur de son souffle dans mon cou, douceur de l'arôme de sa peau. Eliott jouait à l'amour avec moi et avec eux. Quand bien même, avec cet ami, Markus n'eût partagé qu'un mince frisson dans la ruelle pavée, il en était étourdi. Savoir Eliott, là, à ses côtés, son nouvel ami, son amant qu'il ne serait jamais, le grisait. Claude s'amusait du jeu pervers qu'entretenait Eliott avec les hommes et les femmes. Il voyait Eliott glisser sur les amours interdits avec l'insouciance que lui conférait son insolente beauté. Frôlant la main de Markus, caressant mes cheveux, attrapant par le cou Martine, il testait nos limites. Et nous étions sous le charme. Je ne le suis plus mais je l'avais été. J'ai tant de mal à écrire à l'imparfait…

En ce début d'après-midi, nous souffrions dans nos cœurs et dans nos corps alanguis. Cherchant à l'ombre des remparts un peu de réconfort, nous hésitions encore à rester derrière les épais murs de la ville, à l'affût de la moindre brise salutaire. C'est Claude qui nous convainquit d'aller nous rafraîchir en plongeant nos corps dans l'eau du golfe. Claude possède une automobile. Une traction avant noire, une voiture de gangster comme il la qualifie. Mon père nous avait fait promettre de ne pas monter dans cette automobile, il murmure

“Gestapo” et frémit. Nos parents absents, nous avons désobéi. J’ai pris place sur la banquette arrière, avec ma sœur et Eliott entre nous deux. Claude conduisait et Markus paradait à l’avant, le bras levé par la vitre ouverte. Quelques kilomètres d’un bonheur parfait. À Arradon, Claude connaissait une crique où nous serions tranquilles, près de la plage de Penboch. Les garçons ont retiré leurs chemisettes, enlevé leurs pantalons, j’ai déboutonné ma robe fleurie et je suis restée sur ma serviette, mes mains plaquées sur ma poitrine. J’ai de tout petits seins. Je suis plus grande que Martine et pourtant elle a les seins que je rêverais d’avoir. Elle est plus âgée que moi alors tout espoir n’est pas perdu. Sur la petite plage, nous avons posé nos serviettes sur le sable à la couleur écru. L’étroitesse de la crique et la marée montante nous avaient contraints à rapprocher nos corps. Allongés les uns à côté des autres, à l’abri des curieux, entre les rochers, nous étions seuls au monde. Personne sur le sentier, seul un homme nous regardait, posté dans le jardin de sa propriété en surplomb de la plage. Des branches d’un immense pin projetaient leurs ombres sur nos corps humides. Je ne sais pas ce qui a été dit ou fait en mon absence, j’étais partie me rafraîchir les bras et les jambes dans cette eau tiède. La vase en son fond retenait la chaleur, la température de l’eau était si parfaite. Lorsque je suis revenue m’allonger sur ma serviette, j’ai su qu’il s’était produit quelque chose. Markus

semblait gêné. Martine retenait Claude pour qu'il ne s'en prenne pas physiquement à Eliott. Nous sommes rentrés précipitamment et, sur le chemin du retour, ma sœur a pris place à l'avant de l'automobile. Je pense que Claude ne voulait pas qu'elle ait le moindre contact physique avec Eliott qui était sur la banquette arrière. La jalousie venait de gâcher notre bel après-midi. Claude aime Martine et ma sœur minaudait avec Eliott ; enfin, c'est ce que j'ai supposé être la cause de la dispute. La gamine la plus jeune du groupe ne serait pas permis de demander quoi que ce soit. Je n'ai rien voulu savoir. Tout aurait pu en rester là mais Claude a souhaité profiter de notre maison, en l'absence de mes parents. Il lorgnait le scotch de mon père depuis plusieurs semaines. Il avait repéré la carafe et jamais n'avait été convié à venir goûter le breuvage. Mon père appréciait Claude et voyait en lui son futur gendre mais considérait son scotch irlandais comme une valeur sûre bien plus que ne le serait jamais le futur mari de son aînée. Martine a sorti les verres en cristal de ma mère. Elle était la maîtresse de maison et moi je suis allée chercher des glaçons à la cuisine. Non ! Je me suis précipitée dans cette cuisine. Jamais je n'avais bu d'alcool et j'étais totalement surexcitée à l'idée de le faire. Germaine avait pris quelques jours de congé et ne devait rentrer que le lendemain, la cuisine était en ordre. Je me suis même recoiffée en me regardant dans le fond d'une casserole en cuivre. Je préfère mon miroir à main, le plus beau cadeau que l'on m'ait jamais fait. C'est Sophie qui me l'a offert. »

Audrey sursauta,

— Elle a bien écrit Sophie, mais qui est cette Sophie ?

— Je ne sais pas, ce que je vois, par contre, c'est que je termine de te lire cette page et ensuite plus rien. Des pages déchirées et des feuillets blancs.

— Lis la fin.

— « *Cela s'est produit dans le salon, je ne sais pas si je vais trouver les mots. Les trouver, les poser sur le papier. Ils l'ont tué et je n'ai rien pu faire, j'ai essayé de m'interposer au début. Claude m'a bousculée violemment. Moi et mon seau à glace, on s'est retrouvés à terre. La cheminée sur ma droite, les glaçons sur le parquet entre mes pieds. Eliott n'était pas…* »

— Quoi, Eliott n'était pas quoi ?

— Pas mort, pas vivant, pas blessé, que sais-je ? En tout cas, ces pages ont été récemment déchirées, je le parierais.

— Que fait-on maintenant ?

— Je vais voir Markus. Pour le moment, nous n'avons rien contre lui. Il était sur la plage avec la bande mais impossible d'affirmer qu'il était dans le salon lorsque le crime a été commis.

— A contrario de ma grand-mère. Sentiment déroutant, je ne me sens pas très rassurée d'aller lui tirer les vers du nez. Je pourrais attendre demain matin, y aller avec ma tante Lisbeth ou avec toi ?

— Tu as peur d'elle, c'est cela ? Dans ce cas, je t'invite à prendre un dernier verre chez moi en compagnie de Markus Jarvis. Et pas du whisky irlandais. Un mojito !

XLII

L'AMITIÉ

Vannes, quartier Saint-Patern

Dans leur amitié, variante dépassionnée d'un amour impossible, résidait leur force. Après une séparation de dix ans, après dix années de vie commune avec un autre, pour Audrey avec Shepard et pour Albert avec Camille, ils se retrouvaient en pleine nuit, chez eux, à Saint-Patern. Albert avait tant manqué à Audrey et réciproquement. Signe du destin ou acte prémédité ? Audrey avait acheté sa maison, non pas dans la ville où résidait Albert mais à proximité du quartier où il avait toujours vécu, qu'il ne quitterait jamais et avait si peu délaissé. Pourtant, après l'attentat, son ami n'avait pas hésité un seul instant et sauté dans le premier train à destination de Paris, désertant son nid. Des semaines d'hôpital pour elle, des semaines d'hôtel pour lui. À chaque moment critique de l'existence d'Audrey, il avait été là pour veiller sur elle, pour lui prendre la main et lui dire « rentrons chez nous ». Vannes était leur chez-eux, le quartier Saint-Patern, plus précisément. Leur quartier avait de la personnalité. Séducteur, envoûtant, il ne pouvait laisser quiconque indifférent. Par son âme, il retenait tout habitant attiré par les grands espaces, à y réfléchir à deux fois avant de l'abandonner. Audrey avait cédé au chant des sirènes de la capitale, contrairement à Albert, et ce sans regret, hormis celui d'avoir risqué de perdre son fidèle ami.

Elle regardait Albert marcher à ses côtés. Tel un poisson dans l'eau, il évoluait dans son élément, sens en éveil. Chaque pas sur les pavés résonnait en lui. Une véritable caisse de résonance emplie des souvenirs de son enfance. Un amplificateur de bonheur. Albert se sentait attaché à Saint-Patern par un lien fort et qui remontait à son plus jeune âge. Rue du Four, il avait fait ses premiers pas, ensuite, enfant, il avait arpenté les trottoirs de la rue de la Fontaine. Il avait usé ses fonds de culotte et de pantalon sur les marches devant l'église Saint-Patern. À sept ans, il avait fait sa première chute à vélo, dévalant les ruelles de la colline de Boismoreau, tête baissée. À huit, il n'avait de cesse de dénombrer les poutres de chacune des maisons à colombages de son quartier. C'était sa jungle urbaine fourmillante de zèbres immobiles, figés depuis des siècles, museaux pointant vers le ciel. Ses zèbres, comme ils les nommaient, n'étaient autres que les maisons de son quartier. Chaque façade portait fièrement sa propre robe rayée, se différenciant ainsi de sa voisine. Un défilé de mode architectural tout autant qu'animalier. Zébrures aux teintes brunes décorant les façades ou plutôt ossatures faites de pans de bois et délimitant des compartiments plus clairs. À onze ans, il rêvait de devenir bâtisseur. À douze, il trouva sa véritable voie professionnelle, l'horlogerie. Son avenir bascula le jour où son père lui proposa de monter tout en haut de l'église Saint-Patern, jusqu'au clocher, et lui conta une histoire merveilleuse, celle de l'horloge électrique installée dans les années 1950. Monsieur Ferry père ne se doutait pas que de ces explications naîtrait une vocation. C'est à treize ans qu'Albert croisa pour la première fois la route d'Audrey, une espiègle qui venait d'intégrer son collège. À quatorze ans, il considérait Audrey comme la petite sœur qu'il n'avait pas eue. À l'angle des rues Saint-Nicolas et de la Fontaine, ils eurent très vite leur propre logis, leur maison de cœur sans titre de propriété, celle de la Madone, parce qu'une statue de Madone était nichée dans un angle du mur. Pratiquement trente ans plus tard, elle lui prit la main. Retomber en enfance, elle venait de le faire, se projeter vers l'avenir et affronter le passé de sa grand-mère, elle s'y sentait prête.

— Alberto, ton amitié m'a toujours été si précieuse.

— Elle l'est encore, je ne te laisserai pas tomber. Ensemble, nous allons faire sortir du bois le Grand Méchant Loup.

— N'évoque pas le meurtre d'Eliott avec Markus Jarvis. Promets-le-moi.

— Sur la Madone, je te le jure.

Elle lui sourit, de connivence. La complicité qui les liait était si douce.

Lorsque Albert introduisit la clé dans la porte de son appartement situé au premier étage d'une maison à colombages, elle le sentit en paix. Alors Audrey sut que jamais il ne renoncerait à Saint-Patern. En faisant l'acquisition de sa propre maison, elle venait de renforcer pour les années à venir leur amitié sincère. Bientôt, c'est ensemble qu'ils profiteraient de nouveau pleinement des plaisirs de la vie au cœur de Vannes. Des cuisines exotiques des restaurants situés face aux hautes grilles de la préfecture. Des bars de nuit à l'ambiance feutrée, des petits commerces de bouche, et même peut-être un jour, l'anosmie d'Audrey s'estompant, des senteurs du café torréfié embaumant toute la rue Saint-Nicolas. Dès le vestibule passé, elle respira, cherchant dans sa mémoire l'odeur du deux-pièces, senteurs de bois et arômes d'un café fraîchement moulu. Dans le salon, elle le vit pour la première fois, Markus Jarvis, le maître horloger, l'ami de jeunesse de sa grand-mère. La perfection des traits de son visage désormais ridé suggérait combien beau il avait pu être par le passé. Ses yeux clos affirmaient un apaisement présent.

Markus s'était assoupi, tout habillé dans un fauteuil club. À ses côtés, une montre mécanique savamment démontée. Barillet, ressorts et engrenages multiples avaient été étalés sur un mouchoir à carreaux. Avait-il voulu tromper l'ennui, combattre l'insomnie ou refouler l'anxiété ?

Il sursauta en entendant la voix d'Albert et lança :

— Tu m'as surpris, je m'étais endormi ! Tu n'es pas seul ?

— Markus, je te présente Audrey, la petite-fille de Martine.

Elle se pencha prestement, et tendit sa main au vieil homme, lui évitant ainsi de se lever.

— Enchantée de vous rencontrer. Albert m'a souvent parlé de vous, lui dit-elle.

— Également ravi de faire votre connaissance.

— Monsieur Jarvis, merci par avance pour l'aide que vous allez m'apporter. Votre témoignage me sera grandement utile.

Cette remarque interpella Markus. Il se raidit, cala son dos contre le dossier du fauteuil. Il avait pris soin de déposer préalablement sur le sol son mouchoir et son précieux contenu. Tel un juge en début d'audience, Albert proposa à son futur assesseur en la personne d'Audrey de prendre place à ses côtés sur le canapé en cuir d'un brun profond.

Le tribunal pouvait siéger et Markus ne sut s'il se trouvait en position d'accusé ou de témoin. Albert ouvrit la séance.

— Markus, l'heure est grave. Nous sommes là face à toi parce que Audrey a grand besoin que tu fasses appel à ta mémoire. Un retour en arrière de soixante ans. Il faut absolument qu'elle sache avec précision quel a été le déroulement, disons, d'une journée particulière que tu aurais passée en compagnie de sa grand-mère Martine, d'Ester la sœur de Martine et deux hommes Eliott et Claude, ici même à Vannes.

Albert préféra ne pas prononcer le mot « meurtre ». Si Markus n'était pas au courant, il était plus judicieux de s'abstenir de le mettre dans la confidence. Albert avait promis à Audrey d'agir ainsi, de laisser le maître horloger dérouler librement sa version des faits.

— Que de mystère et de précautions oratoires… Cela me plaît, mon vieux cœur palpite mais il tiendra le choc. Je pense que tu fais allusion à mon dernier jour de vacances à Vannes. C'était il y a si longtemps mais parfois un souvenir reste gravé dans la mémoire. D'ailleurs, c'est le cas parce que cette journée fut, comme tu viens de le dire, une journée particulière. Une chaleur étouffante, et ce dès le matin. L'après-midi, nous suffoquions, errant, l'âme en peine, dans le vieux Vannes désert. Trois jeunes hommes en sueur, dont je faisais partie, et deux jeunes filles en fleur.

Markus s'adressa à Audrey.

— Votre grand-mère était surprenante, un côté sauvage, indomptable, extrêmement attirant. Sa sœur Ester était d'une grande beauté. En vous voyant, j'ai l'impression de revoir Ester, vous lui ressemblez, Mademoiselle, ou plutôt Madame ?

— Madame, quoiqu'en instance de divorce. Quant à ma grand-tante, je ne l'ai pas connue et n'ai même jamais vu une photo d'elle.

— Alors, croyez en la parole d'un vieil homme.

— Markus, si tu pouvais poursuivre.

— Bien sûr, Albert, si je peux être utile à ton amie. Donc, nous suffoquions. Claude a pris les choses en main. C'était ainsi avec Claude, il savait quoi dire, comment agir pour nous faire plaisir. Nous sommes montés dans la Citroën de Claude, une traction avant, direction le golfe du Morbihan. Arradon, c'était le nom de la bourgade. Ensuite, l'orage s'est mis à gronder, pas au-dessus de nos têtes mais en chacun de nous. Déjà sur la plage, il y avait de l'électricité dans l'air. Eliott attirait tous les regards sur lui. Tel Poséidon tenant un trident invisible, il est sorti de l'eau. Il ruisselait, des gouttes perlaient sur sa peau bronzée, faisaient luire son corps parfait, teintaient de reflets ébène ses cheveux noirs. Martine le dévorait des yeux, ce qui déplaisait fortement à Claude. Ester, la pudique, parlait peu, se contentait d'humidifier ses jambes et ses bras, restant au bord de l'eau. Elle aussi était attirée par Eliott mais elle fuyait les hommes et Eliott était plus qu'un homme, il était un dieu descendu de l'Olympe. Moi, si j'avais pu le croquer, ce Dieu vivant, je l'aurais fait mais, à cette époque, je ressentais ce trouble comme une perversion et ne cessais de dissimuler mon mal-être. Je faisais même la cour à Ester, sachant fort bien que d'elle je n'avais rien à craindre. Je me mentais à moi-même et je leurrais à peine les autres et surtout pas Eliott. Albert, c'était une époque terrible pour les hommes attirés par les hommes.

— OK, mais ce n'est pas le sujet.

— Fort juste. Donc en cette fin d'après-midi d'été, l'explosion était inévitable. Martine a déclenché la mise à feu en proposant à Eliott de venir prendre un verre chez elle, dès notre retour à Vannes. Par pure formalité, elle suggéra à Claude et à moi-même de clore l'après-midi autour d'une boisson rafraîchissante dans son salon, si nous n'avions pas d'autres occupations, avait-elle cru bon de préciser. Elle faisait peu de cas de sa sœur, qui était dans son sillage, voire la chaperonnait et l'empêchait d'exprimer son tempérament de feu. Martine, en l'absence de ses parents, était la maîtresse de maison que l'on devait appeler Lilas, et qui jugeait bon d'inviter qui elle l'entendait dans sa demeure.

Markus plissa ses yeux d'un bleu profond ; des rides du sourire se formèrent au coin de ses yeux. La vivacité du regard de cet homme faisait oublier ses quatre-vingts printemps. Audrey s'en émut, sa voix était limpide et son ton assuré.

— Mes enfants, je dois vous le confesser, j'aurais préféré ne pas être de la fête, l'atmosphère était si pesante. Mais Claude a insisté. J'ai prétexté vouloir changer de vêtement, mon pantalon avait pris l'eau sur la plage. La marée montante… Moi qui suis un habitué des lacs suisses, je m'étais fait piéger, donc j'avais le bas de mon pantalon trempé. J'ai expliqué que je devais retourner chez Claude à pied dans le centre-ville. Eliott a sauté sur l'occasion en proposant de m'accompagner et a fait la même proposition à Ester. Eliott avait un penchant pour Ester, même s'il taquinait Martine plus ouvertement. Il faut dire qu'Ester était bien plus belle que son aînée, plus racée. Je peux l'avouer maintenant, il y a prescription. Ainsi, tous nous devions nous retrouver dans la maison des demoiselles, une heure plus tard. De mon côté, j'ai tardé un peu, j'espérais que l'ambiance serait plus sereine à mon arrivée. Eliott m'avait faussé compagnie et il avait convaincu Ester de le suivre. Je ne sais pas où ils sont allés. Quoi qu'il en soit, lorsque j'ai voulu rejoindre le groupe, j'ai aperçu les parents de Martine et d'Ester qui rentraient. Le père, valise à la main, marchait à grandes enjambées ; les petits talons de la mère claquaient sur le pavé, elle peinait à suivre son époux. J'ai aussitôt fait demi-tour, notre soirée étant irrémédiablement compromise. Claude est rentré tard dans la nuit, je lui ai à peine parlé le lendemain, il était pressé que je quitte les lieux. Ses parents furent gênés par son comportement cavalier à mon égard d'autant plus qu'ils escomptaient que je rende l'invitation à leur fils en le conviant pour un séjour à Neuchâtel. Je suis rentré en Suisse, je n'ai pas invité par la suite Claude à venir goûter aux joies de mes montagnes et plus jamais je n'ai entendu parler d'aucun d'entre eux. Confucius disait que trois sortes d'amis sont utiles, l'ami droit, le fidèle et le cultivé. Et aussi que trois sortes d'amis sont néfastes, l'ami faux, le mou ou encore le bavard. Je classerais volontiers Claude dans la dernière catégorie, bien que non mou ni bavard mais assurément néfaste. Voilà le récit de ma dernière journée passée en leur compagnie. Amitié de jeunesse et éphémère. Je n'ai plus jamais entendu parler de ces amis… Enfin jusqu'à il y a cinq jours.

XLIII

LE MOJITO

Vannes, quartier Saint-Patern

Audrey était suspendue aux lèvres de Markus. Le suspense était intense et le vieil homme subitement absent. Il semblait perdu dans un monde, résolu d'avance à poursuivre sans lui une folle danse tourbillonnante. Il sombrait dans son passé, effrontément bousculé par deux jeunes trop empressés de savoir ce qu'il avait vécu.

— Cinq jours, avez-vous dit ? se permit de relancer Audrey.

Markus se pencha. Courbé en deux, le dos rond, il détaillait son mouchoir à carreaux posé à ses pieds. Le temps suspendit son vol et enfin il ramassa le barillet et s'exprima.

— Avec une montre mécanique, un chef-d'œuvre de l'horlogerie, pas besoin de pile, le mécanisme peut être en perpétuel mouvement. Lundi dernier, j'avais déposé cette montre, enfin vous ne voyez ici que des ressorts et mécanismes, je me suis mis en tête de la démonter ce soir. Donc, je l'avais posée sur la commode de ma chambre et je m'apprêtais à la mettre à mon poignet lorsque le carillon de la porte d'entrée a retenti. Un coursier sonnait à ma porte pour me livrer un colis. C'est ainsi que j'ai oublié ma montre sur la commode. Lorsque, hier, je me suis aperçu qu'il me fallait une montre pour prendre le train, je me suis retrouvé fort embarrassé. Je ne fais pas confiance à l'affichage digital de l'heure sur l'écran de mon portable. Ma montre ne fonctionnait plus mais il me suffisait de la remonter ou encore de la remettre à mon poignet. Ce que j'ai fait et, ce soir à Vannes, cette montre a poussé un ultime râle. Une fin de vie, terrible, sans retour. Comme pour les êtres humains, on retarde, on s'attarde, on ralentit le temps et soudain l'aiguille cesse de bouger. Je ne sais pas si cela vaut le coup de donner une dernière impulsion, un coup de pouce pour que le cœur usé reparte pour battre encore quelques minutes. Ce soir, j'ai donné le corps de cette montre fatiguée et trop épuisée à la science, à ma propre science. Je l'ai démontée. Soixante années de bons et loyaux services et, lundi, j'avais eu l'outrecuidance de l'oublier sur ma commode, un choc émotionnel pour un objet que j'avais toujours cru dépourvu d'émotion. Je l'avais abandonnée parce que mon esprit était ailleurs, perturbé par un colis.

— Donc lundi, vous avez oublié de remonter votre montre parce que vous avez été troublé par la réception d'un colis insolite ? reformula Audrey, faisant preuve d'une grande patience avec Markus.

Moins compréhensif, Albert déserta le canapé et se dirigea vers le coin cuisine. Il marmonna.

— Markus, je vais te servir un café serré et me préparer un mojito. Audrey, mojito pour toi aussi ?

Audrey se contenta d'acquiescer d'un signe de tête, préférant laisser la parole à Markus, espérant que le cheminement intellectuel du vieil homme, bien que sinueux, l'emmènerait sur le sentier de la vérité. Albert comptait plus sur le café serré pour sortir Markus du brouillard intellectuel dans lequel il plongeait. C'est avec empressement qu'il posa une tasse de café entre les mains de Markus. Ce dernier avala à petites lampées le café trop chaud à son goût, ensuite déposa la tasse vide sur la table basse du salon. Il se frotta les yeux avec une énergie retrouvée.

— Lundi dernier, j'ai reçu par la poste un colis contenant un bol breton et aussi un feuillet. Un envoi anonyme, toutefois le cachet de la poste de Vannes m'a permis d'avoir un premier indice.

— Votre prénom était inscrit sur le bol, se permit de suggérer Audrey, songeant au bol au prénom de Markus, expédié à Tokyo et reçu par Sasuke.

— Non, celui d'Eliott. Fort curieux, n'est-ce pas ? Donc, je me suis empressé de mener des recherches sur la Toile. Belle invention que cet Internet. En quelques clics, j'ai découvert un petit article de presse relatant l'avenir prometteur d'un créateur breton, la photo d'Eliott en médaillon. Mais cet article datait de plus de soixante années, repris par un site consacré à l'histoire de la faïencerie bretonne. D'avenir prometteur, ce talentueux jeune homme ne semblait pas en avoir eu. Je l'ai compris à la suite d'investigations un peu plus poussées, menées dans le cercle familial d'Eliott ou du moins ce qu'il en restait. Disparu sans laisser d'adresse. Un ultime voyage à Paris, c'est ce que m'a indiqué au téléphone une vieille Bretonne, des trémolos dans la voix. Eliott, elle le gardait dans son cœur et m'en a parlé de façon émue. Tout cela m'a fortement intrigué. Mon épouse – je me suis marié jeune et nous n'avons jamais divorcé – m'a incité à poursuivre mon enquête et même poussé à entreprendre ce périple jusqu'à Vannes pour élucider le mystère. Mariage de raison et liberté discrète. Nous sommes très complices, même si nous n'avons que peu partagé la même couche. Albert, tu n'as pas eu le plaisir de rencontrer ma charmante épouse. Sur nos vieux jours, nous nous sommes énormément rapprochés, une amitié complice, voire un amour sincère l'un envers l'autre. Je m'égare, un égarement probablement provoqué par le couple harmonieux que vous ne formerez jamais.

Albert avala de travers et crut s'étrangler avec une feuille de menthe.

Amusée, Audrey se permit de lui donner une petite tape dans le dos et dit :

— Markus, Albert et moi avons de nombreux points communs, comme celui d'être capables de nous étouffer avec une banale feuille de menthe. Mais nous ne nous marierons jamais. J'admire votre femme. Mieux vaut en revenir à Eliott.

— Excusez-moi, je n'aurais pas dû… Oui, Eliott, en conclusion, il a disparu et que cette journée particulière ait été son ultime jour de vie m'est venu à l'esprit. D'autant plus qu'il y avait la lettre accompagnant le colis ou plutôt devrais-je dire la page quadrillée déchirée sur le bord. Une belle écriture, l'utilisation d'une plume à l'encre bleue. Un texte fort énigmatique commençant par le mot « *Mort* ».

Markus sortit de la poche de sa veste en tweed un feuillet. Albert reconnut aussitôt le format de page et l'encre bleue. Était-ce là un des feuillets manquants du journal intime d'Ester ? La suite du texte qu'Albert, tout comme Audrey, avait encore bien à l'esprit. Ester avait écrit « *Moi et mon seau à glace, on s'est retrouvés à terre. La cheminée sur ma droite, les glaçons sur le parquet entre mes pieds. Eliott n'était pas…* »

N'étant pas au courant, Markus en gentil homme, tendit à Audrey le feuillet.

— Audrey, si vous souhaitez le lire, vous pouvez. Je crois qu'il concerne votre grand-mère et aussi votre grand-tante.

Tremblante, Audrey s'exclama :

— Non ! Je ne préfère pas, à moins que vous ne soyez fatigué ou…

Elle s'interrompit, se rendant compte qu'elle avait failli évoquer une nouvelle absence. Markus en aurait été gêné.

— Nul épuisement. Je me sens en pleine forme, le café est un excellent tonique.

Markus positionna sur son nez ses lunettes d'écaille, qui trônaient jusque-là au-dessus de sa tête. Puis il lut :

– « *...mort. Il gémissait. Le coup asséné par Claude n'avait pas été mortel. Claude tenait encore le manche en nacre du miroir dans sa main, incapable de s'en dessaisir. L'arme du crime était le prolongement de son bras et semblait devoir le rester pour l'éternité. Ma sœur s'est emparée d'une serviette brodée qui était sur la table et l'a jetée à terre, en hurlant à Claude : "Cache son visage, je ne veux plus le voir." Les glaçons fondaient, une vilaine mare grossissait et s'étalait sur le parquet ciré. Qu'allait penser ma mère ? Quel juron proférerait mon père ? Un parquet couleur miel irrémédiablement taché par l'eau et le sang. Ma sœur a dit "il a eu ce qu'il méritait" puis s'est tue et m'a regardée fixement. J'étais pétrifiée. Pas une seule larme, je n'ai pu verser. A contrario des glaçons qui fondaient sur le sol, mes larmes ne pouvaient couler, gelées à l'intérieur de moi tout comme mon sang. La froidure de la mort envahissait mon corps. Raideur cadavérique d'une jeune fille qui se considérait comme déjà morte. Eliott ne l'était pas, la serviette blanche se teintait de rouge. Le tissu se souleva sous le souffle d'un râle. Ma sœur recula de deux pas puis avança de trois, elle se pencha, resta un long moment ainsi au-dessus du corps* *d'Eliott. Le dernier bouton de sa robe boutonnée par le devant était défait, dévoilant ses cuisses bronzées. Nul tremblement. Soudain, sans hésiter, d'un geste maîtrisé et ferme, elle appliqua sa paume sur la serviette et attendit, attendit. Le râle s'évanouit. C'est alors que j'ai hurlé, un cri rauque de bête. Ma sœur s'est approchée de moi, s'est agenouillée et a posé sa main rouge du sang d'Eliott sur ma bouche. Je...* »

— Je, quoi ? Cela se termine ainsi sur ce « *je* » ! explosa Albert.

— Pas de suite, un seul feuillet, celui du journal intime d'une jeune fille qui décrit le meurtre d'Eliott.

Albert se calma. Il était temps pour lui, considérant Markus innocent, de lui révéler leur découverte.

— C'est le journal d'Ester. Dans un pupitre d'écolier, nous avons trouvé ce soir le cahier avec uniquement le début de ses confidences terribles. Il était dans le grenier de la maison que vient d'acheter Audrey et qui fut la résidence de sa grand-mère et de sa grand-tante autrefois.

— Ainsi, voilà comment s'est finie cette journée si particulière. Selon vous, Claude aurait blessé gravement Eliott en lui assénant un coup sur la tête avec un miroir et Martine l'aurait achevé. Les monstres ! Un miroir, incroyable !

Audrey s'adressa à Markus.

— Un miroir que j'ai tenu dans mes mains récemment, sans savoir qu'il avait été une arme. Un accessoire féminin pesant, une pièce remarquable de l'époque Charles X, un manche en nacre sculptée, une monture dorée et ciselée, des motifs d'acanthes et surtout, sur le haut du miroir, deux figures féminines drapées portant des paniers de fruits. Du bronze, des angles saillants sur le haut.

— Où était ce miroir ? Était-il fêlé ?

— Non, absolument intact. Ce miroir, ou devrais-je dire l'arme du crime, est resté dans une boîte à chapeau, il appartenait à Ester et lui avait été offert par Sophie.

— Qui est Sophie ?

— Je ne sais pas.

Albert intervint.

— Je nous prépare deux autres mojitos ?

Audrey accepta. Accrocher son palais avec une seconde rasade d'alcool lui parut essentiel, non pas pour avoir les idées plus claires, tout au contraire, mais pour prendre les forces nécessaires pour surmonter le prochain obstacle.

Elle allait devoir se rendre à Conleau et affronter sa grand-mère.

Fringant, Markus se leva du fauteuil, bouscula intentionnellement avec son pied son mouchoir à carreaux et son précieux contenu.

— Les enfants, et moi ? Un mojito, je ne serais pas contre. Je l'ai bien mérité !

— Et tu vas en avoir encore plus besoin. Il faut que tu le saches. Le cadavre d'Eliott, ils ont dû précipitamment le dissimuler dans une pièce secrète qui était attenante à la chambre d'Ester. Probablement qu'il y a quelques jours, voire quelques heures, il y était encore.

Markus se rassit ou plutôt s'effondra puis murmura :

— Celui qui m'a fait parvenir ce bol breton était au courant de tout ? Qui est-il ?

XLIV

RÉSURRECTION

Presqu'île de Conleau

Désorientée, Martine errait sur le sentier côtier qui faisait le tour de la petite île de Conleau. Depuis une heure, peut-être bien plus, elle marchait sans but précis, hormis celui de tenter d'analyser ce qu'elle venait de vivre dans l'appartement d'Audrey. Terrifiante soirée. À peine avait-elle eu le temps de réaliser que, dans la pièce secrète, le cadavre d'Eliott ne se trouvait plus, qu'elle avait cru entendre dans son dos l'appel effrayant d'un être fait de chair et de sang. Cette voix d'outre-tombe provenait du salon, alors qu'elle se tenait, pétrifiée, devant le placard de la chambre jaune. Cette voix masculine l'appelait « Lilas » et ce n'était indubitablement pas celle d'Audrey. Quelqu'un d'autre se trouvait dans l'appartement et la terrorisait. Croyant sa dernière heure venue, elle s'était même enfermée dans le placard. Désormais, la lune éclairait délicieusement ses pas alors que, dans ce placard, les ténèbres avaient enveloppé douloureusement son corps. Soudain, elle se sentit revivre, consciente de s'être sortie de cet affreux cauchemar parce qu'elle avait eu le courage de s'extirper de la pièce secrète et de courir jusqu'à la chambre d'Audrey, d'actionner l'ouverture de la trappe dans le plafond, de chercher la perche et de la débusquer sous le lit, de débloquer le système avec cette perche, de gravir les barreaux de l'échelle sans chuter, de se mettre à l'abri au grenier et finalement de fuir à pas de loup.

Brusquement, encore tout étourdie en repensant à sa mésaventure, Martine s'arrêta et regarda les bateaux au mouillage, entendit les drisses battre au vent, vit les berges verdoyantes de la rivière du Vincin. La nuit n'était plus sombre, son acuité visuelle subitement accrue par une régénérescence miraculeuse, par une résurrection inespérée. Elle redécouvrit Conleau avec les yeux d'une survivante désireuse de profiter intensément de chaque instant du restant de son existence. C'était sur cette presqu'île et nulle part ailleurs qu'elle avait souhaité investir dans la pierre. C'était à Conleau qu'elle finirait sa vie, dans cette station balnéaire qui lui rappelait sa petite enfance. Souvenir de la cabine de bain dans laquelle ses parents déposaient le panier du pique-nique, les serviettes de bain, les seaux et les pelles. Conleau avait conservé un charme désuet avec ses villas d'antan et sa “Grenouillère”, une piscine d'eau de mer qui permettait, quelle que soit la marée, de se rafraîchir et de nager. C'était là, dans cette station balnéaire installée à deux pas de Vannes depuis le

XIXe siècle, sur cette île devenue presqu'île par la construction d'une digue, que Martine comptait bien profiter de ses belles années d'existence à venir. Avec un bonheur décuplé, elle profiterait de son banc public, qu'elle s'appropriait des heures durant, à l'ombre des pins pour se poser pour lire. À la terrasse du Corlazo, elle réchaufferait encore ses vieux os aux rayons du soleil. À l'heure du déjeuner, la vieille dame jouerait des coudes pour avoir une table et viendrait rejoindre les Vannetais actifs, ceux qui s'offraient dépaysement et pause gourmande. L'été prochain, Martine se promit d'enfiler la tenue de la touriste encore alerte, d'embarquer au départ de Conleau pour une traversée vers Séné ou pour une croisière dans le golfe du Morbihan. Cette animation et ce va-et-vient qui parfois déplaisait à Martine, elle se promit de l'apprécier à sa juste valeur. Jamais plus elle ne voulait connaître l'enfermement, que ce soit dans une pièce secrète avec l'odeur putride du cadavre d'un animal dans les narines ou encore dans une vieillesse ennemie. Elle bénissait son investissement récent, qu'elle n'avait pas hésité à faire sur ses vieux jours, s'offrant un ultime plaisir par l'acquisition d'un appartement avec une vue sur la rivière du Vincin. Sereine, elle se décida enfin à rejoindre sa résidence qui ne serait jamais carcérale. Elle n'était pas une criminelle, ne l'avait jamais été et elle devrait rétablir la vérité. Soixante ans qu'elle se considérait comme coupable comme les autres mais certains l'avaient été bien plus qu'elle.

Sac en crocodile sous le bras, Audrey sonna à la porte, anxieuse mais bien décidée à interroger sa grand-mère sur son implication dans l'assassinat d'Eliott. En tenue d'intérieur et sourire aux lèvres, Martine lui ouvrit.

— Je t'attendais. Je suis ravie de constater que tu vas bien. De mon côté, que de péripéties à te conter. Petite précision, fort heureusement, j'avais conservé les clés de mon véhicule et aussi de mon appartement dans ma poche. Sinon, je me serais retrouvée à la rue en pleine nuit. Incorrigible enfant !

Surprise par l'accueil, Audrey restitua le sac à sa propriétaire sans savoir que dire. Sa grand-mère la pria de venir s'installer dans son coin boudoir, comme elle le nommait, et poursuivit sur sa lancée, avec une décontraction déconcertante.

— Il est vrai que j'ai dû précipitamment déserter ta maison. Je précise la tienne puisque c'est désormais la tienne et ne sera plus jamais la mienne. Un bel investissement.

Audrey déglutit. Sa grand-mère l'accueillait tout sourire, venait de lui lancer une petite pique par pure formalité, et c'était tout. Plus question de cadavre, juste des félicitations sur son acquisition immobilière.

— Ma petite, je n'ai pas pu attendre ton retour, contrainte de m'enfuir. Pourtant, à peine étais-tu sortie pour passer ton appel avec mon téléphone que j'ai pris soin de mettre la chaîne de sécurité. Mais un homme était déjà dans la place et se dissimulait dans ton salon. Un vicieux, un pervers, un couard, probablement plié en quatre derrière tes empilements de cartons ou encore caché au milieu de ta jungle tropicale ! Quoi qu'il en soit, cet inconnu murmurait mon deuxième prénom, celui de Lilas, dans l'intention de m'effrayer. Était-il encore chez toi à ton retour ?

— Non, pas de pervers. Alberto m'accompagnait et nous avons fouillé l'appartement, d'ailleurs à ta recherche.

— J'avais pris la fuite en utilisant la trappe pour accéder aux combles, avec une présence d'esprit dont je me félicite et une agilité de jeune fille retrouvée. Au fait, l'odeur putride que tu n'arrivais pas à localiser provient de derrière le placard de la chambre jaune. Relents d'un cadavre faisandé, celui d'un animal en décomposition. Une bête à quatre pattes déposée récemment par un bipède dans cet espace clos. Donc, dans la pièce secrète, ce qui devait normalement s'y trouver n'était plus là. Le cadavre d'Eliott avait disparu, tout au moins son squelette.

L'attitude désinvolte de sa grand-mère étonnait Audrey. Suspicieuse, elle doutait fortement de la véracité des faits entendus. Non seulement cette version impliquait un mystérieux homme dont la présence aurait conduit sa grand-mère à jouer la gymnaste mais encore elle sous-entendait que cette charmante mamie n'avait pas transporté d'ossements au grenier. Cette version semblait à peine crédible d'autant plus que, quelques heures plus tôt, sa grand-mère était prête à tout tenter pour effacer les traces de son crime. Audrey fronça les sourcils puis vit un tube de calmants posé à même la moquette beige.

— Tu m'as l'air relax.

— Relaxée, j'ai avalé quelques comprimés. Mieux vaut voir la vie en rose après avoir vu la mort en face. J'étais morte de peur. Tu as saisi ce que je viens de t'expliquer ? Je me suis retrouvée seule avec un déséquilibré qui murmurait mon prénom !

Audrey déserta son fauteuil crapaud en velours puis se dirigea vers la cuisine pour emplir un grand verre d'eau. De retour dans le boudoir, elle tendit le verre à sa grand-mère.

— Merci, mon enfant, pour ta bienveillance. Je suis déshydratée, j'ai marché une ou deux heures. J'ai dû visiter Conleau de nuit, pour dissiper mes angoisses. J'étais terrifiée puis, au gré de ma déambulation, j'ai compris qu'il fallait que je réagisse. Désormais, égoïstement, je ne penserai plus aux autres mais à moi seule.

— Mamie, tu as toujours été ainsi, centrée sur ta petite personne.

— Faux, je t'ai aidée financièrement.

— Tu as été payée en retour. Un bon placement.

Du regard, Audrey fit le tour de la pièce, d'un beau volume avec une superbe vue sur les eaux du golfe.

— Fin des tergiversations et des apitoiements, mamie, passons aux choses sérieuses. Tu m'as dit que vous étiez tous coupables d'un crime, toi, ta sœur, Markus et Claude. Il y a soixante ans, vous n'étiez pourtant que quatre dans le salon, toi, ta sœur, Claude et Eliott.

— Markus ! Ah, tu l'as contacté et il s'est empressé de clamer son innocence. Mais, il n'est pas blanc comme neige !

— Ce n'est pas lui mais Claude qui a asséné un coup sur la tête d'Eliott, il est tombé à terre, enfin je le suppose. Toi et ta sœur n'auriez pas pu vous en prendre physiquement à Eliott.

— Effectivement, cela s'est passé ainsi. Le coup porté par un miroir ne l'a pas tué mais déstabilisé. Il a chuté et sa tête a heurté le tisonnier, remisé à côté de la cheminée en marbre. Il gémissait…

— Un miroir ? questionna, l'air de rien, Audrey.

— Une arme peu commune, manche en nacre, monture dorée en plomb. Il appartenait à Ester.

Audrey dévisageait Martine, elle aurait voulu hurler : « Tu es un monstre, tu l'as achevé en l'étouffant alors qu'il était à terre, agonisant. Tu as plaqué ta paume sur son visage. Cette serviette blanche teintée de sang hante-t-elle encore tes nuits ? » Mais elle lui dit simplement :

— Lequel d'entre vous a donné le coup de grâce ? Claude, Ester ou toi ?

— Comment as-tu pu imaginer que je me suis acharnée sur un homme à terre ? Ta grand-mère n'est pas une criminelle. Et puis, je n'ai pas à répondre à ta question.

— Ta version des faits, je suis prête à l'entendre et aussi à en avoir la confirmation de la seule autre personne présente dans ce salon, et qui est encore vie. De Claude, ton complice. Où est Claude ?

— Décédé, il y a de cela trois mois.

XLV

L'AVEU

Presqu'île de Conleau

Aménagé entre la salle à manger et la chambre à coucher, l'élégant salon se prêtait à la confidence. Intimité de la pièce, effet cocon des coussins roses, vue sur la rivière du Vincin et aucun vis-à-vis. Boudoir ou bonbonnière, Audrey hésitait à qualifier le lieu. En position semi-allongée, sa grand-mère semblait se prélasser, installée sur une méridienne en velours écru. Audrey était au bord de l'implosion mais se refusait à la brusquer.

— Ainsi, Claude, ton premier mari, vient de décéder.

— Quelle ne fut pas ma surprise de l'apprendre ! J'ai versé quelques larmes, mon amour de jeunesse. Mais ainsi va la vie.

— Quand l'as-tu appris ?

— Hier et fortuitement. Ton histoire de bols bretons me rendait folle ; aussi, j'ai tenté de contacter Claude. C'est là que j'ai su qu'il avait succombé à une attaque cardiaque. Personne ne m'en avait avertie. Sa compagne, il ne s'était pas remarié, connaissait mon existence, donc elle ne fut pas étonnée de mon appel mais uniquement gênée de ne pas m'avoir contactée pour me faire part de la terrible nouvelle. Je n'en ai pas cru un traître mot. J'ai été le premier et assurément le seul grand amour de Claude, elle en avait conscience. Une jalouse. Je dois te l'avouer, j'ai été affectée par la mort de Claude, sans l'être outre mesure. La disparition du cadavre d'Eliott me perturbe bien plus. Est-ce toi qui as déplacé le corps ?

— Non ! Tu es machiavélique et moi pas.

— En conséquence, je serais un monstre de cruauté et toi un modèle de sainteté.

Audrey saisit la paire de lunettes d'écaille de sa grand-mère, posée sur un guéridon.

— Tu vas la mettre sur ton nez et lire un feuillet. Ensuite, tu m'expliqueras comment ce qui est écrit sur cette feuille quadrillée ne fait pas de toi un monstre.

Tout en sortant de la poche de son jean une page pliée en quatre, celle transmise par Markus, Audrey fulminait.

— Lis !

Décontenancée, Martine acquiesça. La voix tremblotante, elle ânonna.

— « *...mort. Il gémissait.* »

Elle mit la feuille sur ses genoux puis retira ses lunettes, essuya les verres avec la manche de sa robe de chambre en soie aux motifs fleuris. Ses doigts tremblaient. Audrey perçut le trouble provoqué par le feuillet.

— Reconnais-tu l'écriture ?

— Bien sûr.

— Poursuis à haute et intelligible voix.

— « *Le coup asséné par Claude n'avait pas été mortel. Claude tenait encore le manche en nacre du miroir dans sa main, incapable de s'en dessaisir. L'arme du crime était le prolongement de son bras et semblait devoir le rester pour l'éternité. Ma sœur s'est emparée d'une serviette brodée qui était sur la table et l'a jetée à terre, en hurlant à Claude : "Cache son visage, je ne veux plus le voir."* »

Subitement, Martine se tut, le regard dans le vide. Audrey s'emporta.

— Ester a expliqué exactement ce qui s'est passé ! Comment tu t'es penchée sur Eliott puis l'as étouffé en appliquant ta paume sur son visage !

— Qui t'a donné ce journal ?

— Markus a reçu un seul feuillet du journal intime de ta sœur, par la poste. Ce soir, il me l'a remis. Tu as tué un homme. Tu l'as achevé alors que Claude l'avait uniquement frappé.

— Tu fais une énorme erreur. Oui, j'ai aussitôt reconnu l'écriture puisque c'est la mienne ! Mon journal intime et non celui d'Ester. Huit jours après la tragédie, Ester et moi sommes montées au grenier et nous avons écrit. Des exutoires, chacune son exutoire.

— Il y avait deux cahiers ?

— Exactement. Quarante-huit heures que nous ne nous adressions plus la parole. Ester sombrait, elle était prête à se suicider, à se mutiler. Ma mère l'avait retrouvée dans la salle de bains, une paire de ciseaux entre les mains, des mèches de ses cheveux sur le carrelage. Dans cette même salle d'eau, je passais des heures, je me lavais le corps, je frottais mes bras au point que ma peau était en sang. Je m'aspergeais de parfum, je vaporisais aussi le moindre recoin de la chambre jaune. L'odeur ! Nous ne pouvions pas déplacer le corps d'Eliott et nous étions incapables de parler l'une avec l'autre de ce que nous avions vécu. Alors nous avons écrit durant toute une nuit. Trois jours plus tard, Ester est apparue dans le salon avec nos deux cahiers entre les mains, mon père fumait sa pipe en lisant son journal, ma mère me montrait comment broder au point de croix. Mes parents étaient concentrés sur leurs tâches mais moi j'étais terrifiée. Alors j'ai vu ma sœur jeter dans le feu les cahiers, les regarder se consumer et attiser les braises à l'aide du tisonnier. Par la suite, jamais nous n'avons évoqué ensemble son acte. Elle avait fait disparaître nos confessions, c'était bien ainsi. Mais voilà, ma sœur était imprévisible, j'aurais dû m'en douter. Elle a réussi à me duper. Dans le feu, au milieu des flammes, j'ai vu ce que je voulais voir, j'ai vu ce qu'elle souhaitait que je voie. Deux cahiers d'écolier partir en fumée.

Audrey était abasourdie. Elle reprit le feuillet et le décrypta. À aucun moment, le prénom d'Ester, de Martine ou même de Lilas n'apparaissait dans le texte. Il était uniquement noté : « *Ma sœur a dit qu'il avait eu ce qu'il méritait, ma sœur appliqua sa paume sur la serviette, ma sœur posa sa main rouge du sang d'Eliott sur ma bouche*. » Si sa grand-mère disait vrai, était-elle en capacité de le prouver ?

— Quelle preuve pourrais-tu m'apporter de ce que tu avances ?

Martine quitta la méridienne et se dirigea vers une commode en merisier. Elle sortit d'un tiroir un album photo. Lorsqu'elle revint s'asseoir, elle tenait une unique photo dans sa main.

— Mon père, ma mère, Ester et moi. Une photo prise en début d'été, il y a soixante ans, ici, sur la plage de Conleau. L'unique photo où l'on voit le visage de ma sœur. Précieux souvenir. Regarde bien ce cliché, Ester te ressemblait. Ce jour-là, elle portait sa robe en taffetas boutonnée sur le devant, celle-là même qu'elle avait le soir du meurtre. À cette époque, moi, j'étais une adepte des jupes serrées à la taille.

Audrey se souvint que sur le feuillet il était noté :

« *Ma sœur resta un long moment au-dessus du corps d'Eliott. Le dernier bouton de sa robe boutonnée par le devant était défait, dévoilant ses cuisses bronzées. Nul tremblement. Soudain sans hésiter, d'un geste maîtrisé et ferme, elle appliqua sa paume sur la serviette et attendit, attendit.* »

— Je croyais que c'était toi. Pourquoi Ester a-t-elle agi ainsi avec une telle haine, une telle détermination ?

— Eliott l'avait violée. Elle est rentrée en pleurs à la maison, la manche de sa robe déchirée, une griffure sur la joue. Désappointée, ne sachant pas ce qui venait de se produire, j'ai déposé le plateau avec les verres en cristal de ma mère sur la table. Ma sœur s'est précipitée dans la cuisine et en est revenue avec un seau à champagne débordant de glaçons. Elle voulait absolument boire un alcool fort. Claude et moi étions abasourdis. J'ai vite compris qu'Ester avait subi un choc émotionnel, voire un traumatisme physique. Claude lui a demandé si c'était Eliott qui l'avait mise dans cet état, elle a acquiescé. Et puis tout a basculé, Eliott a eu le culot de réapparaître. Aucune justification, nul geste de compassion envers Ester. Il allait même se servir un verre de scotch. Claude ne l'a pas supporté. Étrange, je ne sais même pas quelle fut la véritable raison de l'emportement de Claude : ce scotch sacré, celui de mon père, ou bien ce viol. Ensuite tout est allé si vite. Est-ce qu'Ester s'est interposée ? Comment le seau et les glaçons se sont retrouvés sur le parquet ? Seule certitude, Ester n'était pas seule coupable, même si c'est elle qui a sciemment étouffé Eliott. Nous étions tous coupables de complicité. Complices d'avoir poussé Eliott à se croire intouchable. Nous ne souhaitions qu'une chose, séduire Eliott, accéder à ses moindres désirs, devenir son ami ou bien son amante, voire amant. Markus a abandonné Ester entre les griffes d'Eliott, lui laissant carte blanche pour satisfaire, disons, ses besoins. Je n'étais pas plus innocente que lui en cette fin d'après-midi d'été, je voulais tant avoir Eliott pour moi seule, le conviant même à venir prendre un verre chez moi en espérant secrètement que les autres ne nous suivent pas. Claude, lui, était sous le charme. Il appréciait qu'un homme tel qu'Eliott, talentueux et beau, fasse partie de sa cour. Quant à Ester, la plus jeune, celle qui se trouvait honorée de pouvoir se joindre à notre bande, elle aussi a contribué à sa perte en acceptant de suivre Eliott dans sa chambre de bonne. Pauvre sotte, qu'avait-elle imaginé ? Un baiser langoureux !

— L'enfant d'Ester était d'Eliott ?

— Oui et elle a assassiné le père de son enfant.

XLVI

FRISSONS

Presqu'île de Conleau

Audrey ouvrit la baie vitrée, un air frais et iodé pénétra dans le boudoir. Elle vint se rasseoir dans le fauteuil crapaud. Consentement d'Ester, aucunement, de cela Audrey en était convaincue. Ester avait dit non à Eliott et la jeune fille s'était débattue lorsqu'il avait abusé d'elle. Griffée à la joue, la robe déchirée, elle était rentrée en pleurs à son domicile. Indubitablement, c'était un viol sur mineur qu'avait commis Eliott. Mais à cette époque, impossible d'exposer de tels faits et surtout d'étaler cette honte au grand jour. Mieux valait éviter le procès du déshonneur. D'ailleurs, dans une telle affaire, de quel côté le grand public se serait-il placé ? Quant à la justice ? La balance n'aurait pas forcément penché du côté d'Ester. Consternée, Audrey analysait qu'Ester avait été une victime tout autant qu'une meurtrière.

— Mamie, cela a dû être effroyable pour ta sœur et aussi pour toi.

— Une journée particulière qui hante encore mes jours et mes nuits. Une chaleur étouffante qui n'a de cesse de m'oppresser, tout comme ce fut le cas ce soir-là. Eliott venait de commettre le pire des forfaits en toute impunité. D'ailleurs nul sentiment de culpabilité ne l'avait assailli, c'est avec décontraction qu'il avait rejoint Claude et moi-même, sachant pertinemment qu'Ester serait présente à nos côtés.

— Un viol, mamie !

— Ma chérie, c'était avant les années 1960, les femmes n'avaient que peu droit à la parole. Si je puis me faire l'avocat du diable, Ester n'avait pas été agressée par un inconnu en pleine nuit dans un square mais par un jeune homme qui l'attirait physiquement, qui l'avait invitée à l'accompagner dans sa chambre, et ce sans user de la force. Eliott aurait invoqué un simple jeu qui avait mal tourné, une terrible méprise voire une incompréhension. Peut-être que même, craignant pour sa vie, ma sœur ne s'était plus débattue. Ainsi, elle avait subi.

— Mais jamais n'avait consenti ! Alors ta sœur l'a achevé parce que son violeur était à terre, à sa merci. Œil pour œil, dent pour dent ! Ester s'est fait justice elle-même. La loi du Talion… Ainsi Albert nommerait-il cet acte.

— Mais cette loi ne dit-elle pas que si un homme, ou en l'occurrence une femme, frappe à mort un être humain, quel qu'il soit, il sera mis à mort.

— Sacrée punition ! Ta sœur n'a pas survécu à l'accouchement.

— Oui, la mort était dans son ventre. Lorsque Ester a su qu'elle était enceinte, elle aurait voulu extirper de son utérus ce qu'elle nommait « la bête ». Viol, meurtre et avortement, un triptyque infernal. Impossible d'avorter. Elle a grossi, la bête enflait et ma mère s'en est aperçue. Ester, enceinte, mes parents l'ont confiée à une cousine périgourdine. Mieux valait éloigner l'impure de la bonne société vannetaise. Mon père a pris les choses en main pour que sa fille accouche d'un bâtard. Mon père qualifiait ainsi son futur petit-fils, et ce dans la plus grande discrétion. Pire, mes parents n'ont pas souhaité savoir avec qui leur fille indigne avait fauté. Difficile à admettre à l'époque actuelle. Fort heureusement, les mœurs ont évolué dans le bon sens.

— Qu'est-il advenu du nourrisson ?

— Mort-né. Fin de l'histoire. Trois morts, Eliott, Ester et leur enfant. Moi, j'ai épousé Claude dans les mois qui suivirent. Malheureusement, le poids de notre secret commun a vite brisé notre couple. Pourtant, il n'était pas au courant de tout. J'avais fait croire à Claude qu'Ester et moi avions pu déplacer le corps d'Eliott et que jamais personne ne le retrouverait. Ester décédée, elle ne pouvait me contredire. Un mensonge, tant de mensonges ! Pendant près de soixante ans, j'ai vécu dans l'angoisse de la découverte du cadavre d'Eliott. Tu as acheté cette maison et j'ai cru qu'enfin je pourrais mettre un point final à toute cette ténébreuse histoire. Mais quelqu'un a été plus prompt que moi à agir. Celui qui t'a fait parvenir ces bols, ces messages surprenants, c'est lui qui a déplacé le corps.

— Peut-être pas.

Regardant par la baie vitrée entrouverte, Audrey aperçut les feux de navigation d'un voilier au mouillage. Les lumières allaient et venaient au gré du vent et d'une légère houle, tout comme son esprit qui oscillait.

Devait-elle parler du crâne entraperçu par Albert dans la pièce secrète ?

— Audrey, tu me caches quelque chose.

— Non. Je songe uniquement aux messages. Ils sont incohérents. Hier matin, je reçois un mail en référence aux bols et surtout aux prénoms, m'indiquant que lorsque j'aurai réussi à savoir qui étaient ces personnes, je devrai choisir et sacrifier l'une d'elles pour sauver les autres. Quelques heures plus tard, c'est dans ma boîte aux lettres que je découvre une enveloppe sur laquelle était notée une affirmation du genre « *vous ne vous décidiez pas, j'ai choisi pour vous* ». Absurde. Personne n'a été sacrifié et surtout pas en quelques heures. Ester et Eliott sont morts depuis des décennies et Claude depuis trois mois. Toi et Markus êtes bien en vie. Seule Sophie reste une énigme.

Martine frissonna. Elle déserta la méridienne et fit coulisser la baie vitrée.

— Tu as senti, ce courant d'air glaçant ?

— L'esprit d'un revenant. Trêve de plaisanterie. Associer Sophie à tante Lisbeth, une étrangeté que je ne m'explique pas. Albert est aussi circonspect que moi. En tout cas, ta fille se porte bien.

Martine haussa les épaules.

— Ma chérie, si les messages sont curieux, les bols sont des curiosités. Vieux, usés, en leur fond des décors peints à la main.

— Et qui sont bien en accord avec les personnalités de celles désignées par leurs prénoms. Une clé d'horloger pour Markus. En ce qui te concerne, une Bretonne en compagnie de deux hommes. Pour Sophie, une vieille femme, en référence à sa phobie de vieillir. Deux types d'indices semés sur ma route, les uns ancrés dans le présent et d'autres surgissant du passé. C'est comme si celui qui m'avait transmis les messages et usurpé mon identité, se faisant passer pour moi à plusieurs reprises, s'était servi de vieux bols qu'il aurait dénichés dans une malle, dans le grenier d'un brocanteur ou même dans un musée de la Faïence bretonne. Du genre articles invendus, reliques, souvenirs dont on ne peut se séparer.

Soudain, une brise fraîche venant de l'extérieur fit frémir Martine. Elle resserra la ceinture de sa robe de chambre en soie.

— Tu disais, des reliques.

— Ces bols ne sont pas des objets du présent mais du passé alors que les e-mails, les envois en express à l'autre bout du monde… Lundi, quand j'ai reçu le colis, j'ai pensé qu'un voisin branché tradition bretonne m'offrait un cadeau pour mon emménagement ou que quelqu'un me faisait un appel du pied pour que je l'invite à ma fête d'anniversaire. Mais il n'y avait aucun bol à mon prénom. Tu vois ce que je veux dire, des cadeaux mais pas le genre de cadeaux que l'on ferait de nos jours. En plus, pourquoi m'offrir un bol avec le prénom de Lilas, alors que je me prénomme Audrey.

— Bien sûr, ta réflexion est pertinente. Une façon de remercier, une attention désuète et personnalisée. Je pense avoir compris d'où viennent ces vieux bols.

Étonnée, Audrey fixait sa grand-mère. Un arrêt sur image, la vieille dame semblait décontenancée, ayant trouvé la clé du mystère.

— Mon enfant… Tout droit de l'atelier d'un talentueux décorateur. Je suis persuadée que ces bols datent d'une soixantaine d'années et qu'Eliott avait créé un décor personnalisé sur chacun d'eux, souhaitant les offrir en main propre aux heureux élus.

— À ses amis. À Markus qui était déjà féru d'horlogerie à l'époque, à toi, à Ester, ou encore à Claude.

— Et il avait même façonné un bol, voire plusieurs, à son nom. Cet été-là, il s'était rendu deux ou trois fois dans le Finistère dans un atelier de faïencerie et il a très bien pu faire cuire plusieurs pièces, que l'on appelle des biscuits, avec des décors réalisés par ses soins.

— Quelqu'un aurait mis la main sur ces bols qu'il ne vous avait jamais offerts et s'en serait servi pour me forcer à fouiller dans le passé.

— Fort probable.

— Hypothèse intéressante mais avec un hiatus. Le bol de Sophie. Il ne peut être en lien avec tante Lisbeth, qui n'était même pas née au moment du décès d'Eliott. À moins qu'il n'existe une autre Sophie, celle qui a offert à Ester le miroir à main, l'arme du crime.

Étudiant la réaction de sa grand-mère, Audrey perçut un trouble. Ses doigts s'agitaient, ses lèvres furent prises de tremblements, un frisson secoua tout son corps.

— Mamie, je te sens fébrile. Ce prénom, celui de Sophie, te perturbe. Qui était-elle ? Cette personne déjà âgée au moment du drame, que connaissait sans doute Eliott et qu'appréciait Ester. Et toi, quels étaient tes rapports avec Sophie ?

— Audrey, il est temps que tu le saches. Les os de Sophie ne la font plus souffrir depuis très longtemps, fichtrement longtemps. Ce fut la meilleure amie d'Ester et jamais ce ne fut la mienne.

XLVII

LA REVENANTE

Presqu'île de Conleau

Audrey monta dans sa Triumph, stationnée sur un petit parking situé sur l'île de Conleau, à deux pas de la guinguette. Avant de mettre le contact, elle se laissa le temps de la réflexion. Elle revoyait sa grand-mère lui révélant l'identité de Sophie. Excitation, sidération puis soulagement de l'aveu. Assommée sous l'effet des tranquillisants, la vieille femme s'était vite assoupie. Tendrement, Audrey avait posé sa paume sur le visage ridé de sa grand-mère. Une caresse avant de la quitter, un dernier regard furtif. Martine reposait, alanguie, sur sa méridienne, le col de sa robe de chambre relevé, sa paire de lunettes d'écaille posée sur le feuillet quadrillé. La page lui revenait de droit, celle de son journal intime, celle du cahier d'écolier d'une jeune fille qui avait vécu l'enfer ou encore d'une vieille femme qui venait de faire revivre un passé douloureux. Coupable, elle l'avait été. Se confier à sa petite-fille lui avait peut-être permis de fissurer la carapace qu'elle s'était forgée au fil des années. Nulle dénonciation à envisager, lui avait promis Audrey, la criminelle étant morte. D'ailleurs, hormis Martine, qui se souvenait encore d'Eliott et d'Ester ? L'espace d'une soirée, la vieille femme leur avait redonné vie et souhaitait qu'ils reposent dorénavant en paix. Pourtant, en deux jours, ils avaient pris une place considérable dans la vie d'Audrey, au point que leur ténébreuse histoire était désormais la sienne. Ester, cette grand-tante à laquelle Audrey ressemblait physiquement, l'accompagnait dans l'habitacle de la voiture. Un fantôme, tout comme l'avait été Sophie.

Dans dix minutes, Audrey serait chez elle. Elle roula, longeant les berges de la Marle. Le chenal sur sa droite puis le port de Vannes, elle les discerna à peine. La voiture qui la suivait depuis Conleau, elle ne la remarqua pas. Elle fixait la route, songeant au destin tragique d'Ester. Violée à quinze ans, décédée à seize. Audrey posa sa paume sur le levier chromé pour passer une vitesse et ressentit un malaise, comme un poids qui la forçait à maintenir sa main sur ce levier. Une poigne invisible et vigoureuse exerçait une pression, celle du fantôme d'Ester. Poigne vengeresse de cette demoiselle qui avait achevé son violeur. Main libératrice de cette adolescente qui, en guise de testament expiatoire, avait noirci les pages de son journal intime. Main calculatrice de cette femme qui avait jeté dans les flammes deux cahiers d'écolier totalement vierges. Brusquement, la pression s'estompa et Audrey s'agrippa à son volant. Ester venait de la quitter, son fantôme s'en était allé. Audrey stationna sa Triumph sur sa place de parking privée dans le centre de Vannes. Bientôt, elle serait dans sa maison, celle dans laquelle avait vécu Ester. Dans la chambre jaune, est-ce que le spectre d'Ester l'attendait ? Hantait-il la pièce secrète, le spectre de cette jeune fille en fleur, celle qui portait autrefois des robes fleuries, se parfumait à la rose de Damas, repositionnait ses boucles blondes en regardant son reflet dans un merveilleux miroir avec un manche en nacre. Ou était-ce l'ombre d'une enfant qui serait au rendez-vous, celle de la petite fille qui dormait dans la chambre jaune et espérait, le soir venu, que Sophie, sa meilleure amie, vienne la border dans son lit ?

Ainsi, durant plus de dix ans, Sophie avait pris soin d'Ester. Mais Sophie, seule Ester la connaissait. Cette amie imaginaire était douce, compréhensive, attentionnée et discrète. C'était uniquement lorsque toute la maisonnée était endormie qu'elle apparaissait. Au fil des ans, ce personnage fictif avait même partagé le quotidien de toute la famille parce que Ester la faisait exister au travers de ses mots d'enfant. Le dimanche, Germaine pâtissait et coupait la tarte en cinq parts égales, remettant à Ester une part pour sa secrète amie. Les parents d'Ester avaient analysé ce phénomène et restaient persuadés qu'il se résorberait de lui-même avec la socialisation de leur fille cadette. Quant à Martine, elle s'en amusait et même tournait en ridicule cette amitié pour cette vieille femme bossue, ainsi la décrivait sa sœur. Mettre dans la confidence Eliott, Markus et Claude avait été jouissif pour Martine, désireuse d'humilier sa petite sœur. Révéler l'existence de Sophie avait permis à Martine de pointer du doigt l'esprit torturé de sa cadette, noircissant la beauté intérieure d'Ester et occultant ainsi sa beauté physique.

Étonnante confidence que venait de faire à Audrey sa grand-mère. Ce qui l'avait perturbée, c'était que jamais Martine n'avait songé qu'Ester ait pu dire vrai. Sophie n'était peut-être pas un personnage fictif sorti de l'imagination débordante d'une enfant. Et si Sophie n'avait pas été une invention ? D'ailleurs, cette femme âgée et bossue n'effrayait pas la petite, tout au contraire, elle l'apaisait, la réconfortait. Cette revenante qui venait chanter des berceuses à Ester, depuis sa plus tendre enfance, c'était bien Sophie. Audrey se sentait connectée à Ester. La présence d'un fantôme, c'était ce qu'Audrey avait elle aussi ressenti dans sa maison. Un intrus entrait et venait à sa guise. Il avait impunément déposé un pot de peinture dans son salon. Il s'était faufilé dans la chambre jaune pour commettre ses forfaits, entreposant une hermine en décomposition, dissimulant un crâne sous un tas de chiffons puis le faisant disparaître en une fraction de seconde. Mais contrairement à Ester, Audrey ne croyait pas au passe-muraille. Si, à six ans, une enfant s'invente une amie imaginaire, à bientôt quarante ans, une adulte réfléchit de façon rationnelle. Que ce fantôme erre, l'âme en peine, dans cette chambre jaune et ce depuis des décennies, Audrey ne le croyait pas. Sophie n'avait probablement pas plus été une revenante que son intrus, un passe-muraille. Des êtres de chair et de sang avaient su utiliser une arme secrète. Un tour de magicien facilité par la configuration du lieu. Audrey se souvint qu'enfant, sa tante Lisbeth lui avait dévoilé un tour de magie, celui de la Malle des Indes. Apparaître et disparaître comme par enchantement en usant d'un tour de passe-passe. L'illusionniste entrait dans la malle puis s'évanouissait, s'évadant par une fermeture dans le fond, une trappe dans le sol sur lequel reposait le coffre. Audrey eut l'intime conviction que dans la chambre jaune, derrière le placard, la pièce secrète n'était ni plus ni moins qu'une Malle des Indes. Il lui fallait découvrir le passage secret qui permettait d'entrer dans la pièce en venant de l'extérieur. Ni elle ni Albert n'avaient pris le temps de faire une fouille dans les règles, de vérifier le sol et les murs. Existait-il une trappe, une porte, un passage secret extrêmement bien dissimulé et qu'ils n'auraient pas vu ? Pétrifiés face à la découverte du cadavre d'un animal et rebutés par l'odeur putride, ils avaient été encouragés sans même en prendre conscience à s'extirper au plus vite de ce sombre cagibi. Avaient-ils baissé la garde sans même livrer de combat ? À force de chercher, qu'auraient-ils mis au jour : un escalier secret pour accéder aux combles ou descendre au rez-de-chaussée, une porte pour passer dans la maison voisine ? Ce n'était pas un hôtel particulier ; il y avait des murs mitoyens. L'un des murs de la pièce secrète jouxtait celui de la propriété de son voisin de droite.

Audrey envoya un SMS à Albert, qui devait être fou d'inquiétude. Elle lui demanda de la rejoindre devant chez elle. Audrey avait tant à lui apprendre, le prénom de la meurtrière, le mobile du crime, la complicité de sa grand-mère, l'implication relative de Markus, l'origine de la dizaine de bols bretons. Elle lui expliquerait et ensuite, c'est ensemble qu'il percerait le mystère de la chambre jaune.

XLVIII

LE MYSTÈRE

Centre-ville de Vannes

Face à sa maison, Audrey se mit à imaginer l'évolution de la configuration des lieux au fil des ans. Si la façade n'avait été que peu modifiée en deux siècles, hormis récemment par un artiste peintre anonyme, l'intérieur de la maison avait été réaménagé à plusieurs reprises. Autrefois, sous la chambre jaune située au premier étage, se trouvait en rez-de-chaussée un coin de l'immense salle à manger, attenante à un fumoir. Désormais, à l'à-pic, il y avait l'appartement occupé par les Roubaix et plus précisément une salle de bains.

Après avoir rejoint Audrey devant sa maison, Albert lui proposa de déambuler dans un dédale de ruelles serpentant dans la vieille ville, au milieu des maisons à colombages et des monuments en granit. La nuit enveloppait le vieux Vannes. Audrey rapporta à son ami l'intégralité des confidences de sa grand-mère et aussi ses propres conclusions. Stupéfait mais aussi satisfait d'apprendre que Markus, son maître horloger, n'avait pas pris part au meurtre, Albert s'interrogeait sur la suite à donner à l'affaire du passe-muraille. Il était inquiet. Jusqu'à présent, leur réflexion s'était apparentée à une déambulation identique à celle qui les entraînait au cœur de la cité. N'avaient-ils pas suivi un labyrinthe sinueux fait d'impasses et de fausses pistes, un tracé destiné à perdre ou à ralentir celui qui cherchait désespérément à s'en échapper ? Tournant en rond, ils avaient erré. Mais Albert pressentait qu'il était proche du but. Bientôt il sortirait de ce labyrinthe en suivant la piste de la pièce secrète. Ils revinrent sur leurs pas et empruntèrent l'épaisse porte Prison. Brusquement, Albert attrapa par la taille Audrey et la souleva du sol. Lorsqu'il la reposa à terre, il lui dit.

— Ma cocotte, l'heure de vérité est proche. Partons à l'attaque de la maison hantée !

— Et si mon intrus, mon fantôme était encore chez moi ?

— J'y ai songé. Pire, s'il était dans notre dos à épier nos moindres gestes ? Nous allons raser les murs de la ville, nous cacher sous un porche et lorsque nous serons absolument certains de ne pas être suivis, nous foncerons en direction de ta maison. Il faudra agir vite. Une fois à l'intérieur, nous n'allons ni éclairer le couloir ni passer par la porte de ton appartement. C'est par le grenier que nous accéderons à ta chambre en utilisant la trappe du plafond et l'escalier escamotable. Nous allons devoir faire preuve d'une extrême discrétion pour nous introduire dans la chambre jaune puis entamer nos fouilles dans l'obscurité.

Quelques minutes plus tard, Albert prit la main d'Audrey pour la forcer à franchir le seuil de la chambre jaune. Éclairant les quatre coins de la pièce secrète avec le faisceau lumineux de son smartphone, Albert se mit à donner des petits coups discrets sur les parois. Les murs sonnaient plein, ce qui lui fit écarter l'hypothèse d'une seconde porte d'accès. Restait à sonder le plafond et le sol. Soudain, il renifla et analysa l'erreur qu'il avait commise, ne pas avoir songé à fouiller sous le tas de chiffons. Au centre du cagibi, un mètre carré d'espace non exploré, une surface masquée par un monticule de chiffons. L'hermine en décomposition l'avait rebuté, ensuite la découverte d'un crâne l'avait pétrifié. Des repoussoirs subtils mis en travers de sa route. Il s'agenouilla et, prenant son courage à deux mains, repoussa le tas de chiffons et la bête tout contre le mur. Alors apparut une plaque de contreplaqué qu'il souleva, mettant ainsi au jour un trou béant creusé à coups de masse dans le plafond et un amas de plâtre en contrebas. Ahurie, Audrey étouffa sa rage et murmura :

— Ils ont défoncé le plafond et je n'ai rien entendu.

— Rusés, les tourtereaux. Le piano, c'est comme cela qu'ils s'y sont pris. Ils ont profité de ton absence pour commencer leur chantier. Ton locataire a achevé son œuvre destructrice pendant que sa charmante épouse jouait la sonate *Au clair de lune* de Beethoven.

— Effarant. Les Roubaix ont emménagé chez moi en vue de me persécuter. Mais comment pouvaient-ils être au courant de l'existence de la pièce secrète et de sa position exacte dans mon appartement ?

— A priori, pas un gruyère mais bien un unique trou dans le fromage. Bon, imagé mais compte tenu de l'odeur, je me permets la métaphore. Donc, quelqu'un leur avait révélé le mystère de la chambre jaune.

Albert éclaira les lattes de parquet.

— Constate de visu. Les Roubaix n'ont pas eu à découper le parquet, il devait y avoir une trappe en bois, qu'ils ont juste pris le soin de retirer. Peut-être un ancien passe-plat, un vieux monte-charge.

Audrey se pencha au-dessus du trou béant.

— Une salle de bains aujourd'hui mais autrefois le recoin d'une grande salle à manger. J'aperçois un escabeau.

— Bon, mieux vaut ne pas rester là. Sophie n'a probablement jamais été un fantôme, pas plus que ton persécuteur un passe-muraille. Néanmoins, ce n'est pas très rassurant de comprendre que ceux qui ont élu domicile en bas de chez toi sont des malades à l'esprit torturé, des maîtres dans l'art de l'acrobatie, prompts à manier la masse.

Tout en douceur, Albert repositionna la plaque

de contreplaqué, remit en place le tas de chiffons ainsi que le corps de l'hermine. Ensuite, il chuchota.

— Débriefing au grenier.

Les combles avaient été un refuge pour Ester et Martine et le redevinrent pour Audrey et Albert.

Assise à même le parquet, Audrey cala sa tête tout contre l'épaule de son ami. Il parla d'une voix douce et apaisée.

— Étranges, ces Roubaix. Grâce à eux et à leurs agissements machiavéliques, nous nous retrouvons là ce soir à jouer les amoureux. Quand tu avais douze ans, tu adorais te pelotonner tout contre moi. C'était si bon et cela l'est encore. Quelle folle nuit, ma cocotte !

— Ce couple a tout manigancé.

— Les coupables démasqués, le voile se lève enfin sur toutes leurs magouilles. Les colis, les messages, le mot dans ta boîte aux lettres, la déco de ta porte d'entrée, l'hermine crevée, le crâne voyageur, le pot de peinture jaune et même le pack de bières brunes.

— Franchement pas leur style, ce pack de bières. Enfin, ils cachent bien leur jeu. Ils ont réussi à se faire louer l'appartement, en recrutant quelqu'un qui me ressemble physiquement, dupant ainsi l'agent immobilier. Diabolique ! Expédier des bols à mes collègues au Japon et aux États-Unis.

— Et en Suisse, à Markus.

Audrey s'écarta d'Albert.

— Ces bols décorés par Eliott, quelqu'un a bien dû les leur remettre. Tout comme la page du journal intime de ma grand-mère. Qui sont ces gens ? Et pourquoi ont-ils fait cela ?

— Précisément, pourquoi se sont-ils donné autant de mal pour le faire ? Préméditation, anticipation, machination.

— Ils souhaitent me déposséder de cette maison, me faire passer pour folle.

— Non, je ne le crois pas. Ils ont joué les aiguillons. En à peine cinq jours, tu as tout découvert et surtout l'essentiel : ici même, il y a soixante ans, Eliott a été assassiné par ta grand-tante et justice n'a jamais été rendue. Peut-être de lointains descendants de la victime qui crieraient vengeance ?

— Improbable, Eliott n'a pas d'enfant ou... un petit mort-né.

— Alors qui aurait pu convaincre les Roubaix de se transformer en justiciers, en chasseurs de cold case ?

— OK, mes terrifiants locataires l'ont fait. Pourquoi ? Pour qui ? On ne sait pas. En tout cas, s'ils avaient voulu dénoncer ce meurtre, il leur aurait été bien plus simple de sortir le squelette d'Eliott de leur chapeau. Bien plus sensé d'aller dire à la police qu'il y avait un corps chez moi !

— Peut-être que cette pièce à conviction, enfin si je puis m'exprimer ainsi, a disparu depuis belle lurette. Sans cette preuve, restaient des miettes inexploitables, uniquement des allégations fondées sur de maigres preuves. Le seul élément tangible était la page du journal de ta grand-mère, qui relate les circonstances du crime, et les Roubaix s'en sont séparés, la transmettant à Markus. Séparation douloureuse qui a dû leur coûter mais qui a été payante. Markus a quitté sa Suisse adorée pour entreprendre un voyage épuisant ! Pourtant je suis convaincu que l'intention des Roubaix est de prouver que le crime a bien eu lieu. Opération délicate, sans preuve matérielle inattaquable et surtout sans aveux.

— Alberto, le seul témoin encore en vie, ma grand-mère, n'avouera jamais. Son souhait le plus cher, que ce crime reste enfoui au plus profond des entrailles de la terre.

— Dans le salon, au moment de l'assassinat, en dehors d'Eliott et d'Ester, uniquement deux témoins, Claude et Martine. Markus n'était ni présent ni au courant du meurtre. Martine ne dira rien, comme tu viens de me l'indiquer. D'ailleurs, elle aussi pensait que le corps était encore dans la chambre jaune. Ne reste plus que Claude, ce type mort, il y a trois mois.

— Les bols, Claude aurait très bien pu les récupérer dans la chambre de bonne d'Eliott. Un paquetage et hop dans le train pour Paris en se faisant passer pour Eliott ! Mais au préalable, un grand ménage dans le studio pour effacer toutes les traces de leur amitié, en l'occurrence ces bols.

— Ils les auraient conservés toutes ces années et ensuite remis aux Roubaix ? Pourquoi Claude, complice du meurtre d'Eliott et pas spécialement blanc comme neige, aurait-il souhaité soixante ans après que la vérité éclate au grand jour ? Cela aurait été comme se tirer une balle dans le pied !

Audrey se pelotonna tout contre Albert.

— Markus et Lilas Roubaix, qui sont-ils réellement ?

XLIX

LE MOBILE

L'étau se resserrait. Tout tournait désormais autour de Claude et des Roubaix. Albert sortit son smartphone de la poche arrière de son jean. Dans le grenier, il captait mal et ne pouvait entreprendre une recherche via le Net sur les Roubaix. Encore fallait-il que ce soit leur véritable nom ? Quant à fouiller dans la vie de Claude, cela lui était non seulement matériellement impossible mais encore s'avérait être une idée totalement surréaliste. N'ayant pas de patronyme, Claude demeurerait un inconnu jusqu'à ce que Martine daigne révéler l'identité de son premier époux.

— Audrey, il nous faut quitter ce grenier.

— Non ! C'est trop confus pour moi, aide-moi d'abord à remettre mes idées au clair. Et puis, n'imagine pas que je vais aller frapper à la porte des Roubaix pour leur expliquer que nous venons de découvrir qu'ils avaient saccagé mon appartement en l'espace de quelques heures. Un trou dans le plafond de la salle de bains !

— Ma cocotte, par moments, tu dérailles. Effectivement, tout est confus mais cela l'est depuis cinq jours. Du costaud, ton affaire. Reste sagement assise à mes côtés et écoute ma version des faits. D'abord, revenons à Claude, au jeune homme et pas au vieux monsieur. L'été du drame, Claude conduisait une traction avant noire, aimait parader au milieu de sa petite cour d'amis dont faisait partie Ester. Il allait se marier avec Martine, fréquentait cette maison et lorgnait le scotch de son futur beau-père. Il était au courant de pas mal de choses, de l'existence non seulement de la pièce secrète mais aussi de la trappe dans le sol. Soit il a tout découvert seul, soit Ester le lui a appris. Cette jeune fille m'avait tout l'air d'être intelligente. Qu'à six ans, elle invente une amie imaginaire se conçoit mais qu'à quinze elle y croit encore… À sa place, n'aurais-tu pas fouillé ta chambre et vite repéré la trappe utilisée par un soi-disant fantôme ? De surcroît, cette Sophie ne l'effrayait plus.

— Ma grand-mère ne savait rien concernant cette trappe. Si elle l'avait su, elle l'aurait utilisée pour faire disparaître le corps d'Eliott, plutôt que de vivre dans l'angoisse toutes ces années. Par contre, puisque Ester connaissait l'existence de cette ouverture, pourquoi n'a-t-elle rien dit à sa sœur ? À moins… qu'elle n'ait voulu agir seule ?

— Que ce soit Ester qui ait fait disparaître le corps d'Eliott, j'en suis convaincu. Soit en sollicitant Sophie, une vieille femme mystérieuse mais bien réelle, soit en demandant à Claude de l'assister. Cette dernière hypothèse, je l'écarte. Claude ne fut pas impliqué et a toujours cru en la version de Martine, celle qui accréditait l'enlèvement du corps par les deux sœurs. Donc Ester a réussi à faire sortir le cadavre d'Eliott de la maison, sans en parler à sa sœur. Peut-être qu'elle n'a pas eu le temps de partager avec Martine son exploit, cette source de délivrance, puisque envoyée dans le Périgord en urgence. Selon moi, le corps d'Eliott est resté dans la pièce secrète quelques jours, quelques semaines au plus. En soixante ans, il y a eu trop de passages dans cette maison et surtout des travaux importants au rez-de-chaussée. Quant au crâne que j'ai entraperçu sous le tas de chiffons, je doute que ce soit celui d'Eliott. Un subtil artifice utilisé par les Roubaix pour me faire déguerpir au pas de course et ainsi m'éloigner de la trappe. Si je t'affirme qu'Ester n'a pas pu agir en solo, c'est que, physiquement, elle n'aurait pas pu descendre seule le corps. Alors, elle a supplié celle qui la bordait depuis tant d'années de lui venir en aide. À qui se confiait-elle ? Qui pouvait l'assister pour déplacer le corps ? Qui aurait gardé un tel secret et ce jusqu'à sa mort ?

— Bien vu. Sophie, son amie imaginaire qui était en réalité une vieille femme prête à tout pour sauver Ester.

— Je t'ai donné ma position sur l'affaire de la disparition du cadavre d'Eliott. Maintenant venons-en à Claude, le vieux monsieur. Cela fait bien trois mois que Claude est décédé. Pour monter ce coup pendable, il n'en fallait pas tant aux Roubaix. Seul

Claude a pu leur livrer les pièces nécessaires à la réalisation de ce mécanisme d'horlogerie sophistiqué. L'existence d'une pièce secrète dans la chambre jaune et d'une trappe permettant d'accéder à l'étage inférieur. La dizaine de vieux bols bretons avec les prénoms de sa fine bande d'amis de jeunesse. Une feuille déchirée, eue par je ne sais quel hasard, celle du journal intime de Martine. Je crois que Claude avait même en sa possession les cahiers d'écolier contenant les confidences des deux sœurs.

— Conclusion, les Roubaix, tuyautés par Claude, montent leur stratagème. Pourquoi devenir le bras armé d'un Claude subitement assoiffé de justice ?

— Question fort intéressante et ma réponse ne te satisfera pas. Néanmoins, je te l'expose. Sentant sa mort prochaine, il veut expier sa faute, que la vérité éclate au grand jour. Mais il ne dispose que de piètres éléments. Sans le corps d'Eliott, il ne peut même pas prouver qu'il y a bien eu un meurtre. Alerter la police ne lui servirait à rien. Même s'il avouait avoir été témoin, voire complice d'un meurtre perpétré dans les années 1960, sa parole de repenti serait mise en doute.

— Peu crédible. Claude n'avait aucun intérêt à agir ainsi. Une seule certitude, les Roubaix sont bien mes persécuteurs. Mais quel est leur mobile ?

Albert détailla la petite lucarne par laquelle filtraient les lumières de la ville de Vannes, les mansardes poussiéreuses, l'amas de mobilier dans un coin, le pupitre d'écolier et un grand espace vide. N'était-ce pas là une scène de théâtre avec deux uniques acteurs plongés dans l'obscurité ?

— Audrey, c'est une mise en scène théâtrale. Les Roubaix ont écrit le script. Ils interprètent un rôle et nous suivons leurs règles, acteurs manipulés que nous sommes.

— Quel script ?

— L'épilogue sera, soixante après, la disparition inquiétante d'un jeune artiste enfin élucidée, Martine Doubriac était la meurtrière. D'ailleurs nous l'avons cru jusqu'à il y a peu. Tout nous portait à penser que ta grand-mère avait assassiné Eliott. Nous avons failli cautionner cette thèse parce que les Roubaix nous l'apportaient sur un plateau, en ayant pris soin de semer sur notre route des indices accusant Martine. En nous permettant de retrouver incidemment une partie du journal d'Ester au grenier ou encore un encrier à l'encre à peine sèche, ils nous manipulaient. Le hasard avait si bien fait les choses que nous n'avons pas douté de notre bonne étoile. Les Roubaix ont bien manœuvré. Et la page déchirée, cette suite convaincante qui désigne Martine comme étant la coupable et qui a été transmise à Markus.

— Claude, celui que ma grand-mère considère comme le grand amour de sa vie, aurait voulu faire porter le chapeau à sa bien-aimée. Non, que les Roubaix aient œuvré dans ce sens, je te l'accorde mais pas Claude ! D'ailleurs, moi, je sais que ma mamie est innocente, enfin ce n'est pas elle qui a étouffé Eliott !

— Toi, mais face à un jury, quel serait le verdict ?

— Pas de preuve. Plus de corps ! Et ma grand-mère ne sait pas où se trouve ce corps.

— Claude pensait le contraire et tes charmants locataires le pensent encore. Ils veulent que ton ensorceleuse mamie finisse ses vieux jours dans une cellule de dix mètres carrés. Ils sont le bras armé de Claude. Ils suivent un plan concocté par un type qui en voulait à mort à sa première épouse. Un plan qu'ils ont agrémenté à leur sauce avec des messages surprenants, utilisant des pièces inestimables remises par Claude : les vieux bols bretons, le cahier d'Ester et celui de Martine.

— Si les Roubaix complotent pour faire plonger ma grand-mère pour un meurtre qu'elle n'a pas commis, ils n'y arriveront pas.

— Ils s'apprêtent à la dénoncer, il leur manque uniquement le corps d'Eliott. Claude a toujours cru que Martine et sa sœur l'avaient fait disparaître. Ester décédée, seule Martine peut conduire les Roubaix au corps.

— Crois-moi, même sous la torture, si ma grand-mère avait dissimulé ce corps, ce qui n'est pas le cas, elle ne serait pas prête à avouer le lieu de la cache ! À personne !

— Sauf à sa petite-fille. Si Martine avait enterré le corps dans un bois, peut-être que toi et moi aurions été capables de nous y rendre cette nuit pour déterrer le squelette d'Eliott et faire enfin disparaître l'unique preuve du meurtre.

— Ainsi, selon toi, les Roubaix auraient monté cette comédie pour que je les mène directement au cadavre. Dans ce cas, ils sont sur mes traces.

— D'où les précautions prises pour nous introduire dans ta maison. Depuis le début de semaine, ils suivent tes moindres faits et gestes. Depuis peu, ils sont aux premières loges, chez toi. Ils sont jeunes, connectés, rusés et suffisamment agiles pour se faufiler dans ton appartement sans que tu t'en aperçoives. Un jeu d'enfant, de tracer une personne. Il leur a suffi de quelques clics, de quelques appels passés à ta boîte pour tout apprendre de toi. Que tu avais un collègue à Tokyo et un autre à New York et que tu t'entretenais régulièrement en visioconférence avec eux.

— Et aussi quelle était mon adresse mail et puis que je venais d'emménager deux mois auparavant dans la maison où avait eu lieu le crime, que j'étais en contact avec ma grand-mère et prête à tous les sacrifices par amour pour elle, que je ne sortais que peu de chez moi, que je serais là pour réceptionner les colis et même que j'avais la phobie du jaune depuis l'attentat. J'en ai parlé à tant de psys ! En bref, j'étais la proie idéale.

— OK, ils savent tout de toi. Mais nous pourrions en faire autant à leur sujet. Reste à découvrir s'ils ont bien un lien avec Claude. Dans une telle éventualité, c'est le corps d'Eliott qu'ils cherchent. Ils ont réalisé avec leurs armes et à leur façon ce que Claude n'a jamais fait et avait toujours voulu faire.

— Selon toi, par amour pour Claude, ils agissent. Tout comme moi, j'agis et serais prête à poursuivre par amour pour ma grand-mère. Markus Roubaix serait-il le petit-fils de Claude ? Ou encore Lilas, sa petite-fille ?

Audrey se leva d'un bond.

— Ton éclairage m'a été fort utile. Qui me persécute depuis lundi ? Les Roubaix. Pourquoi me persécutent-ils ? Pour que je les amène au corps d'Eliott et ainsi leur donner la preuve manquante pour pouvoir coller sur le dos de ma grand-mère un meurtre qu'elle n'a pas commis. Leur mobile ? Satisfaire un grand-père, prénommé Claude, qui en aurait voulu à mort à sa première épouse. Là, je m'insurge ! Claude n'aurait jamais œuvré pour que son aimée, même âgée, finisse en prison ! Le mobile qui a poussé les Roubaix à monter cette histoire, nous ne l'avons pas. D'ailleurs, tu te focalises sur Claude, alors qu'il y a Markus. Ton maître horloger, qu'est-ce qu'il est venu faire à Vannes ?

— Voir ta grand-mère, bien sûr. Un autre atout dans la manche des Roubaix. Au cas où tu n'aurais pas pu soutirer à ta grand-mère l'emplacement, là où se trouve le cadavre d'Eliott, Markus aurait très bien pu s'en charger à ta place.

À son tour, Albert se leva et fit les cent pas, allant et venant. Dans la pénombre, telle une ombre errante auréolée de poussière, il errait.

— Audrey, tu as raison, quelque chose cloche. Les Roubaix ambitionnent de voir ta grand-mère finir ses jours en prison mais pourquoi le souhaitent-ils ?

— Tout de même, tu m'as écoutée. Claude est innocent. Un autre point sur lequel tu ne pourrais être que d'accord avec moi, Ester a emporté son secret dans sa tombe. Le lieu où elle a dissimulé le corps d'Eliott restera à jamais un mystère pour tous.

L

MENSONGES

Vannes, le jardin des Remparts. Samedi

Marchant le long de la promenade, en contrebas des fortifications de la ville intra-muros, Albert détaillait les pans de murailles, les courtines, les bastions et l'enceinte urbaine qui avait autrefois protégé Vannes des invasions. La tour du Connétable, dernier vestige du château de l'Hermine, et la tour poudrière lui rappelèrent que les Vannetais au cours des siècles avaient mené bataille pour défendre leurs biens. L'aube d'un jour nouveau s'annonçait, Albert s'adressa à Audrey avec grandiloquence.

— La guerre est déclarée et nous allons nous battre ! Désormais, nous connaissons l'identité de nos ennemis et leurs intentions. Les Roubaix sont sur nos traces et espèrent que nous les conduirons au corps d'Eliott.

— Ils peuvent s'être séparés, l'un posté devant chez toi à Saint-Patern et l'autre à Conleau à proximité de la résidence de ma grand-mère. À moins qu'ils ne soient ici, nous surveillant de loin.

— Dans ce cas, ils espèrent nous voir déterrer un squelette avec nos petites mains. La préfecture, on pourrait escalader ses grilles et ensuite aller creuser dans ses jardins, sous ses parterres de fleurs ?

Albert se mit à rire.

— Je plaisante. Selon les dires de Claude, leur informateur, ils sont persuadés qu'Ester et Martine avaient réussi à déplacer le corps peu de temps après le meurtre. Mais sans véhicule, en conséquence incapables d'aller bien loin avec ce cadavre, elles auraient tout juste pu utiliser une remorque ou encore une charrette pour faire quelques centaines de mètres. Un invraisemblable exploit !

— Quand bien même ils en sont convaincus, les Roubaix ont dû envisager l'éventualité que ma grand-mère ait pu revenir quelques années plus tard pour déplacer le corps et le jeter au fond du golfe du Morbihan avec un bon gros lest. Encore une incohérence. Peut-être que les Roubaix ne cherchent pas le squelette d'Eliott ?

— Audrey, c'est déjà suffisamment compliqué. Tout reprendre de zéro, je ne suis pas d'accord. Il faut avancer et la solution arrivera d'elle-même. Bon, nous n'avons qu'un portable, le mien, et deux appels à passer, je dois contacter Markus et toi Martine. À toi l'honneur. Tu vas téléphoner à ta grand-mère. Je veux savoir si Claude la détestait au point de vouloir qu'elle finisse sa vie en prison.

Audrey saisit le portable puis s'écarta d'Albert.

Elle dut attendre un long moment avant que sa grand-mère ne décroche.

— Mamie, c'est Audrey.

— Mais quelle heure est-il, ma chérie ?

— Tard dans la nuit ou tôt dans la matinée. Pas encore l'aube.

— Tu viens à peine de me quitter, je m'étais assoupie. Que veux-tu encore savoir ?

— Claude, est-ce qu'il aurait pu vouloir te faire du mal ? Rectificatif, t'en vouloir à mort. Pas le genre, vieille brouille, plutôt du type haine féroce et récente.

À l'autre bout du fil, Audrey perçut de curieux bruits, un mélange de bâillements et de soupirs, de craquements, grincements et cliquetis. Soudain, Martine s'exprima.

— Nous étions restés en bons termes. Quand j'ai appris il y a un mois son décès, j'ai été extrêmement peinée.

— Il y a un mois ?

— Effectivement, j'ai peut-être un peu travesti la vérité. Je suis au courant du décès de Claude depuis plus d'un mois. Par contre, hier, j'ai bien passé un appel à sa compagne. Ma chérie, j'aurais dû t'avouer lorsque nous étions ensemble que je n'avais pas totalement perdu de vue mon amour de jeunesse. Mais l'affaire était délicate, je te savais si attachée à ton grand-père. Claude possédait le genre de qualités dont était dépourvu ton grand-père, un sens inné des affaires et un charisme certain. Claude était beaucoup plus aventurier dans l'âme que ne l'était ton papi. Je pense que Claude t'aurait plu. Vous aviez des points communs. D'ailleurs, quand tu as monté ton entreprise de chiffons, je le lui ai fait savoir.

— Tu le retrouvais en cachette, à l'insu de papi !

— Bien sûr que non. Des échanges épistolaires. Trente ans durant, en janvier, je recevais une carte. Il me donnait de ses nouvelles et j'en faisais tout autant en retour. Une trentaine de cartes de vœux et, une année, j'ai reçu un faire-part de naissance. À plus de cinquante ans, Claude avait rencontré une jeune femme de vingt ans sa cadette, d'une famille d'aristocrates désargentés, et m'annonçait la naissance de sa fille. Claude a appelé sa fille Lilas. Mon Dieu, si la jeune compagne de Claude avait su ce que signifiait le prénom de Lilas ! Pire, son fils se prénomme Markus. Qu'est-ce qu'il lui était passé par la tête ? Je l'ai maudit. Donc, une trentaine de cartes de vœux, deux faire-part de naissance et plus aucune nouvelle de Claude, les vingt-cinq années qui ont suivi. J'imaginais que ses enfants grandissaient, qu'il vieillissait tout comme moi et que notre histoire d'amour n'était plus qu'un souvenir poussiéreux. J'envoyais mes missives annuelles et lui ne me répondait plus. J'ai même soupçonné sa jeune compagne d'intercepter mes courriers. Quoi qu'il en soit, en janvier de cette année, j'ai reçu une carte qu'il m'adressait. Elle est dans le tiroir de la commode. Laisse-moi quelques minutes, je reviens.

Furieuse que sa grand-mère lui ait menti, Audrey ravala sa rage. Elle entendit un tiroir coulisser puis un raclement de gorge.

— Audrey, je suis bouleversée et aussi soulagée de pouvoir te lire ce doux mot. J'aurais dû le faire tout à l'heure mais j'en étais incapable. Voici le texte. « *Martine, ce soir, j'ai relu l'intégralité de ton journal intime, celui que tu avais rédigé alors que tu n'avais pas dix-huit ans, celui qui n'aurait jamais dû finir entre mes mains, celui que tu pensais n'être plus que cendres. Sur un des feuillets, tu me déclarais ton amour. Ce passage m'a ému aux larmes. Je sens ma fin prochaine, c'est pourquoi je prends la plume après des années de silence. Tu m'aimais et je me sentais indigne d'un tel amour. J'ai frappé Eliott avec l'intention de le tuer, j'ai aidé ta sœur à transporter le corps inerte dans le placard. Ni Ester ni toi n'avez su que le coup de grâce, c'est ma main qui l'a porté. Tes parents étaient au salon, Ester dans la salle de bains, toi dans ta chambre. Je me suis retrouvé seul dans cette pièce secrète. Subitement, Eliott a gémi. J'aurais pu le sauver mais j'ai préféré en finir définitivement avec lui. Ce lourd secret me pèse, ce geste me hante encore. Nous ne pouvions avoir un avenir commun. À mes côtés, tu n'aurais pas pu vivre mais uniquement survivre. Tu pouvais aimer un autre homme que moi, c'est ce que tu as fait par la suite alors que j'étais incapable d'aimer une autre femme que toi. Je me devais de te rendre ta liberté. Sans moi, tu as pu oublier. Martine, ou devrais-je écrire Lilas, je t'aimerai jusqu'à mon dernier souffle de vie. J'ai assassiné Eliott, pardonne-moi.* »

— Voilà, mon enfant, il m'aimait à un point tel ! Notre rupture fut un affreux déchirement. Claude, un être exceptionnel, il adorait tout noter, tout conserver. Un conservateur du musée des secrets et des amours impossibles.

Audrey tremblait.

— Mamie, ce n'est pas un doux mot d'amour mais une confession. C'est Claude qui a tué Eliott et non Ester.

— Un détail. Nous étions tous coupables. J'aurais agi comme Claude si je m'étais trouvée seule dans ce maudit placard. Ma petite, cette maison, il serait probablement plus sage que tu t'en sépares.

Sentant qu'il était inutile de faire entendre raison à sa grand-mère, Audrey s'en tint à sa quête d'éclaircissements.

— Mamie, qui a remis à Claude ton journal ?

— Ester, cette petite sotte. Enfin, je l'imagine.

— Pourquoi m'as-tu dit que les cahiers avaient fini dans les flammes ?

— Je l'ai cru pendant soixante ans. Un autre détail sans intérêt.

— Un mensonge, de nouveau.

— Si tu le dis. Par contre, ce feuillet de mon journal, celui que tu m'as mis sous le nez dans la soirée, je n'ai pas bien saisi comment il t'était parvenu. Tout à l'heure, j'étais assommée, droguée, sous le choc. Je commence tout juste à reprendre mes esprits.

— Donc l'esprit perturbé, tu m'as menti. Et peut-être continues-tu à le faire ?

— Non. Mais je te l'avoue, tout s'embrouille dans ma tête, le passé, le présent, le meurtre d'Eliott, le viol de ma sœur. C'est terrifiant, ce que tu me fais subir.

— N'as-tu pas conscience de ce que je subis en ce moment, moi aussi ? Qu'est-ce que Markus et Lilas Roubaix te veulent ?

— Audrey, mais comment connais-tu leur nom de famille ! Ta tante, ma fille, elle n'a pas su tenir sa langue. Tu lui as soutiré des informations, dans le but de me nuire !

— Je réitère ma question calmement. Qu'est-ce que Markus et Lilas Roubaix te veulent ?

— Du mal. S'ils pouvaient faire en sorte que je renonce à ce satané héritage, ils le feraient. Mais ta grand-mère sera bientôt une femme extrêmement fortunée et ce ne sont pas les enfants de Claude qui me feront renoncer à mon dû. Mon premier époux me laisse une partie de sa fortune et je compte bien y prétendre. Dans quelques semaines, la succession sera close.

— À moins que, d'ici là, les enfants de Claude ne te forcent à renoncer à cette fortune.

— Comment procéderaient-ils ? Un testament incontestable ! Je ne me laisserai pas intimider !

— Si les descendants venaient à attenter à ta vie ?

— Qu'ils viennent ! D'ailleurs, ils en seraient pour leurs frais. Par ricochet, toute la fortune de leur père reviendrait à mes héritiers, dont tu fais partie.

— Ils veulent t'accuser du meurtre d'Eliott et que tu finisses sous les verrous.

— Je n'ai pas tué Eliott !

— Franchement, je ne sais plus qui a tué Eliott ! Par contre, je pense que tu renoncerais à cet héritage pour ne pas risquer de finir en prison. Si quelqu'un te disait « je sais où est le corps d'Eliott », tu le croirais ?

— Probablement. En tout cas, je serais prise de panique.

— Et si une personne, imaginant que tu avais enterré le cadavre quelque part, venait t'annoncer avoir retrouvé le lieu et déterré ce cadavre ?

— Impossible que cela se produise, je ne sais pas où est le corps d'Eliott.

— Imagine, néanmoins. Tu serais incrédule mais bien perturbée, voire paniquée !

— Assurément. Soixante ans que je vis dans l'angoisse que ce squelette ne refasse surface.

— Tu y tiens trop, à ta liberté, à ces prochaines années de liberté ici, à Conleau. Tu ne souhaites pas finir ta vie dans une cellule de quelques mètres carrés. Ce corps, c'est un moyen de pression, qu'il réapparaisse ou que tu penses qu'il est possible qu'il réapparaisse, tu paniquerais. Un chantage. Les Roubaix veulent te faire chanter pour que tu renonces à l'héritage de Claude. Mais n'aie crainte, je suis là. Si jamais tu renonces à cette fortune, ce sera pour une tout autre raison.

Sèchement, Audrey venait de raccrocher. Le mobile

des Roubaix était clair : récupérer la fortune de leur père en forçant Martine à renoncer à sa part d'héritage, de son propre chef et urgemment. Ainsi escomptaient-ils la faire chanter, la persuadant qu'elle finirait sa vie en prison quoi qu'il advienne, corps d'Eliott retrouvé ou non, parce qu'ils allaient la dénoncer pour son implication, voire sa culpabilité, dans l'affaire du meurtre d'Eliott. Audrey rejoignit Albert, assis sur des marches au bord des eaux de la Marle. C'est dans un ancien lavoir qu'il méditait faussement, impatient qu'Audrey le tienne au courant des résultats de sa conversation avec sa grand-mère.

— Scoop. Les Roubaix, le frère et la sœur, et non des époux. Ce sont les enfants de Claude. Au fait, j'ai le mobile, le pourquoi de cette machination, mais je le garde dans ma manche. Tout comme d'autres révélations faites par une femme qui ment comme un arracheur de dents.

— OK. Ta petite conversation m'a tout l'air de t'avoir mise de bonne humeur.

— À ton tour. Voici ton portable. Je souhaiterais que tu interroges Markus, l'esprit ouvert, sans être influencé par la version de ma grand-mère. Si Claude est, d'après ce que je viens de comprendre, dixit ma charmante mamie, un amoureux éperdu incapable de lui nuire. Enfin…

— Blanc comme neige, ce Claude.

— Plutôt gris. Mais qui est blanc dans cette sombre histoire ? Markus l'est-il vraiment ?

— Chacun son protégé. Toi, Claude, un inconnu mais un amoureux à la forte personnalité comme tu les aimes. Moi, Markus, un ami de longue date et un type droit que j'apprécie. Donc, j'appelle mon poulain.

Markus ne dormait pas, il décrocha à la première sonnerie.

— C'est Albert. Je vais bien, Audrey aussi. Nous progressons. J'ai encore besoin de tes lumières.

— Vous avancez, c'est bien. Tu es bien matinal, une nuit difficile probablement. Alors où en êtes-vous ?

— Nous nous interrogeons à ton sujet ; d'ailleurs, Audrey bien plus que moi. J'ai un peu de mal à saisir pourquoi tu es venu à Vannes et si vite. Si je résume, en début de semaine, tu reçois une page d'un cahier d'écolier avec un bol breton sur lequel est inscrit le prénom d'Eliott. Un retour en arrière de soixante ans et tu comprends soudain qu'Eliott a été assassiné par ta vieille bande d'amis. Tu mènes tes recherches à distance concernant Eliott et constates son étrange disparition, ceci accréditant cet assassinat. Tu n'alertes pas la police mais tu fais ta valise. Et te voilà chez moi à Saint-Patern.

— J'avais besoin de voir Martine en toute urgence. Il faut absolument que je lui parle de mon épouse.

LI

LES ÉPOUSES

Presqu'île de Conleau

Le jour se levait sur Conleau. Audrey et Albert s'étaient installés sur la petite plage, dans le prolongement de la piscine d'eau de mer.

— Audrey, tu crois que Martine et Markus prennent ensemble un petit-déjeuner ?

— Je préfère ne pas le savoir. Mieux valait les laisser tranquilles. Pour ma part, j'avais besoin de m'aérer la tête et de me retrouver seule avec toi.

— Moi aussi, j'étouffais dans l'appartement. Sidérantes révélations. Surréaliste échange entre Markus et Martine. J'ai du mal à m'en remettre. Plus je les écoutais et plus je m'en trouvais sans voix.

— Alberto, nous n'étions que spectateurs, sagement assis dans un coin. Notre présence ne les a pas gênés, ils évoluaient dans leur bulle.

— Carrément dans leur vaisseau spatiotemporel. Une horloge à remonter le temps posée sur la table basse, ta grand-mère alanguie sur une méridienne, en tenue d'intérieur fleurie. Mon Markus avec sa veste en tweed toute fripée, qui bafouillait.

— Je suis d'accord avec toi, une confrontation insolite dans le boudoir de ma grand-mère.

— Audrey, un confessionnal et pas de prêtre pour les absoudre. En tout cas, moi, j'affirme désormais qu'un monstre peut facilement enfiler le manteau de bure d'un saint.

— Tu suggères le message de lundi, six jours déjà. Les Roubaix n'étaient pas dans le faux. Un cocktail de monstres et de saints, Ester, Markus, Sophie, Eliott, Claude et Lilas ou plutôt Martine. Une chape de plomb vieille de soixante ans que les Roubaix ont réussi à me faire soulever. Je ne sacrifierai personne, ne dénoncerai quiconque, même pas ma grand-mère.

— Toute cette mise en scène pour de l'argent, pour ne pas se voir spolier de l'héritage de leur père.

— D'autres manigancent par amour. Germaine, par exemple.

Albert se mit à confectionner un pâté de sable en forme de gâteau. Puis son œuvre éphémère réalisée, il se tourna vers Audrey.

— Ainsi Sophie n'était autre que Germaine, la cuisinière, la gouvernante, la bonne à tout faire, une insignifiante. C'est bien ce qu'a dit ta grand-mère ?

— Exactement, terribles qualificatifs. Dans cette famille, la seule qui avait un peu de considération à l'égard de Germaine et l'aimait d'un amour sincère, c'était Ester. La nuit, Germaine, drapée dans un châle, se faufilait dans la chambre jaune, venait border la petite Ester puis disparaissait en utilisant la trappe dans la pièce secrète. Un fantôme aux yeux d'une enfant de cinq ans. Une amie imaginaire par la suite et, finalement, la véritable amie d'Ester. Un secret partagé et qu'elles ne souhaitaient pas révéler, laissant l'histoire du fantôme de Sophie troubler les esprits des membres de leur entourage peu indulgents.

— Dire que Germaine a fini ses vieux jours en Suisse, au grand air et entourée de personnes qui ont su la choyer. Enfin, un juste retour des choses.

— Je n'entendais pas bien Markus, il chuchotait. Il a bien dit que Germaine avait prêté main-forte à Ester pour transporter le corps d'Eliott jusqu'à un garage ? À deux pas de la maison, quartier Saint-Patern.

— Oui, une dizaine de jours après l'assassinat. Un garage dans lequel Germaine entreposait du petit mobilier. Neuf mois dans ce garde-meuble et ensuite un voyage sur la banquette arrière d'une Renault Dauphine, celle du cousin de Germaine. On peut dire que le cadavre d'Eliott a vu du pays. Tout cela pour terminer son périple, non pas enterré dans les jardins de la préfecture de Vannes ni lesté au fond du golfe du Morbihan mais dans un banal cercueil.

— Un cimetière dans le Périgord. Dans la même tombe que celle de son enfant mort-né. Une pierre tombale sur laquelle ma grand-mère s'est recueillie cinq ans plus tard. Un cercueil béni par les parents d'Ester. En retard aux obsèques de leur propre fille, ils n'avaient pas vu le corps. D'ailleurs personne ne leur aurait fait voir s'ils l'avaient demandé.

— Bannir urgemment puis bénir tardivement, parents peu recommandables. J'imagine que la famille périgourdine a été bien plus compréhensive, acceptant que le corps d'un inconnu soit déposé dans le cercueil, se prêtant à un simulacre d'enterrement, celui d'Ester, participant à la fuite d'Ester encore bien vivante.

Le rire d'Albert provoqua l'envol d'une mouette jusque-là au repos, sur le bord de la plage.

— Quand je pense que Markus, ce filou, a épousé Ester ! Avec un type comme lui, elle était certaine de ne plus être violée.

Audrey grimaça. Albert s'excusa.

— Je suis très con par moments.

— Albert, ton ami Markus n'était pas blanc comme neige, je te l'avais bien dit.

— C'est Ester qui a repris contact avec lui. Ester devait trouver de faux papiers d'identité, fuir la France. Un type sympa. Il n'a pas hésité à s'engager, donnant de sa personne. Il l'a carrément épousée !

— Lorsqu'il parlait d'Ester tout à l'heure, il semblait extrêmement ému. Markus nous avait indiqué qu'il formait avec elle un couple harmonieux.

— Nous suggérant d'en faire autant, souviens-toi.

— Alberto, autre époque, autres mœurs. Tu assumes ton homosexualité et moi j'apprécie ma vie de femme indépendante.

— Exact, on reste amis et on prie pour que nos prochains compagnons de route s'entendent bien. Nous pourrions suggérer à ta tante Élisabeth de créer nos profils sur des sites de rencontres.

— Surtout pas !

— Ma cocotte, un détail sur lequel je souhaiterais revenir. J'ai été troublé par le comportement de Martine. Ta grand-mère m'a eu l'air d'être bien plus choquée d'apprendre que le cadavre d'Eliott reposait dans le Périgord que de découvrir que sa sœur était encore en vie.

— Elle panique à l'idée que les Roubaix ne demandent l'exhumation du corps.

— Nous resterons muets comme une tombe, c'est l'expression adéquate.

— Oui, mais comme je n'ai pas envie que les Roubaix viennent encore mettre le bazar dans ma vie, je vais demander à ma charmante mamie de leur faire savoir qu'elle renonce à sa part d'héritage.

— Ainsi s'achève le combat. Tu t'avoues vaincue. Tes ennemis t'ont terrassée.

— La paix n'a pas de prix ! Ma grand-mère se contentera de pleurer sur un amour sincère, celui de Claude. Crois-moi, elle n'insistera pas pour obtenir une once de la fortune de Claude, elle ne tient pas à finir ses jours entre quatre murs. Quant à revoir sa sœur, c'est peu probable. Ester ne le souhaite pas, à ce que j'ai cru comprendre. Markus a insisté sur le fait qu'il n'était pas question d'inviter Martine à venir les rejoindre en Suisse. Son épouse a fait une croix sur sa vie passée. Sans cette histoire de bols, Martine n'aurait jamais su que sa sœur était encore vivante.

— Les Roubaix ont carrément foutu une merde noire !

— Et moi, cela m'a fait réfléchir, je vais convier Hélène, ma demi-sœur, à venir passer quelques jours chez moi.

— À Vannes ? Dans ta maison, dans la chambre jaune ?

— Je vais vendre cette maison. J'expliquerai à mon agent immobilier, monsieur Muscles, qu'une villa à la pointe d'Arradon avec une vue sur le golfe me conviendrait mieux. J'arriverai à visage découvert, je visiterai en sa compagnie des biens d'exception et il se souviendra de moi parce que je porterai un kimono jaune ! Franchement, que les Roubaix aient déniché une personne me ressemblant physiquement qui s'est fait passer pour moi, je m'en contrefiche. Mieux, je les en remercie. J'étais une femme de caractère mais au physique interchangeable.

Elle se leva et entama un défilé de mode, devant le regard ahuri d'Albert. Elle annonça :

— Jean démodé, pull cachemire beige informe, tennis blanches usées.

Elle se dévêtit, ébouriffa sa tignasse rousse et, calmement, entra dans l'eau. Elle fit quelques brasses puis, telle une sirène frigorifiée cherchant les bras d'un marin, elle se blottit tout contre Albert.

— Totalement timbrée ! s'exclama-t-il en lui frictionnant le corps de toutes ses forces.

Audrey, à peine sèche, se rhabilla. Soudain, le smartphone d'Albert vibra, un numéro inconnu s'afficha.

— Oui, allô ?

— Excusez-moi, je pensais que c'était le portable d'Audrey Doubriac.

— Elle est à mes côtés. Vous êtes ?

— Eh bien, je suis… un peu matinal.

— C'est une blague. Qui êtes-vous ?

— Excusez-moi, Monsieur, je suis Théo.

Albert tendit son smartphone à Audrey, tout en lui chuchotant :

— C'est Théo, le gamin de l'aéroport. Tu l'avais contacté avec mon portable, il a composé mon numéro, pensant que c'était le tien. Il veut te parler.

Transie de froid, elle marmonna :

— Théo, je ne pensais pas avoir aussi vite de tes nouvelles.

— Avec Sarah, on n'a pas pu fermer l'œil de la nuit. Vous avez vu sur le Net ? A priori, vous n'êtes pas encore au courant. Cet Antoine Ferrero, ce gros con, je le savais que c'était lui qui nous avait tous fait exploser. Le groupuscule extrémiste qui avait revendiqué l'attentat, de sacrés opportunistes, ils ont surfé sur la vague qui n'était pas la leur ! Parce que Ferrero, il allait remettre ça et il s'est fait choper par la police, il a été dénoncé par sa femme, sa tendre épouse, comme me souffle dans l'oreille Sarah ! Des forces spéciales lui sont tombées dessus. Les flics ont mis le temps parce qu'il devait être rusé, le gars. Un grand restaurateur au-dessus de tout soupçon. Il s'est tenu tranquille deux ans et cela a dû de nouveau le démanger. Allez voir sur le Web. Un loup solitaire, un détraqué, un pervers, un fétichiste qui collectionnait les petites culottes en soie. Au moment de son interpellation, il avait planqué une charge explosive dans une boîte pour lingerie de luxe. Il avait retiré le soutien-gorge et le reste. Enfin vous voyez ce que je veux dire. Sarah vous expliquerait mieux que moi, sa mère a ce genre de boîtes. Celle que s'apprêtait à utiliser ce pourri, une boîte noire avec à l'intérieur du satin jaune. Un gars sur le Net a même mis en ligne le modèle de boîte, une grande marque. Faut vraiment être dingue pour coller ça sur le Web, cela pourrait donner des idées.

— Des idées…

Mollement, Audrey s'accroupit, lâcha le smartphone dans le sable, elle était au bord de l'évanouissement. Elle se revit à l'aéroport, entrer dans cette boutique de lingerie de luxe, choisir des sous-vêtements, les payer avec sa carte Visa puis sortir de la boutique, sa valise jaune à roulettes dans une main, le sac contenant la boîte cartonnée noire dans l'autre. Quand avait-elle ouvert sa valise pour y déposer le sac ? C'était lorsque Shepard l'avait appelée pour lui demander si elle n'allait pas rater son avion. Elle s'était énervée au téléphone, valise ouverte à ses pieds. Qu'avait-elle fait ensuite ? Quelques éclats de voix, un ou deux pas de côté en évitant les regards interrogatifs des passants. Et puis le sac était dans la valise ; forcément, elle l'y avait mis, un geste automatique dont elle ne se souvenait plus. Rageusement, elle avait refermé cette valise. Combien de boutiques visitées avant de finir dans la file d'attente avec Sandrine Meloff, Théo et Antoine Ferrero, d'entendre le rire d'Isabelle Deschamps et de sentir le parfum aux notes de jasmin, celui de Julia Paris ?

C'était bien sa valise qui avait explosé mais c'était Antoine Ferrero qui a su saisir l'instant propice pour subtiliser son sac et déposer un autre sac identique contenant une boîte cartonnée pleine d'explosifs dans cette valise jaune entrouverte. Ferrero avait suivi Audrey et son précieux bagage, auquel elle portait si peu d'attention. Tout comme elle venait de le faire sur cette plage à Conleau, il avait chancelé. Transpirant à grosses gouttes, il s'était rattrapé à un présentoir, faisant s'écraser sur sa valise des bouteilles de vin, déclenchant prématurément l'explosion. Pauvre victime d'un attentat, jamais Antoine Ferrero ne l'avait été. Coupable de l'attentat de l'aéroport, il le serait bientôt.

Assise sur le sable, Audrey suffoquait de soulagement. L'épouse d'Antoine Ferrero venait de dénoncer les agissements de son mari. Ainsi, toute la vérité sur l'attentat de l'aéroport allait enfin éclater au grand jour.

Débarrassée d'un poids, elle respira à s'en faire exploser les poumons.

Apaisée, elle songea au meurtre d'Eliott, un crime vieux de soixante années qui resterait à jamais impuni.

Markus ne dénoncerait jamais Ester, son épouse. Ni lui ni aucun de ceux qui savaient. Une culpabilité multiple : Claude avait porté le premier coup sur la tête d'Eliott, Ester avait voulu l'étouffer, Claude l'avait achevé. Mais c'était bien une succession d'événements, de non-dits, d'amours contrariés et de complicités qui avaient conduit au meurtre. Martine et Markus portaient eux aussi leur part de responsabilité.

Quant aux Roubaix, ils ne faisaient plus peur à Audrey ; ce n'étaient pas des fantômes, tout juste des offreurs de bols bretons sur lesquels étaient inscrits des prénoms qui signifiaient si peu pour eux.

Claude Roubaix avait bien deux uniques héritiers, des opportunistes, des manipulateurs, des persécuteurs, des cupides mais pas des criminels. Fieffé menteur que son fils, ce Markus Roubaix qui n'avait jamais eu d'épouse prénommée Lilas, mais une complice de sœur.

Tout étourdie, Audrey tenta de se relever. Une bourrasque la déstabilisa.

Albert accourut, la soutint alors elle lui chuchota dans le creux de l'oreille :

— Alberto, si tu n'étais pas gay, je t'épouserais.

FIN

125, Vieille Route de Rosporden - 29000 Quimper
E-mail : contact@editionsalainbargain.fr
Site Internet : www.editionsalainbargain.fr

Dépôt légal n° 1 - 3e trimestre 2021
ISBN 978-2-35550-816-5 - ISSN 1281-7813
N° d'impression : 106514
Imprimé en France